The Journey
of Awakening

我们的路

赵大河　著

河南文艺出版社
·郑州·

图书在版编目（CIP）数据

我们的路/赵大河著. - -郑州:河南文艺出版社，
2023.12

（时间与疆域）

ISBN 978-7-5559-1526-3

Ⅰ.①我… Ⅱ.①赵… Ⅲ.①长篇小说-中国-当代 Ⅳ.①I247.5

中国国家版本馆 CIP 数据核字（2023）第 224792 号

选题策划	王淑贵			
责任编辑	王淑贵			
装帧设计	书籍/设计/工坊 刘运来工作室 徐胜男			
美术编辑	吴 月			
责任校对	梁 晓			

出版发行	河南文艺出版社	印 张	10.875
社 址	郑州市郑东新区祥盛街 27 号 C 座 5 楼	字 数	213 000
承印单位	河南瑞之光印刷股份有限公司	版 次	2023 年 12 月第 1 版
经销单位	新华书店	印 次	2023 年 12 月第 1 次印刷
开 本	787 毫米 × 1092 毫米 1/32	定 价	56.00 元

印厂地址 河南省武陟县产业集聚区东区（詹店镇）泰安路

邮政编码 454950 电话 0391-2527860

目录

给牛车张个帆

夜里起风了，西北风越刮越烈，寒冷刺骨。风在树梢上和屋脊上吹着哨子，把人们从睡梦中吵醒。赵德俊掀开被子爬起来，风趁机从棉袄下摆钻进去。他打个寒战，裹紧袄子，勒上草绳，到大榆树背后撒尿。风将尿吹了他一棉裤。好家伙，他想，劲道真大！异想天开的念头就是这时产生的。

给牛车张个帆。

这样"大丽花"和"曹操"能省不少力。"曹操"和"大丽花"是赵德俊的两头牛。"曹操"是头犍牛，因为脸是白的，颇像戏剧中的"曹操"，因而得名。"大丽花"是头母牛，为什么叫"大丽花"，赵德俊也不清楚，买来的时候叫这个名字，就一直这样叫着。"大丽花"的肚子圆滚滚的，快下崽了，本不应出来拉差，可是官命难违，无可奈何。赵德俊唯一能做的就是喂牛时多给"大丽花"撒把料，拉车时给它这边的眉腰①放松一些，好让它少出点力。

天蒙蒙亮，他就开始干，将两根棍子固定到将军柱上，作为"桅杆"，将"帆"——一块雨布固定到"桅杆"上。这样，牛车就变成了陆地上的一条帆船。

出发了。

风的方向与他们前进的方向基本一致。大风好借力。别人讨厌这风，他却对这风感谢不尽。风把"帆"吹得鼓鼓的，像巨人的便便大腹。

瞧，他的牛车多么轻快啊！虽然是上坡，一点儿也不费力，牛蹄像踩着弹簧似的。

上到岗顶，大风突然变成狂风，怒吼着，呼啸着，咆哮着，几乎要吹折"桅杆"。啊呀，好家伙！赵德俊心里叫道，力量太大啦。他有些害怕。这时，"曹操"和"大丽花"像被凶猛的野兽驱赶着，撒腿狂奔。421号牛车风驰电掣。九弯子的420号落到了后边，周拐子的419号落到了后边，郑十六的418号落到了后边，三脚猫的417号落到了后边……赵德俊无法控制牛车，"曹操"和"大丽花"也无法控制牛车，此时控制牛车的也不是风，是魔鬼。

---

① 眉腰，指用以平衡两头牛用力的绳索，收紧哪边则意味着哪边的牛要多出力，放松则少出力。

赵德俊被甩到后面。

牛车发疯一般在坎坷不平的路上颠簸、跳跃，时而跳起时而落下，如同汪洋中的一叶小舟，被狂风巨浪举到天际，瞬间又抛入深谷，天空倾斜，大地站立起来。车上的人死死抓住车厢板或将军柱，魂飞魄散。赵德俊在牛车后边没命般地追赶，边追赶边大声呵斥"曹操"和"大丽花"：停下，停下！两个畜生充耳不闻。

牛车上的四个人——刘三阎王、刘太太、丫鬟楚莲和勤务兵关小宝——起初觉得赵德俊的想法很新奇，继而觉得很实用，后来又觉得很开心；现在，他们被恐惧攫住，一个个面色苍白，张大嘴巴，帽子和头巾掉了也浑然不觉，呼喊、尖叫、祷告，可是一点儿用也没有。

前边一个大坡，牛车如离弦之箭朝坡下冲去。

牛车彻底失控，速度越来越快，越来越快……

牛把儿们无比惊愕地看着疯狂的421号牛车，自觉或不自觉地将自己的牛车靠在路的右边，一则让路，二则怕被撞上。没有人试图拦住牛车，也没有人能够拦住牛车。整个车队的牛惊呆了，自动停下来，牛把儿们也不再挥动鞭子。车上官兵都站起来，不愿错过这惊心动魄的一幕。

突然，一辆马车从北边的岔路上了大道，横在421号牛车前边。失去控制的牛车直冲马车而去。所有的人——坐车的官兵和赶车的牛把儿目瞪口呆，心提到嗓子眼。421号车上的四个人更是感到末日降临，关小宝率先跳下风驰电掣的牛车；刘三阎王欲跳车，奈何被太太死死抱住；丫鬟楚莲手足无措，将命运交付给上天。

马车车夫在牛车冲来的一瞬间跳下车，身手敏捷如猿。

"曹操"和"大丽花"出于本能想绕过马车，但是车速太快，距离太近，它们的愿望没能实现。不幸的事发生了，牛车与马车撞在一起，牛车的右轱辘撞上马车的尾部。车辋子撞掉三块，辐条撞坏三根，车轴断裂。马车的车大体被撞坏，前边的一个车把竟然也断了。

"桅杆"折了。

牛车倾倒。刘三阎王被高高抛起，越过"曹操"和"大丽花"，落到它们前头，差点被它们踩住；刘太太被抛到"曹操"背上，又滚落到地上；丫鬟楚莲被抛起，在空中划了一道弧线，落下时被一个人接住，就地一滚，卸去冲力，毫发无伤。接住她的不是别人，正是赶马车的青年公孙宁。车上一口小箱子掉到地上摔得粉碎，金银首饰、玉器古玩散落一地。车上另一口大箱子安然无恙。

大地陷入死一般的寂静，只有西北风在空中呜呜地叫。

车队静止不动。

赵德俊绊住石头，扑倒在尘埃中。

片刻，人们从惊诧中回过神来，牛把儿扔下鞭子，官兵跳下牛车，潮水般地涌向事故现场。

楚莲脸色苍白，看到自己倒在一个陌生青年的怀里，羞愧难当，赶紧爬起来。赶马车的青年也随即站起来，问楚莲：

"你没事吧？"

楚莲羞得说不出话，勾着头，不去看他。刘太太躺在地上哎哟哎哟地叫，她赶快上前去搀扶。刘太太肥胖，足有一百八十斤，她哪里搀扶得动。刘太太叫得更厉害了，自己挣扎着想起来，但起不来。"用点劲！"她恶狠狠地对楚莲说。一阵风卷着尘土吹过来，她眯起眼睛。楚莲把头扭向东南方向，等这阵风吹过。

刘三阎王摔伤了胳膊。他很快爬起来。右胳膊疼得厉害，他以为胳膊折了，其实是脱臼了。他咝咝吸着凉气，疼得就地转圈，跳来跳去。"我的胳膊，我的胳膊……"他对一个叫常有得的士兵吼道，"快叫军医，叫军医！"常有得飞奔而去。刘三阎王气急败坏，咧着嘴，咬牙切齿。

刘太太忽然看到她摔碎的珠宝箱和散落一地的珠宝，立即爬过去，扑到珠宝上，护住，眼睛扫视着周围的人，让他们滚开，滚远点。牛把儿和士兵往后退一步。"愣着干啥？没长眼吗？快捡起来！"刘太太对楚莲说。楚莲赶快蹲下捡珠宝。金簪银钗玉如意，珍珠翡翠夜明珠……刘太太紧紧按住一个象牙雕的角先生。她不想让别人看到这玩意儿。她动作飞快，一眨眼工夫，塞进怀里。尽管如此，几个眼尖的人，还是看到了。他们想笑不敢笑，憋着，互相交换眼神。刘太太白皙的脸上飞起一坨红云。"快捡，"她对楚莲吼道，"少一件我剁你的手！"楚莲战战兢兢，将捡拾起来的珠宝放在怀里，用衣襟兜着。刘太太自己爬起来，她身下还有两粒珍珠，楚莲弯腰捡起来。

"卫兵——"刘三阎王叫道。

"在！"

"捆起来。"刘三阎王指着赵德俊和公孙宁。

"是！"

三个卫兵拐回去，将刚从地上爬起来的赵德俊又重新按倒，捆绑起来。另三个卫兵将赶马车的公孙宁背剪双手捆绑起来。

军医傅大山一路小跑过来，帮刘三阎王检查胳膊。"折了吗？"刘三阎王问。"脱臼了，没什么大碍，复位就好，疼吗？"军医说着话，故意分散刘三阎王的注意力，突然猛地用力往上一推，咔，将胳膊复位。这一下，就这一下，简直要了刘三阎王的命，疼得他蹦起来，瞪大眼睛骂道："你他妈干什么？"军医笑笑，说："没事了，好了，你活动一下试试。"刘三阎王活动活动胳膊，果然好了，他说："妈的，疼死我了。"

勤务兵关小宝跳车时把脚崴了，一瘸一拐走过来，凑到军医跟前，让军医帮他看看，他说："我的脚……"

"脚你妈那个×！"刘三阎王一脚踹过去，将关小宝踹得飞出去，落在几步开外。刘三阎王说："老子还没跳车，你倒先跳，让你跳，让你跳……"他上去又踢了关小宝两脚。

关小宝被踹得眼冒金星，浑身像是散了架，还没回过神来，又被踢得五脏六腑都错了位，翻江倒海般地疼，一阵恶心，呕吐起来。

刘三阎王哼一声，放过他，转向赵德俊和公孙宁。这时，他们已被绑到刘三阎王面前。刘三阎王头歪过来看看这个，又歪过去看看那个，面上似笑非笑，似哭非哭，阴森恐怖。他又踱到围观的牛把儿们面前，用鹰隼一样的目光逼视着他们。牛把儿们纷纷后退。

刘三阎王转过身来，左手一摆，轻描淡写地说：

"活埋了。"

"活埋了？"卫兵们以为听错了。

刘三阎王敛住似笑非笑的笑容，虎视眈眈地看着卫兵："还不挖坑去？"

"是！"

几个士兵押着赵德俊、公孙宁到路旁田地里。田地因干旱而麦苗稀疏，裸露的土地毫无生气，如愁苦的面孔。几个士兵找来铁锹，说声"开始吧"，就七手八脚地刨坑。

军医傅大山掏出纸烟敬刘三阎王，刘三阎王接过烟，叼上。傅大山掏出打火机塞怀里，啪哧啪哧打火，好不容易打着火，用手罩着，递给刘三阎王。刘三阎王刚把烟凑过去，风把火吹灭了。

傅大山又把打火机塞怀里，啪哧啪哧打火，火星迸溅出来，又点着了，再递给刘三阎王时，风又把火吹灭了。"风太大。"他说。这次，他改变方法，先把一根烟叼嘴里，再把打火机塞怀里打火，打着火后，他低头把烟凑到火上，吸着，然后递给刘三阎王。刘三阎王烟头对烟头，总算吸着了。"操他妈的。"他这是在骂风。傅大山问刘三阎王胳膊还疼吗，刘三阎王甩甩胳膊说："不疼了，你小子有两下子。"傅大山这才开始向刘三阎王求情："刘团长，你受惊了，不过……活埋他们，也不至于吧？"

"至于！"刘三阎王说。

"我能给他们求个情吗？"

"他们是你兄弟吗？"

"不是。"

"是你亲戚吗？"

"不是。"

"不是，你求个鸟情，我活埋人和你有鸟关系？！"

傅大山被刘三阎王掉得哑口无言。

九弯子、郑十六、葫芦、三脚猫、周拐子、大能耐唰一下都跪到刘三阎王面前求情："刘团长，请您高抬贵手，饶了他们吧。"

其他牛把儿出于同情，也都齐刷刷跪下来，向刘三阎王求情："饶了他们吧。"

刘三阎王看着面前跪下的一片黑压压的人，嘴角皮肉牵动，冷笑一声，不予理睬。

西北风呜咽不止，天色愈来愈灰暗，零零星星的雪花从穹窿深处飘下来。

田地里几个士兵轮番刨坑，坑的轮廓渐渐显露出来，铁器的碰撞声令人毛骨悚然。

牛把儿们都表示愿意不要拉差的五块大洋——这是他们将士兵及辎重从内乡县城拉到镇平县城的全部报酬——来赎二人的性命。刘三阎王不答应。

挖坑的士兵抱怨赵德俊身材高大，使他们多费许多气力，不得不将坑挖大挖深。坑挖好后，一个大个子士兵跳进去试试，差不多到下巴那儿，"行啦!"他说，"凑合吧。"他们将赵德俊和公孙宁推下坑，开始填土。

填土要比挖坑容易得多，铁锹抡得像风车，三下五除二埋住了脚，接着膝盖没入土中，再接着整个大腿不见了。即使他们有天大的本事，也跳不出来。

他们可以欢天喜地看着被活埋者呼号、哀求、咒骂……渐渐陷入恐惧和绝望之中;他们可以戏耍他，嘲笑他，打他，可以假惺惺地同情他……

活埋到一半的时候，士兵们停下来。

赵德俊和公孙宁从撞车到被捆绑到被活埋，还一句话都没说过。两个不认识的人如今要死在一起，埋在一个坑里，这就是命运。赵德俊走南闯北，经见过许多死亡。在这个乱世，人如草芥，死就死了，不足为奇。只是你不知道会死在哪里、死于谁手。死于兵，死于匪，死于饥饿，死于疫病，都正常。他想过死亡的问题。他，一个农民，并不比别人特殊，他怎么会不面对死亡呢？多少英雄好汉或自称英雄好汉的人都死了，他死也正常。现在，这里，他看清了，就是他死亡的时刻和地方。也好，就这样吧。他看一眼要与他死在一起的人。这个家伙比他矮，比他年轻，死到临头，浑身仍透着英气。瞧，他的眼睛，明亮、锐利、坚定，一般人没有这样的眼神。是条好汉。可惜了，他想。不过，有他陪着，黄泉路上不会寂寞。他还不知道他的名字。"你叫什么？""公孙宁。""我叫赵德俊。"

领头的士兵叫胡小爪，他问：

"留话不？"

赵德俊对跪着的人群喊："大能耐——"

跪着的牛把儿们扭过头，哭声一片。大能耐跑过来扑倒在赵德俊面前，抱住他的头，哭着："哥，德俊哥……"

赵德俊用头碰碰大能耐："别哭，照顾好葫芦。"

那边，十四岁的葫芦给刘三阎王磕头，额头都磕出血了，他要替赵德俊去死，他说："让我替他，让我替他去死。"

刘三阎王哼一声："想死可以，老子成全你，但替他，没门儿。"

赵德俊又喊："葫芦——"

葫芦哭着爬过来，叫："叔，叔——"

赵德俊说："别哭，男子汉不哭……我答应过你爹，照顾你，现在照顾不了了，你好好跟着叔叔伯伯和哥哥们，他们会照顾你。"这时，九弯子、周拐子、郑十六和三脚猫也连滚带爬地过来，围在赵德俊身旁。赵德俊嘱咐他们："照顾好葫芦，他还小，遇事你们多担待。"

几个人哭成一片。

赵德俊说："都别哭了……帮我照顾好'大丽花'和'曹操'，'大丽花'快下崽了，料上要偏一点儿。"

又对大能耐说：

"回去给你嫂子说，叫她改嫁吧，就说我回不去了。"

大能耐哭得说不出话；九弯子抱住赵德俊的头叫"好兄弟呀，好兄弟呀"；葫芦哭得接不住气；郑十六、三脚猫、周拐子也都哭得鼻涕一把泪一把。

胡小爪用脚踢踢九弯子、大能耐和郑十六等人："好了好了，起来吧，让一让，这儿还有一个呢……"

他们把哭得死去活来的几个人赶开，问公孙宁："你留话不？"

公孙宁说："能让我吸袋烟吗？"

"想吸烟？"

"想。"

"我也想吸，"一个士兵说，"可是烟呢？"

"我的袋子里有烟，还有火。"

"烟袋？"

"烟袋。"

领头的扬一下下巴，示意常有得去搜公孙宁的袋子。常有得果然在袋子里摸到烟袋和火石、火镰、火绒。可是这么大风，用火石打火不现实。常有得给烟锅里装满烟，用拇指按结实，说："火？"领头的看一眼站在不远处的傅大山，给常有得使个眼色。常有得走过去。傅大山将烟头递给常有得说："不要了。"

常有得把烟头按到烟袋锅里，猛吸两口，点着火。

他把烟袋塞公孙宁嘴里："吸吧。"

公孙宁噙住烟袋，深吸一口，全吞进肚里。烟在肚内九曲回环，周游一圈，随着呼吸丝丝缕缕飘出，瞬间被风吹得全无踪影。

"让他也吸一口。"公孙宁头朝赵德俊指一下说。

常有得把烟袋塞赵德俊嘴里，赵德俊也深吸一口，他仰头把烟吐到空中，风一下子将烟吹没了。

刘三阎王踱过来，对士兵们说：

"动手吧！"

士兵们挥锹往坑内铲土。干燥的粉末被风吹起，与雪花一同飞扬。赵德俊和公孙宁闭上眼睛，以免土眯了眼……

第二章 | 鬼门关

土渐渐埋到脖子，他们呼吸艰难……北风呼啸，风中夹着零星的雪花……赵德俊隐约听到乌鸦叫，也许是猫头鹰叫，他不能确定，总之，是不祥的鸟在叫……他曾看到城门口一个高大的黑槐树上有三只乌鸦。它们冷漠地看着车队，叫道："嘎——"莫非那三只乌鸦跟到这里了？

少顷，雪花便变得巴掌大，借着风势在空中狂舞，光线不是被风掠夺就是被雪花吞噬。天色变得昏暗。

车队凝固成一队巨大的泥塑。时间在高空飞逝，在地面则是凝滞的。

风雪中一道暗影迅速移动，坚硬的道路上隐约传来马蹄声。这道暗影像一根长枪刺破风雪的白色帷幕，出现在活埋人的现场。

这是一个六七骑的马队。为首的是一个面色如铁的中年人。他勒住缰绳，跳下马，叫道："停!"

"我有话说，"他说，"我要救他们。"

几个往坑里填土的士兵停下来。一个士兵锹里铲满土，不知道该倒入坑内还是倒到坑外，犹豫片刻，放低锹头，让土自然滑落脚下。

中年人将缰绳交给最近的马弁，快步去见刘三阎王。

"刘团长——"

刘三阎王已认出来人。

"彭长官。"

来人是彭锡田，曾在西北军任高级执法官，虽不是刘三阎王的顶头上司，也是上级长官。军长石友三见了他也要敬三分，何况刘三阎王这个团长。后来彭锡田离开部队，他们就再没见过。他知道彭锡田回家乡搞乡村自治，也知道他们现在是在彭锡田管辖的地方。

"刘团长好，大驾光临，彭某有失远迎，还望海涵。"

"哪里哪里。"刘三阎王清楚，彭锡田与军长石友三称兄道弟。他，一个小团长，在别人眼里很厉害，在当过高级执法官的彭锡田眼里实在算不上什么。不过话又说回来，今非昔比，他彭锡田如今只是地方自治派领袖，手里没多少杆枪，不必怕他。他说："彭长官，哪阵风把您吹来了?"

"我早不是什么长官了，你叫我名字就好。"

彭锡田不再过多寒暄，开门见山："我来为两个穷苦人求个情，"他用手指着要被活埋的赵德俊和公孙宁，"他们按军法、按民法，都罪不至死。"他向刘三阎王抱拳："刘团长，能给彭某个面子吗？"

刘三阎王哈哈大笑："彭长官言重了，别说是我，就是石军长也会听你的。"他摆摆手，说："放人！"

牛把儿们呼啦一声拥上去，争先恐后地刨土，像一群土拨鼠。

赵德俊和公孙宁被牛把儿们扒出来，解开绳子，平放在地上。他们面皮紫涨，四肢无力，呼吸困难，魂魄出窍，好一会儿才睁开眼睛。

彭锡田感谢刘三阎王给他面子，说会安排人在晃陂给他们接风。他要去会石军长，后会有期。

刘三阎王抱拳行礼。

彭锡田上马，六七骑疾驰而去，风雪的帷幕在他们身后重新拉上。

刘三阎王哼一声，转过身对士兵说：

"死罪免了，活罪难逃……每人打一千二百军棍！"

赵德俊和公孙宁被士兵翻过身，脸朝下，按在地上。两个士兵抄起军棍，他们有些疑惑，一个嘀咕道："一千二百，是吗？"另一个说："是。"

"听清了？"

"听清了。"

一个人怎么能经受得了一千二百军棍，这是让他们换个死法啊。两个士兵棍起棒落，赵德俊和公孙宁疼得大叫。他们可以忍住不叫，但那样对他们没有任何好处，只会让士兵打得更用力。打了一会儿，也许是两个士兵打得累了，也许是赵德俊和公孙宁叫得累了，叫声越来越小。

刘三阎王听到叫声小下来，就来到麦地，夺下一根军棍，给两个行刑的士兵一人一棍：

"给我狠狠地打！"

两个士兵不敢懈怠，恨不得使出十二分力气。赵德俊和公孙宁的棉袄棉裤被打得稀烂，棉花沾到棍子上，后来就带了血，再后来脊背和臀部裸露出来，血肉模糊，每棍下去，鲜血四溅。

赵德俊和公孙宁的叫声渐渐弱了，之后变成呻吟，再之后就没有声音了。

牛把儿们又跪下求情，刘三阎王拂袖而去。行刑的士兵探探两人鼻息，又见团长走了，就胡乱支应差事，打得马虎了。不要说一千二百军棍，一百二十军棍就能将人打死。他们断定赵德俊和公孙宁活不了，用力打一个死人，有必要吗？再说了，两个人连呻吟都停了，鼻孔里只有微弱的气息，有出的，没进的，打着有什么成就感呢。还有，北风呼啸，如果出一身汗，风一吹，不感冒才怪呢。雪越下越大，谁愿在这寥天野地里待着，都想赶快起程，找个村子歇下来，背背雪，喝口热汤……

风卷着雪花漫天飞舞。天空越来越昏暗，像夜晚一样。风刮得人脸是麻木的，雪打在上面仿佛打在冰面上。

终于又起程了。刘三阎王换了一辆牛车，下令开拔。

牛把儿们把赵德俊和公孙宁抬到葫芦的牛车上。士兵们并非全无人性，他们看到血肉模糊的赵德俊和公孙宁，心生怜悯，愿意步行，将车让出来。九弯子、大能耐、郑十六、三脚猫、周拐子的车上的士兵也下来步行。他们几个人不但要带上赵德俊和公孙宁，还要想办法带上他们的车和牲口。

晚上他们住在一个名叫兴国寺的村子。村名叫兴国寺，却没有寺，不知其来历。村南不远倒是有个关帝庙。

房屋都被队伍征用，几个牛把儿只得将赵德俊和公孙宁抬到一个四面漏风的牛屋里。牛屋内的风比外边的小多了，雪花也比外边落得少。他们点上一小堆火在两块门板之间给奄奄一息的赵德俊和公孙宁取暖。

伤怎么办？大能耐去见军医傅大山，求傅军医救救赵德俊和公孙宁。

傅军医摇摇头，说："打成这样，神仙也救不了。"

大能耐说："死马当活马医，总不能眼睁睁看着他们死吧。"

傅军医哼一声，说："这是白费工夫。"

大能耐还缠着傅军医，傅军医说不是我不救他们，是真救不了。大能耐说，救救看，也许能救活呢。傅军医说，我没那本事。大能耐说村里没大夫，除了你，没人能救他们。傅军医说，关键是我也救不了他们。大能耐说，赵德俊是个好人，他不能死，他刚结婚不久，老婆还在家等着他呢。傅军医说，我也希望他活着，可是我没办法，我又不是神仙。说到神仙，他说，你们去庙里求神保佑吧。大能耐说，那给他消消毒总可以吧。傅军医说他没有消毒药，但有烧酒，烧酒也可以消毒。大能耐说烧酒也行。傅军医说，不能白给你，你得买。大能耐回去招呼大伙凑了一些钱，从傅军医那里买了两斤烧酒。

"怎么用?"

"溻。"傅军医说。

"用什么溻?"

"自己想办法。"

大能耐回来说明情况，九弯子说用黄表纸，他见过。他说他打听了，关帝庙住着一个穷和尚，他那里应该有黄表纸。他冒雪到关帝庙，见到一个像乞丐一样的老和尚。他说明来意，老和尚说人们到庙里都是来烧纸送钱的，你倒好，来，不送东西，还伸手要纸，亏你说得出口。九弯子说救命要紧，可是他又没钱。老和尚说能给口吃的也行，他都快饿死了。九弯子答应给他吃的，他才从墙洞里摸出一卷黄表纸。九弯子伸手去接，他又缩回去。九弯子说你随我到牛屋，我给你吃的。老和尚说，这还差不多。

九弯子领着老和尚回到牛屋。大能耐以为他请老和尚来念经，心里说，人还没死呢，请什么和尚。脸色便有些难看。九弯子看出来了，拍去身上的雪，说："他要用黄表纸换吃的。"老和尚说："你们就当可怜我，施舍一点儿。"葫芦将他这两天的口粮拿出来给老和尚。老和尚把黄表纸给葫芦。他上前看看赵德俊和公孙宁，双手合十，念声阿弥陀佛，罪过罪过。然后朝大伙一一施礼，倒退着出了牛屋，转身走进风雪之中。

郑十六说："这和尚——"

九弯子说："他也不容易。"

大能耐问九弯子怎么弄，九弯子说我来。他口含烧酒将黄表纸喷湿，交给大能耐，让他敷在赵德俊背上。大能耐半跪着，小心翼翼地将喷湿的黄表纸敷到赵德俊血淋淋的脊背上。有的地方还粘着破布和棉花，需要先一点点清理掉。这项工作交给葫芦。葫芦试了试，破布和棉花与皮肉粘得很紧，他不敢硬揭，哭起来。三脚猫骂他没用，踢他一脚：让开，我来。他赶开葫芦，自己动手，咬着牙去揭破布和棉花。破布和棉花都被血染红了，和皮肉粘在一起，很难分辨。九弯子让他小心点，别把皮揭下来。三脚猫不敢再揭，他让周拐子来：拐子哥，你仔细，你来吧。周拐子只好接过这个活儿。葫芦哭得很厉害，周拐子骂他：哭，哭，就知道哭，烦不烦啊?! 葫芦忍住，不再哭了。郑十六拉上葫芦，说，走，看看牲口去。他们出去了。

黄表纸一张连着一张，将脊背和臀部贴满。赵德俊颤抖一阵，从昏迷中醒过来，他抬一抬头，看着大能耐和九弯子，吃力地说："还活着?"

"还活着!"九弯子说。

赵德俊又转动头，看到公孙宁，说："活着?"

"活着。"大能耐说。

赵德俊感到背部火烧火燎般地疼痛，他咬紧牙关，眼睛盯着酒瓶和黄表纸，像在询问。

大能耐点点头说："你要挺住!"

赵德俊看大能耐误解了他的意思，就艰难地把头扭向公孙宁："他——"

大能耐和九弯子明白赵德俊的意思，可是烧酒很贵，又很难买，他们怕不够两个人用。再说了，这个人和他们有什么关系，非亲非故的，何必管他呢。

赵德俊看他们犹豫，就费力地说："我们……"

大能耐和九弯子示意他不用说了。大能耐看看九弯子，九弯子看看大能耐，开始动手，如法炮制，给公孙宁贴喷了酒的黄表纸。赵德俊痛苦的表情中挤出一点笑容。

突然，郑十六挟着风雪闯进来叫道："'大丽花'要下崽了，'大丽花'要下崽了——"

九弯子一愣，一口烧酒滚下喉咙，呛得他好一阵咳嗽。大能耐双手捏着一张没有喷酒的黄表纸悬在半空。反应最快的是赵德俊，他猛一挣扎，试图起来，结果仅仅是弹腾了一下，如同置于案板上的鱼："生了？快，扶我去看看。"

"使不得，"郑十六忙劝阻他，"你不能去，你不能去。有周拐子在那儿，你还不放心？"

"找个背风的地方，"赵德俊说，"这么冷的天，得弄堆火。"

"知道，三脚猫已经弄了一堆柴草。"

"给'大丽花'多喂点料。"

"已经喂了四头牛的料。"

"头出来没有？"

"没有。"

大能耐和九弯子要去帮忙，赵德俊说："人关紧！"

公孙宁已经从昏迷中醒过来。"去吧，我没事，"他强作笑颜说，"死不了。"郑十六去了。大能耐和九弯子继续往公孙宁脊背上溻黄表纸。赵德俊惦记着他的"大丽花"，计算着产期提前了多少时日，考虑着是不是顺产，担忧着"大丽花"和牛崽的性命。公孙宁脊背溻满了黄表纸后，赵德俊又催着大能耐和九弯子赶快去看看"大丽花"。

风越刮越大，半个屋顶的茅草被风吹得不知去向，雪花乘机蜂拥而入，一会儿工夫，牛屋内就白乎乎一片。火堆暗淡下来，热气荡然无存，牛屋内的寒冷赛过冰窖。赵德俊和公孙宁陷入黑暗之中，他们咬牙抵御寒冷，没有力气说话。很快，两个人都发起高烧来，浑身发抖，头疼欲裂。赵德俊惦记着"大丽花"，喃喃着："'大丽花'……生了吗？……小牛犊……怕冷……生火……"

赵德俊看到两个黑衣人从屋顶下来，其中一个喊他的名字，他答应一声，另一个说就是他，两人不由分说抓住他的两只胳膊将他架起来往外走。外边寒冷彻骨。没有风。他问往哪儿去，两个人说到该去的地方。他们走过一片荒凉的原野。天空压得很低，像死鱼的肚皮一样白。他们跨过一个小木桥。小木桥上的木板用铁链子拴在一起，木板不稳，走在上面乱晃，铁链子随之发出声响。河里的水没有一点声音，仿佛不流动似的。再往前，是一道土梁。翻过这道梁，在一个山窝里停下来。这是什么地方？赵德俊纳闷。接着，他看到一个向下倾斜的洞穴。两个黑衣人带着他钻进去。洞穴很深，仿佛走不到头。洞里很暖和，他感到身上的雪在融化。他身上怎么会有雪呢？他不明白。他看看两个黑衣人，他们身上一片雪花也没有，真奇怪。他们来到一个大殿，他看到一个活泼的小牛犊，他挣脱两个黑衣人的胳膊，上去抱住牛犊，用脸去摩挲它细嫩的茸毛。他为什么和这个牛犊这么亲？他也不知道。他本能地喜欢抱它。牛犊也和他很亲，伸出舌头舔他的手。牛犊的舌头不像老牛的舌头那么粗糙，而是很柔软，像婴儿的手。大殿里点着许多火把，火把冒着黑烟。两侧站着两排牛头马面的差役，一半在黑暗之中。宝座上坐着阎罗王。阎罗王没那么可怕，但很威严，像戏剧里面戴着冕旒的皇帝。阎罗王一拍惊堂木，说："你叫赵德俊？"他说："我叫赵德俊。"阎罗王叫管档案的小鬼去查生死簿。小鬼翻一会儿簿子说："赵德俊一生行善，从来没做过亏心事，只是阳寿不长，只有二十八岁。"阎罗王皱皱眉头，说："为啥好人反而命短。再翻翻簿子，找一个寿命长的士兵调换一下，士兵在刀光剑影中，哪能长寿？"小鬼又翻一会儿簿子，说："可与某某调换。"阎罗王点点头，那就调换吧。阎罗王对赵德俊说："这次不收你，放你回去，继续受苦吧。"又指使两个黑衣人："你们再跑一趟，把赵德俊送回去。"两个黑衣人领命，从赵德俊怀中夺下牛犊，架住他就往外走。赵德俊说："我的牛犊……"两个黑衣人说："算你幸运，别得寸进尺。"赵德俊感觉自己很轻，几乎没有什么重量。两个黑衣人架着他毫不费力。他们出洞时遇到两个白衣人架着公孙宁往里进，他们擦肩而过。两个黑衣人架着赵德俊沿原路返回，翻梁，过桥，走过原野，又把他带回露天的牛屋。两个黑衣人将他往干草铺上一扔，从屋顶飘然而去……

赵德俊醒来已是第三天傍晚。他睁开眼看到一堆火——灰烬中重新燃起的一堆火；看到许多脚，有的穿着烂鞋，有的光着。牛屋里挤满了人，大能耐、九弯子、郑十六、周拐子、三脚猫、葫芦都在，他听到他们说话，语调低沉，语气哀婉，仿佛在谈论亲友之死。听一会儿，他才知道他们谈论的正是他赵德俊。"也许挺不过今晚了。"九弯子说。"高烧两天两夜，就是铁人也扛不住啊。"大能耐说。"好人啊，可惜啦。"郑十六说。"好人没有好报。"三脚猫。"唉——"周拐子一声叹息。葫芦没说话。赵德俊知道他们在等着为他送行。他们守着他，缅怀他的过去，念叨他的好处，叹息命运的残酷，感慨人生的无常。气氛既庄严肃穆，又不乏温馨。赵德俊听着听着就被感动了，两行热泪滴落到门板上。牛屋内光线昏暗，他又趴着，所以没有人注意到这个细节。

赵德俊头动一动，想扭过来说话，可是没有力气。大家停止说话。九弯子蹲下去摸摸赵德俊的额头，那火炭般灼热的感觉没有了，代之的是余烬的热度。生之顽强意志占了上风，死神在退却。

"老伙计，你差一点见了阎王。"九弯子说。

"我刚从阎王那儿回来。"赵德俊嘴里咕哝，却发不出声。

"你说什么？"郑十六看赵德俊嘴唇翕动，就将耳朵凑上去，"他？你放心，我们已经弄了一张草席，还要给他挖个坑，不会让野狗把他刨吃了。"

其实他们准备了两张草席，赵德俊和公孙宁各一张。但两张草席最终都没有派上用场，因为没多久公孙宁也从昏迷中醒过来了。

风停了，雪还是那么大，但温柔了许多，飘飘洒洒落在人的身上，如同冰凉的小手抚摸着。牛把儿们挤在牛屋内，虽然脚冻得像石头，脊背冻得像冰，他们仍然感到温馨，因为有一堆火，因为有许多人挤在一起，因为有烟抽。

赵德俊想起"大丽花"，他问："生了吗？"

"生了。"九弯子说。

"公的，母的？"

"公的。"

"扶我去看看。"

"你背上结痂了，不能动。"

"把牛犊抱来，我看一眼。"

没有人响应。一个个都沉默不语，如同泥塑。赵德俊从大伙的表情中读出了内容。他又想起在阎罗王那里看到的小牛犊，叹息一声，说："死了吗？"

九弯子告诉他小牛犊在生下来的那天夜里就死了。

"我知道，"赵德俊露出伤感的神色，说，"都是命啊，阎王爷不忍心看它受罪，就没把它放回来。"

于是他讲了阎罗殿那一遭的经历，众人啧啧称奇。接着公孙宁说他也到阎罗殿走了一遭，与赵德俊的经历大同小异。阎王放他回来的理由是他在阳间还有很多事没有做，阴间不予收留。他也提到在洞口与赵德俊相遇的事，众人更是啧啧称奇。

赵德俊提出要看看"大丽花"。

"'大丽花'……"大能耐摇摇头。

"'大丽花'怎么了?"

"牛崽死后，'大丽花'就不吃草了，怕是不行了。"

赵德俊急了，挣扎着要起来。大能耐按住他："你别动，我去将'大丽花'牵过来。"

一会儿，"大丽花"出现在门口。原来肚子圆滚滚的，现在瘦得像门板。只几天时间，"大丽花"瘦成了骨头架子。它走路摇摇晃晃，仿佛随时会跌倒。

牛屋本来是牛居住的地方，现在"大丽花"走进来人们反而觉得不自然。这么一个庞然大物——相对于躺着或蹲着的人们而言——几乎占去了牛屋一半的空间，人们靠墙角站起来，给"大丽花"让位置。"大丽花"有些局促不安，显然对这样的环境也不习惯。赵德俊从他趴着的位置看上去，"大丽花"简直就是一副悲哀的骨架：微微颤抖的四肢，下垂的脖子，无神的眼睛，以及蹄上的泥雪……泪水涌出眼眶，赵德俊泪眼望去，"大丽花"变成巨大的模糊的影子。他伸出手，手也变成模糊的影子，"大丽花"低下头去让他抚摸，影子与影子的抚摸。赵德俊向大能耐要牛料。大能耐将布袋拿到赵德俊跟前。赵德俊伸手从布袋里抓一把牛料，伸到"大丽花"面前，"大丽花"伸出舌头舔牛料，三下两下就把赵德俊手中的牛料舔得干干净净。赵德俊感到牛舌头舔在手掌上，像带刺的玉米叶拉过。赵德俊露出欣慰的表情，说："它吃，它吃……"他又抓一把料给"大丽花"吃。"大丽花"又很快吃完了。在场的人无不为之动容。"大丽花"有救了。郑十六说："我去给它拌草。"要强行将"大丽花"牵走，赵德俊让再等等，他又抓一把料给"大丽花"吃。他的手已触到饲料袋底部，里面没料了。"大丽花"还得吃草。他抱住牛头，把额头在牛头上蹭："你要好好吃东西，要活着，伙计，要活着啊!"亲一阵后，他擦去眼泪，让郑十六把"大丽花"牵走。看着"大丽花"巨大的背影，人们默默无语。

在他们昏迷不醒时，大雪纷纷扬扬，下了三天三夜，天地间白茫茫一片，行人绝迹，鸟兽潜踪。盈尺深的积雪把兴国寺村的草房压塌了十几间，所幸没有压死人。大雪使得队伍无法开拔，这在某种程度上帮了赵德俊和公孙宁的忙，使他们避免了旅途劳顿抛尸沟渠的命运。他们躺在牛屋内，在大能耐、九弯子等人的悉心照料下，在众多牛把儿的真诚关怀下，脊背结了痂，并且开始发痒。有时奇痒难忍，他们恨不得拿刀如同刮掉鱼鳞一样把痂刮掉。他们咬牙忍住，知道已渡过难关。雪停了之后，天仍是晴晴阴阴，积雪消融得很慢。这期间大能耐和几个相熟的牛把儿一起给赵德俊的牛车更换了车轴和几根辐条，修补了车辋子，虽然没有原来的新，没有原来的坚固，但不影响上路。他们还修理了公孙宁的马车，并且帮他喂马。

早上，周拐子在牛屋里转来转去，眼睛到处睃，鼻子嗅来嗅去。

"找什么呢？"赵德俊问。

"不找什么。"

周拐子的禀性大家都知道，他从不沾别人的光，别人也别想沾他的光。他的东西，谁也不许动，动了他就和你翻脸。刚出门那几天，大伙都从家里带来一些吃的，有的带几根咸萝卜条，有的带一把花生米，有的带点辣椒酱……吃饭时，凑到一起，大家共同享用，你可以吃我的，我也可以吃你的。只有周拐子不和大家凑群，他一个人躲到一旁，独自吃饭。他们叫他，他也不过来。他带的是什么，大家都很好奇。郑十六说他闻到了咸鸭蛋味。大家嗅嗅，还真是的。原来他怕大家分享他的咸鸭蛋。十几天后，大伙从家里带的东西都吃完了，咸鸭蛋味还在空气中飘荡。他带了多少咸鸭蛋？九弯子说真奇怪，这个小抠，他带咸鸭蛋就出人意料，竟然……还会带很多吗？后来，葫芦发现了秘密，周拐子只带了一个咸鸭蛋。一个咸鸭蛋吃了半个月还没吃完，谁也不知他是怎么吃的。葫芦说，他每顿只是舔一舔，最多吃米粒那么大一丁点儿。赵德俊私下里批评葫芦，说他不该说这事。无论如何，你管周拐子叫叔哩，你要尊重他。葫芦说他自私。赵德俊说他心不坏。大伙凑钱买烧酒时，葫芦盯着他，他也凑了几文。

"我知道你找什么。"赵德俊说，"在我这儿呢。"

周拐子愣在那儿。

赵德俊从枕边拿出半个咸鸭蛋，递给周拐子。

周拐子尴尬地接住。

"一点儿不少吧，"赵德俊说，"不要问谁拿过来的，他们只是和你开个玩笑，别介意。"

咸鸭蛋是三脚猫唆使葫芦偷的，想给赵德俊改善一下伙食。赵德俊坚决不吃，让他们把咸鸭蛋还给周拐子。你们不能动他的东西，他说。三脚猫说没见过这么小气的。葫芦找个借口溜出去。三脚猫将半个咸鸭蛋硬塞赵德俊手里，也出去了。

"我想给你吃。"周拐子说。

"我不吃，"赵德俊说，"我不喜欢吃咸鸭蛋。"

两个人最后这两句对话生硬得像劈柴，他们自己都觉得虚假。可是说出的话泼出的水，怎么能收回来呢。只好继续这种生硬的对话。

"你吃。"

"我不吃。"

"你嫌弃我吃过?"

"不是。"

"那你吃。"

"我不吃。"

他们越来越尴尬。周拐子发现九弯子、大能耐、葫芦、三脚猫、郑十六不知什么时候进来了，站在他身后，看着他们。周拐子突然生气了，转过身来朝他们吼道："我自己会做人情，用不着别人帮忙。"他将半个咸鸭蛋硬塞给赵德俊，转身出了牛屋。

大家面面相觑。

晚上，赵德俊将大伙叫到一起，共同给周拐子赔不是。赵德俊当着周拐子的面，吃了一点咸鸭蛋，皱着眉头说太咸了。他将咸鸭蛋伸给其他几个人："你们吃吗?"大伙都摇头。赵德俊把半个咸鸭蛋递给周拐子："你存着，当盐。"

第三章 黑夜里的秘密

抬辕压到"曹操"和"大丽花"肩膀上，拴好仰绳和肚带绳，放松"大丽花"的眉腰，缩短"曹操"的眉腰，插紧两个羊角，鞭杆拍拍"曹操"和"大丽花"的屁股，"嘚嘚——"一声，421号牛车上路了。

由于"大丽花"的眉腰放得很长，几乎是"曹操"独自在拉着车，"大丽花"只是跟着空跑。他心疼"曹操"，更心疼"大丽花"，"大丽花"刚下过崽，可以说正在月子期间，能跟着跑就已经不错了。

跟在421号牛车后边的是公孙宁的马车。他的马车被军队征用了，并且编在赵德俊这个车户组里。马车上坐着刘三阎王、刘太太和丫鬟楚莲。赵德俊的牛车改拉货物。

牛车陆续走上大路，连接成一条前不见首后不见尾的长龙。

雪后的田野湿润冰冷，稀疏的麦苗如秃子头上的头发，东两根西三根的，不成样子。一小群一小群的麻雀因饥饿而啾啾鸣叫，路边的枯树上偶尔栖落一两只呆头呆脑的乌鸦，牛把儿鞭子扬得高时，它们就"嘎——"的一声飞往远处。

本来清瘦的严陵河因这场罕见的大雪而变得丰润，却给车队带来许多困难。由一块块窄木板首尾相连的独木桥仅能行一人，不要说牛车，就是四条腿的牛也难以过去。车队只好选择一处浅滩涉水而过。

赵德俊看着"大丽花"踏进凛冽的河水，顿觉四肢冰冷，一股无可奈何的悲凉情绪袭上心头。他想跳进水里牵住牛鼻绳，可是脊背的一阵疼痛警告他不要轻率下水。"曹操"卖力地拉着车，沉重的轭深深地嵌进它的皮肉。河水的哗啦声，车轮的辚辚声，水鸟的叫声，士兵的谈笑声，赵德俊都充耳不闻，他所有的注意力都集中在河对岸的坎上——一个无可回避的坎，牛把儿们知道这个一半淹在水里一半露在外面的看似不起眼的坎的分量。牛车刚过河流中线他们就响亮地吆喝着，清脆地抽打着鞭子向坎冲去，冲上去就欢呼一声，冲不上去就拼命地抽鞭子，或者请求帮忙。赵德俊不忍心挥鞭打牛，只是大叫："'曹操''曹操'，攒把劲——""曹操"四蹄踏上河岸，"大丽花"也踏上河岸，"使劲，伙计!"一瞬间，牛车发生强烈震动，几乎要蹦起来，向东的方向改成了向南，"大丽花"被牛车桁条强大的力量又推下了水。刹那间，赵德俊以为牛车要翻了，吓出一身冷汗。谢天谢地，总算没翻。牛把儿们都去帮忙。公孙宁不能下车，就让牛把儿们将他的马牵去帮忙。"马，马，把右边的马——"他话未说完，脊梁上就挨了一鞭。疼痛像一条火蛇哧溜一声钻入身体。不用回头，他感到两道目光如芒刺背。没有人卸马。牛把儿们人多力量大，终于将421号牛车弄上了岸。一群水鸟泼剌剌飞往河的上游。

沾水的车轴吱吱作响。

晚上趴到门板上，脱掉上衣，赵德俊和公孙宁的脊背裸露出来，牛把儿们都唏嘘不已。这哪里是人的脊背，简直是乌龟的壳，硬邦邦的，像大旱之年龟裂的土地，裂缝中往外浸出的血水一道道如红蚯蚓。烧酒即将用完。九弯子在赵德俊耳边晃晃酒瓶，他的意思非常明白：只有这么一点点烧酒了，往后可怎么办？烧酒就是希望，希望这么少，如何能不令人忧虑？九弯子将酒喷到赵德俊脊背上，赵德俊疼得咬住鞭杆。

九弯子将酒喷到公孙宁脊背上，公孙宁疼得咬住棉袄袖子。

九弯子将最后一滴酒滴到公孙宁最大的伤口上。"一滴不剩了。"晃晃瓶子，他说。

熬过寒冷的黑夜，再颠簸一天，他们来到古镇晁陂。

曾经繁华的古镇因连年兵燹匪患，已变得很萧条，鸡肠子般细长的街道如同一条僵死的蛇，毫无生气，两边的店铺全都门板紧闭，铁将军把门，集市的影子一丝一毫也看不到，掌柜、相公和伙计都无影无踪，整个镇子空空荡荡，不闻犬吠，也无鸡叫，只有一群群的麻雀在房顶上啾啾哀鸣。

十字街头，刘三阎王见到迎候的陈区长。陈区长是个干瘦的老头，看上去唯唯诺诺，毫无脾气，但从他的语气中，你能感受到他是个硬骨头，不会任人摆布。陈区长领他们前往区公所。

来到广恩寺，陈区长指着大开的寺门说："这就是区公所。"团长、团长太太和丫鬟都下了车，公孙宁仍木雕泥塑般坐着，他感到自己的脊背是片正在烧荒的原野。陈区长对这个一直背对着他一动不动的车夫产生了好奇心，他绕到车夫的正面，惊诧地张开嘴。"你认识他？"刘三阎王问。陈区长摇摇头："这个人面色这么难看，一定病得不轻，我……我怕他从车上栽下来。"陈区长去扶公孙宁，他一只胳膊绕到公孙宁背后，公孙宁一阵觳觫，疼得咬紧牙关。陈区长旋即缩回手，好像触到炭火一般。"甭管他，"刘三阎王说，"走，我们去看看房子。另外，总不能让我的士兵睡在寥天野地吧。"

"那是那是，先看房子，我们还杀了一头猪犒劳官兵。"

说着话，他们走进寺里。寺里正在炖肉，飘出的缕缕香气，在廊下徘徊一会儿，悠悠地、悠悠地沿着狭窄的街巷游荡，化作无数蛊虫，钻入人们的鼻孔、骨缝，使他们五内翻动，烦躁不安。

卫队也住进寺内，士兵都敲开或砸开店铺的门住进店内，牛把儿们则睡在廊下。廊下背风，潮气也不重，比前些日子睡的地方强多了，他们很满意。赵德俊和公孙宁趴在寺庙的前廊下，可恶的脊背不允许他们翻身，他们就嘴咛着地忍受难耐的疼痛。龟裂的口子又在往外浸血，必须用烧酒消毒，否则后果不堪设想。

大能耐和葫芦自告奋勇，上街去寻烧酒。

夜幕徐徐降下。赵德俊、公孙宁、九弯子、周拐子、三脚猫和郑十六因饥饿和肉香而变得精神恍惚，他们无力说话，也懒得说话，唯一能给他们安慰的是烟草，可是烟草也不多了，必须节省着抽。一支烟袋在六人手中轮转，他们不敢狠吸，只是轻轻地咂一口，咂一口，让空空的肚子多少填充点烟气。一袋烟吸完，天全黑了。九弯子又装一锅儿，递给赵德俊："你们俩吸吧，吸着烟就顾不得疼了。"赵德俊接过来吸两口，把烟袋递给公孙宁，公孙宁刚吸一口，发现陈区长站在身边。陈区长刚从亮处出来，眼前一片黑暗，只看到一点鬼火般的亮光在脚边闪动，那是公孙宁手中的烟袋。陈区长掏出烟袋摁一锅烟，适应一下门外的黑暗，看清廊下是六个人，两个躺着，四个靠墙蹲着。他蹲下来说："借个火。"公孙宁将烟袋递给他，并抓住他的手腕用力攥一下，暗示着什么。陈区长吸着烟，把公孙宁的烟袋还给公孙宁。陈区长吸一口，将自己的烟袋给公孙宁说："你尝尝这个。"公孙宁接过来吸一口交给赵德俊："你也尝尝。"赵德俊接过来吸一口，果然是好烟，脊背的疼痛消失了，脊背也不存在了，代之的是一朵花，一朵正在开放的巨大花朵，仿佛是牡丹花，粉红与粉白相间。陈区长问公孙宁："是不是病了？"公孙宁说："脊背被打烂了，让大能耐去买烧酒还没回来。"陈区长说："这般时候到哪儿去买烧酒？"

他们正说着话，刘三阎王醉醺醺地从寺里出来，站在门口剔着牙说："谁想喝酒？老子这儿有。"他倚着门框掏出家伙就撒尿："怎么没人喝？还是热的呢！"尿星溅到公孙宁的脸上和陈区长的手上。刘三阎王撒完尿，摇摇晃晃进了寺院。陈区长起身说："烟袋送给你们，我走了。"他过一会儿回来，在公孙宁和赵德俊头边各放一个馒头，还塞给公孙宁两个纸包。赵德俊和公孙宁将馒头塞进被窝，不敢吃，怕被士兵发现。寺院里的灯熄了，街道上零星的灯火也渐次暗了，天上稀疏的星星眨眨眼，沉入梦乡。

大能耐和葫芦两手空空回来。从他们失意的步态、沉重的脚步和疲惫的身影，就知道他们一无所获。这是意料中的事，大家都不怪他们。作为对他们辛劳的酬谢，公孙宁掰给他们一块馒头。其他人也都得到一点馒头。更令他们惊诧的是公孙宁从怀里掏出一个纸包，纸包里竟然是一大块熟肉，他们都很长时间甚至几年不知道肉是什么滋味了。他们轮流咬一点儿尝尝。"过年哩。"大能耐说。他们像老鼠一样在黑暗中享受着难得的美味佳肴。他们想仔细品品肉的味道，可不知怎么搞的，肉进到嘴里还没来得及咀嚼，就被嗓子里伸出的小手一把抓进去，令他们后悔不迭。

他们正在回味肉的味道，两个黑影悄然加入到他们中间，唬得他们目瞪口呆，嘴里像被塞入了卡子，动不了。来人感觉到气氛紧张，其中一个年长的自我介绍说他是大夫，姓王，另一个是他的伙计，叫小愚子，是专门来为他们治伤的。他们乘快马狂奔几十里赶到这里，既不是出于善心，也不是出于道义，而是被一伙人劫持而来。也就是说，他们是被绑架来的。此时那伙人和马匹正隐藏在镇子外面的一片杨树林里。那伙人警告他："你不用打听我们是谁，只管去治伤。"

王大夫放下药囊，取出火折子，打着火，点燃油麻籽，让大能耐、九弯子和郑十六用被子挡住光线，他为赵德俊和公孙宁治伤。王大夫检查后摇摇头。"一塌糊涂，一塌糊涂，"他说，"打得这么重还能活下来，真是奇迹。"随即叹息一声："可惜啊，可惜啊，要有丹砂就好了。"这时他想起白天发生的怪事，一个外号叫老三的人来到他的铺子里，说要买丹砂，他所剩不多，老三说："全给我吧。"他还想留一点儿，万一有急用呢。老三很霸道，全部拿去，一点儿没给他剩下。老三是民团的人，讲究，钱一文不少，给足了。好吧，全拿去就全拿去，他第二天再制备，没什么大不了的。他没想到，夜里，现在，就需用丹砂。可是，他药囊里空空如也。这是他们的命吗？

公孙宁递给王大夫一个小纸包，这是区长塞给他的两个纸包中的一个。另一个包的是熟肉，他们已分享了。

"你看看这个，能用吗?"

王大夫认出那个包，这不是老三白天买走的丹砂吗?怎么会在这里?他打开包，看看，闻闻，颜色、气味都对，正是他的独家配方。他越发觉得诡异。这说明有两拨儿人要救这两个车把式。他们是什么来头?他从小愚子手中拿过燃烧的油麻籽，凑近公孙宁，看一眼，有些面熟，可他想不起来是谁。再凑近赵德俊看一眼，没见过。他不敢问。多一事不如少一事。我只管治病救人，管他什么来头。看破不说破。他没说那是他的丹砂，只说能用，正是治伤的。他让小愚子拿出两瓶烧酒，他给他们示范如何用药。"非常简单，"他口含了烧酒喷到公孙宁背上，将脊背喷湿，用棉花揾去裂缝中的血水，用一根劈开的麦秆，将药面小心翼翼地抖到裂缝中:"就这样弄，这丹砂非常灵验，一次放一点点儿就行了。"处理完公孙宁的脊背，他又处理赵德俊的脊背……

突然，从镇子外传来一阵枪声。王大夫"噗"地吹灭油麻籽火。几个人紧张地谛听着。区公所里传来哗哗啦啦拉枪栓的声音。卫兵们进入了临战状态。两个卫兵拎着盒子炮出来查看。枪声伴随着吆喝声很快远去。有一个士兵跑过来，被两个卫兵拦住询问:"妈的，什么情况?"那士兵说:"有杆子，被打跑了。"卫兵带那个士兵进院里给刘三阎王报告。进院前，一个卫兵抽抽鼻子，看一眼黑暗中的牛把儿们，自言自语:"妈的，什么味儿?"牛把儿都屏住呼吸，一动不动。

一会儿，那个进去报告的士兵从里面出来，吹着口哨走了。

夜晚复归于寂静。

又等一会儿。

王大夫说："是福不是祸，是祸躲不过。"他让几个人再将他围起来，遮挡光线。小愚子打着火，点燃油麻籽，给他照明，他继续为赵德俊疗伤。这项工作很快就结束了。临走，他让小愚子把两瓶烧酒留下。公孙宁问多少钱，王大夫说不要钱。

"出门在外不容易，以后用钱的地方多着呢。"王大夫说，"听说今年东边大旱，秋天人们一粒粮食也没收下，白河断流，有的地方都干了，不知要饿死多少人啊。钱还是留着吧，用处大着呢。"

王大夫和小愚子走了之后，他们都感叹遇到了好人。旋即他们又为东边的大旱叹息，他们也不知道"东边"到底有多远。他们庆幸这次拉差只到镇平县城，并不继续往东。

夜色如墨。王大夫和小愚子跌跌撞撞往杨树林走去。小愚子怀疑那伙人早走了："他们会等我们吗？"王大夫说："等个屁。"刚才那枪声就是从杨树林里传出的。

杨树林里静得出奇。那伙劫持他们并答应完事后送他们回去的人早没了踪影。小愚子说："现在怎么办？"

"凉拌。"王大夫说。

小愚子不敢作声了。王大夫的脾气坏，气没处撒，只会撒在他身上。他们站在黑暗中，一时彷徨。突然，他们听到拉枪栓的声音，吓得直哆嗦。

"别……"王大夫说。

黑暗中跳出两个比夜色还浓重的黑影。

"我是大夫。"王大夫说。

一个黑影说："把衣裳脱了！"

另一个说："快，要不我们开枪了。"

这不是劫持他们的那伙人。没听到马的蹄声或喷鼻声。这两个人没有马，和劫持他们的人不是一伙的。不过，黑暗中他们不可能看到这些。这两个人要抢他们衣裳。王大夫穿的棉袄棉裤都是崭新的，小愚子穿的也没有补丁。

"快脱！"

"快脱！"

且不说两个黑影有枪，就是没枪，要抢他们衣裳，他们恐怕也无力反抗。王大夫从声音中听出这两个人都是大小伙子，十六七岁。这个年龄段的人你最好不要惹他们，他们是什么都干得出来的。脱吧。王大夫脱下长袍，递给一个黑影。黑影摸了摸："什么玩意儿，这么长？"王大夫说是长袍。那个黑影把长袍扔地上，说："棉袄棉裤。"王大夫又脱下棉袄棉裤递给黑影，黑影摸了摸："嗯，不错。"王大夫说是新花。小愚子也脱下棉袄棉裤，另一个黑影抓过去，摸了摸，还算满意。

"不许跟着我们，跟着我们就崩了你。"

王大夫和小愚子瑟瑟发抖，看着两个黑影消失在黑暗中，很快，连脚步声也听不到了。大地复归于寂静。

王大夫从地上捡起长袍穿上，说："傻瓜，不知道长袍更值钱。"

小愚子光着身子，不作声。

"回去。"王大夫说。

他们跌跌撞撞原路返回，又来到寺院廊下。

"谁?"大能耐小声问。

"我。"

"'我'是谁?"

"我是大夫。"

大能耐跳起来拉住王大夫："我就说等天亮再走，这黑灯瞎火的……咦，你的袄子呢?"王大夫说一言难尽。大能耐再一摸小愚子，更光，身上一层鸡皮疙瘩，还在发抖。"快，钻被窝里……"

葫芦要打火，王大夫制止了。

"我们真不该走……"王大夫说。

九弯子和大能耐把自己的被子让给王大夫和小愚子。九弯子和郑十六挤到一起，大能耐和三脚猫挤到一起。周拐子说："我这儿还能挤。"葫芦没敢吭声，他尿床，大家都知道，没人愿意和他挤一起。

王大夫说："我俩一条被子就行了。"

九弯子说："那哪儿行，你们是恩人。"

于是，王大夫和小愚子各享用一条被子。尽管如此，夜晚屋外的寒冷还是超出他们的想象，两个人都冻得睡不着。再看其他人，紧紧地挤在一起，都睡得很香。王大夫拍拍小愚子：合铺，你睡那头。小愚子也正有此意。合铺后，他们感觉好多了。王大夫回想这一天的经历……秘密和意外，完全摸不着头脑。他久久不能入睡。

黎明前，天还很黑，王大夫睁开眼，看到一个个牛把儿蹑手蹑脚地起床。王大夫说："起这么早？"九弯子小声说："我们喂牛，你睡吧。"牛把儿们从他身旁走过，无声无息，像活动的影子。

牛车和牛都在东山墙外，这儿背风。牛或拴在车轮上，或拴在将军柱上，或拴在车尾板上。牛把儿们拿出牛槽，放车厢里，拌上草料，摸摸牛的脑袋：吃吧，吃吧。尽管草多料少，但牛没的选择，必须吃，不吃就要挨饿。牛逆来顺受。命运如此，它们什么也决定不了。牛把儿们虽是牛的主人，但他们也一样忍饥挨饿，一样无法掌握自己的命运。

赵德俊和公孙宁也醒了。他们是被痒醒的。俗话说，疼可忍，痒不可忍。脊背上像是有万千蚂蚁啃噬，他们知道，这是药物在发挥作用，必须咬牙忍住，不能去挠。赵德俊与王大夫头挨头。他说："大夫，痒比死都难受。"王大夫说："比死难受也得忍。"公孙宁嘴里咬一截儿树棍，不如此，他会发狂。这是考验意志的时候，他要经受住这个考验。

"有别的办法吗?"赵德俊问。

"没有。"王大夫答。

"谁让你来的?"赵德俊问。

"别打听了，知道太多不好。"公孙宁拿开树棍，说罢又把树棍塞嘴里，咬上。

"嗯。"王大夫说。

赵德俊不再问了。三个人都不说话。他们各自想着心事，咀嚼着自己的经历……

牛把儿们给牛拌过草料后，回到廊下。被窝里那一点可怜的热气已被寒冷吞噬，他们不想再把凉被窝暖热，于是紧紧挤在一起，把被子搭身上取暖。

"马……"公孙宁说。

"喂了，放心。"九弯子说。公孙宁被编入他们这个组，他们就是一个整体，互相照应是理所当然的。

天快亮了。

"你们有多余的衣裳吗?"王大夫问。

"哪有，"大能耐说，"每人就身上这一件，空筒袄，要给你，我们就得光着身子。"

"你帮我们，我们也应该帮你，可是……"赵德俊说。

"算了算了，我再想办法。"王大夫说，"你们光着身子会被冻死的。"

"你可以穿我的。"公孙宁说。

"你有多余的?"大能耐问。

"没有。"

"没有你逞什么能!"

"我有被子。"

"被子能当衣裳穿?"

"刘三阎王不会让我光着身子赶车吧?"

"指望他发善心，哼!"

"这样吧，"赵德俊说，"我们给军爷说说，让你们坐车上，围上被子，我们把你们拉到镇平。"

"能行吗?"王大夫说，"我走的时候要带上钱就好了。"稍停，又说，"我倒没什么，还有件袍子;就是小愚子，总不能光着身子吧。"

赵德俊问大伙还有钱吗，大伙都说没钱。他们确实没钱，他清楚，之所以要问问，是抱着一线希望。

天亮后，牛把儿们生火做饭。王大夫又查看赵德俊和公孙宁脊背上的伤。夜里借着油麻籽的光看不太清楚，现在一目了然。

王大夫感叹："你们真是命大。"

赵德俊说："阎王爷不收我们。"

"算你们运气。"

"也许吧。"

他们看到陈区长朝这边走过来。陈区长老远就认出了王大夫，他快走两步，来到跟前，问："王大夫，您怎么在这里?"

"我也不知道。"王大夫说。

"您可能不记得我，前年春上我去找您看过病。"

"有印象……你那时比现在还瘦。"

"是的，是的。您说我肚里有虫，给我一包粉面让我冲水喝下，喝下去半个时辰，肚子咕噜噜叫，疼得我浑身冒汗，捂住肚子跑到茅厕，刚蹲下，就拉下来一攥子①虫，吓我一跳……"

"你现在气色好多了。"

"马马虎虎吧。"

"你能给我伙计找个衣裳吗?"

"他衣裳呢?"陈区长转向蜷缩在被窝里的小愚子，摸摸他的头，"你衣裳呢? 被偷了?"

"差不多吧，"王大夫说，"他光着身子，咋见人?"

"王大夫也需要棉袄。"公孙宁说。

_____

① 方言，意思是一把。

"我有袍子。"王大夫说。

陈区长摸摸袍子，单层的，这怎么行，他说：

"你们等着，我去给你们找棉衣。"

一会儿，陈区长再次出现时，抱着两套棉袄棉裤，一套大的，一套小的，大的是男式的，小的是女式的。他说不知道合适不合适，让王大夫穿上试试。这时候，哪管得了这些，有穿的就已经谢天谢地了。王大夫穿上那套大的，松松垮垮，明显不合身。陈区长说我再去给你找。他嘴上这样说，却没有要去找的意思。王大夫说合适合适，我喜欢穿宽松一点儿。小愚子只好穿那套女式的。本来棉裤男式女式是不太分的，但这个棉裤裤腰一圈是花的，必是女人穿的无疑。棉袄是碎花的，窄，短，偏襟，没有一个补丁。牛把儿们偷偷地笑。小愚子顾不了那么多，女式也比光着屁股强。他穿上棉袄，有点紧。棉裤倒是大小合适。他不敢看人，勾着头，缩着肩，总想往王大夫身后躲。

陈区长请王大夫随他进区公所吃早饭。王大夫说不了，他还是回去的好。怎么回？王大夫指指自己的脚，步行。那怎么行，走到猴年马月，还是先吃饭吧，吃过饭我帮您想办法。陈区长拉住王大夫的手，不由分说，将他拉进区公所。小愚子也跟着进去。

刘三阎王站在院子里看着天上。他们也抬头看天，天上什么也没有，不知道他在看什么。

"他们是谁？"刘三阎王问。

"这是王大夫，世代名医，这个是他的伙计。"

"他们来这里是——"

"王大夫给我看过病，我请他来一块儿吃早饭。"

"好啊，一块儿吃早饭。"刘三阎王打量着王大夫，面露疑惑，"名医？"

"名医，方圆百里都很有名。"

陈区长又介绍了刘三阎王："这是刘团长。"

王大夫向刘三阎王点头致意。

刘三阎王哈哈大笑。

王大夫和陈区长马上明白过来，他是笑小愚子的穿着，他们也跟着笑。小愚子又往王大夫身后缩了缩，他的这一动作让大家笑得更厉害了。

刘太太和丫鬟楚莲从屋里出来，刘太太问你们笑什么，旋即看到小愚子穿着女人的棉袄棉裤也哈哈大笑。楚莲捂住嘴，怕笑出声。陈区长向刘太太请安，并介绍了王大夫。王大夫行礼问好。刘太太收住笑，打量王大夫，看到他不合身的棉袄棉裤，想笑，忍住了，点头回礼。楚莲也冲王大夫点点头。

区公所有专人做饭。一会儿，早饭端上来了。小米稀饭、白面馒头、咸菜、炒鸡蛋、辣椒酱、炒酸菜。王大夫和陈区长坐桌，陪刘三阎王夫妇吃饭。小愚子和丫鬟只能蹲院子里吃。他们没菜，一碗稀饭一个馒头。小愚子好久没吃到白面馒头了，一个馒头几大口就吃完了，差点噎住。他还想吃，但看看王大夫，看看区长，便作罢了。他又呼呼噜噜把碗里的小米稀饭喝完。楚莲问："你怎么穿成这样？"小愚子不回答。楚莲说："哑巴？"小愚子瞪楚莲一眼。楚莲说："我说错了吗？"小愚子不吭声。

王大夫也是一个馒头一碗稀饭，只比小愚子多吃了几根咸菜丝。刘三阎王夫妇各吃两个馒头，并把炒鸡蛋和炒酸菜消灭掉了。陈区长吃的和王大夫一样。

饭后，王大夫告辞，陈区长说："我去送送。"

"慢。"刘三阎王说。

"有何吩咐？"

"你留下。"刘三阎王指着王大夫。

"他是大夫，只会看病，别的干不了。"陈区长说。

"我没说让干别的，"刘三阎王说，"给他们找个地方住下。如果跑了，我唯你是问。"

"是。"

从区公所出来，陈区长向王大夫道歉：是我害了你们，请原谅。王大夫说，是福不是祸，是祸躲不过，这事不怨你。陈区长说，我只是想招待你们吃顿饭，没想到弄成这样。王大夫说，流年不利，祸不单行。他们从赵德俊和公孙宁身边走过去，陈区长朝公孙宁微微点一下头，如果不注意，很难察觉。赵德俊看到了，起初以为陈区长向他点头，马上意识到这不可能，再看公孙宁，公孙宁也微微颔首。

满大街都是士兵、牛把儿和牛。街道上星罗棋布般地分布着一摊摊散发着热气的牛粪，他们小心避开。他们所过之处，都引来好奇的目光。陈区长将王大夫和小愚子领到一个门面房前。门上挂着锁。陈区长摸出钥匙，打开锁，取下两块门板，让王大夫和小愚子进去。屋子很暗，他们要适应一下。陈区长又打开通向院子的后门，两边都进光线，屋子里一下子亮堂多了。临街的房屋大都是这种格局，前排是门面房，穿过门面房，是院子，有的一进，有的两进，这都是住的。院子没有打扫，墙根长着干枯的荒草。门面房空空荡荡，什么东西也没有，只有一方小桌、两个凳子。

"这是我家，"陈区长拉过一个凳子让王大夫坐，说，"家里没别人。"

"哦——"王大夫说。

陈区长向他们保证，不会有事。

"您是大夫，他不会和大夫过不去。在这里待几天，没什么事，你们就可以走了。"

"但愿如此。"王大夫说。

陈区长又问起他们在这里的原委，王大夫一五一十说了。陈区长说，这些事不要给别人讲，免得有麻烦。至于有什么麻烦，陈区长没说，王大夫也没问。

第四章 送你一颗子弹

太阳始终没有出来，天空灰暗，看一眼就让人沮丧。

只剩赵德俊和公孙宁两个人，赵德俊说痒，公孙宁也说痒。忍着。忍着。没有别的办法。这是伤口在愈合。是好事。他们挺了过来。现在有药，他们死不了。痊愈只是时间问题。

这些天，一个又一个时辰，日出和日落，无尽的白天和无尽的长夜，他们都在一起，就连去阎罗殿也是一前一后，没错多久，赵德俊感到他们的命运已经捆绑在一起，不能再分开了，他心底生出一种兄长般的想保护弟弟的情感。当他意识到这些时，他自己也吓了一跳，这个人，你几乎一无所知，怎么就想保护他呢？再说了，你连自己都保护不了，怎么去保护别人？但现实是现实，情感是情感，他内心里就是涌出这样一股情感的泉水，他不能否认，必须诚实地承认。这个人将自己包裹得很严实，你与他说话，他总是用"嗯"来回答，仿佛"嗯"是万能的，能回答一切问题。你并不是想窥探他的隐私，你只是想让他坦率地面对自己。有什么好隐瞒的呢？隐私，一个赶大车的会有什么隐私？他想不明白。他抛出的所有问题，都被"嗯"这面墙壁给反弹了回来。你把他当兄弟，他呢？要说他没把你当兄弟也不尽然，虽然他不给你交心，隐瞒着什么，但他的眼睛不会骗人，他的眼睛在说：我们是兄弟！

这个人不简单，赵德俊想。一个赶车的，区长给他送馒头、肉和药。又从天上掉下一个大夫，给他治疗。噢，他是谁呀？赵德俊清楚他没有这样的好运，他只是沾了公孙宁的光。

他问区长和大夫是怎么回事，公孙宁"嗯"了一声，显然不愿回答这个问题。

"不说算了。"赵德俊说。他从不勉强别人，人家不说自有不说的道理，你何必要问。如果不是在一个小组里，不是生死与共，他才不会问呢。

赵德俊小心翼翼地从铺位上爬起来，尽量不牵动背部肌肉。他感到脊背像乌龟壳一样硬。他不敢摆动胳膊，身子也不敢扭动，脚步也迈得很小。小碎步，慢慢移动，像木偶。他的注意力全放在脊背上。他走到"曹操"和"大丽花"跟前，看看牛槽，里面有些许铡短的麦秸，湿漉漉的，上面没什么饲料。他知道队伍分配的牛饲料越来越少，牛差不多吃的全是麦秸。又要牛拉车，又不给牛饲料。他叹息一声，无可奈何。他尤其心疼"大丽花"。他从它眼睛中看到悲伤。它漠然地看着他。它失去了孩子。它什么也做不了。它甚至没有流泪。它也许偷偷地流过泪，只是你不知道罢了。它瘦得像骨头架子。它的骨头坚硬无比，稳稳地戳在地上，支撑着它的躯体。可怜的……孩子。他看着"大丽花"，"大丽花"也看着他。"大丽花"大大的眼睛上有他的影子。他试着动一下胳膊，感受到疼痛，便不再动了。他把头轻轻抵住"大丽花"的额头，"大丽花"的鼻息吹到他脖颈上。片刻，他把头移开。他能做的只有这些。这安慰到"大丽花"了吗？他不知道。"大丽花"仍是漠然地看着他。"曹操"在旁边看着他。他也用额头碰碰"曹操"的额头。一路上，"曹操"吃得少，出力却多。委屈你了，伙计。"曹操"任劳任怨，真是好伙计。

他看到楚莲又出来倒水。倒罢水，楚莲没有急着进院子，而是在门口站立片刻。楚莲似乎和公孙宁说话了，他看到公孙宁摇头。然后，楚莲进了院子。

牛把儿都随士兵征粮去了。刘三阎王向陈区长要粮食，陈区长把他领到仓库，打开大门，让他看里面。一只黑猫，闪电般躲到粮仓角落，警惕地观察着来人，两只眼睛像两块发光的琥珀。刘三阎王指着两个圆柱形的粮仓。陈区长去拉开出粮口的木板，一粒粮食也没流出来。下一个也是。粮仓都是空的。刘三阎王脸色铁青，他说，粮食呢？陈区长说没有粮食。刘三阎王鼻孔里哼一声，骗鬼呢，他根本不信。他命令陈区长给部队征粮，至少征一万斤！陈区长说去年歉收，老百姓都出去逃荒要饭了，村里连人影都找不到，哪还能征来粮食。刘三阎王说，旱不死的葱，饿不死的兵，老子手里有枪杆子，还怕没粮食。他威胁要枪毙陈区长，陈区长说毙了我也没用，还是没粮食。刘三阎王说，我倒要看看，能不能征来粮食。于是，他派兵下乡征粮。所谓"征粮"，其实就是抢劫，士兵们私下里称之为"扫粮"，就是要打扫干净农民粮仓里的粮食，一粒也不剩。

赵德俊和公孙宁中午没有吃饭，因为没人给他们做饭。

傍晚时分，随士兵出去征粮的牛把儿们都回来了，外边闹吵吵的。牛把儿们交差后，正在给牛卸套。

"饿吗？"九弯子走过来说道。

"不饿，"赵德俊说，"饿过劲了，感觉不到饿。"

"先给你们换药吧，一会儿天就黑了。"

"好吧。"

"大能耐——"九弯子叫道。

大能耐答应一声跑过来。

他们趁着傍晚残存的光线，查看赵德俊和公孙宁的脊背，为他们重新上药。二人的脊背暴露在已经昏暗的光线中，九弯子和大能耐凑近去看，看清之后，很是惊讶。

"啧，啧——"

"怎么啦?"

"神了,真是神药啊!"大能耐说。

"都长住了,都长住了,"九弯子说,"照这样下去,再有两天——"

他轻轻地触碰一下。

"痒。"赵德俊说。他看到公孙宁的脊背,新长出的肉红艳艳的,像草芽一样鲜嫩。自己的脊背想必也是一样。

"痒就对了。"九弯子说。

"真是虎狼药啊,"赵德俊笑道,"要不怎么这么厉害。"

"忍着吧。"九弯子说。

"忍着!"

上药之后的半个时辰是最痒的,恰似百爪挠心。赵德俊让大能耐给他个柴棍,一会儿他好咬住。

他们刚喝过汤,夜色便从墙角、树下和低洼处升腾起来,慢慢向空中伸展,像墨一样洇开,把空气也染成黑色,然后再向上,向上,把整个天空染成黑色。黑暗让人感到一切都在收缩和下沉,空间和时间都处在漏斗中,越往下它们挤得越紧,终于到了漏斗最底部,它们被卡在那儿。

一群牛把儿挤在一起,既不睡觉,也不聊天,只是沉默。九弯子贡献出他的烟袋,点上一锅烟,大家轮流吸一口。烟草的气味弥漫开来,给他们些许安慰。

"为什么不说说白天的事？"赵德俊说。

"没啥说的。"九弯子说。

"就是一群土匪。"大能耐说。

"连土匪也不如。"郑十六说。

"土匪是夜里抢，这是白天抢。"三脚猫说。

"不抢怎么办，我们的口粮和饲料从哪儿来？"周拐子说。

"这是人说的话吗？"大能耐气愤地说，"老百姓欠你的？他们就该被抢？"

"你没看咱们的口粮还有牛饲料越来越少吗？当兵的不种地，不打粮食，你不叫他们去征能行吗？"

"老百姓就该把脖子扎住饿死吗？"

周拐子不吭声了。

赵德俊奇痒难忍，把准备的木棍塞嘴里，紧紧咬住。他看一眼公孙宁，公孙宁已经这样做了。

他们几个人看着二人遭罪，爱莫能助。

赵德俊想出个办法，让九弯子用热烟袋锅烙他的脊背。九弯子说烙得轻不管用，烙得重会把皮烙焦。赵德俊说你只管烙，越重越好。九弯子说他下不去手，把烟袋递给大能耐。大能耐也不干。这是个馊主意，他说。他把烟袋递给三脚猫，三脚猫也不干。总之，没人帮他这个忙。烟袋传来传去，烟袋锅已经不热了。

"要不你吸口烟吧。"九弯子说。

"算了，"赵德俊说，"我还是咬木棍吧。"

他又咬住木棍，感觉像马咬嚼子似的。他看一眼公孙宁，心想，怪不得他能想出这么个主意，他和马打交道多嘛。

"睡吧。"九弯子说。

几个人钻进被窝里。如果被窝足够暖和，他们会很快进入梦乡，可是被窝冷得像铁，他们瑟瑟发抖，缩作一团。挤挤，挤挤，大能耐说。他们紧紧挤到一起。葫芦不愿和他们挤得太紧，他怕自己尿床，被他们发现。葫芦睡在赵德俊和大能耐之间。赵德俊将他往那边推推，说，你往那边挤，别蹭住我的背。葫芦只好往那边挤了挤。赵德俊和公孙宁不能和大伙挤，他们的脊背不允许。

挤在一起好多了。渐渐响起了鼾声。夜变得更安静了，能听到大地深沉舒缓的呼吸。

隐隐有女人的怪叫声传来，听上去既压抑又痛苦。三脚猫醒过来，骂了一句。大能耐也醒了。还有葫芦，他翻个身说，什么声音？大能耐拍他一下，说，猫叫。不是，葫芦说。大能耐说，我说是就是。你听，葫芦说。大能耐说睡吧，听多了你会尿床的。葫芦不吭了。

赵德俊和公孙宁因为脊背痒，一直没能入睡。他们听得清清楚楚，是女人痛苦的叫声。

"谁?"公孙宁小声说。

"刘太太。"赵德俊说。

"我猜也是。"

"真是一对怪人。"赵德俊说的是刘三阎王和他太太，他不止一次听到这种声音。

很难说清楚那声音的性质，说压抑吧，又透着欢乐；说痛苦吧，又透着兴奋；说愤怒吧，又透着嬉闹；说害羞吧，又透着放肆，总之，极为复杂。他们本可以不弄出声音。他们知道出声会被屋外的卫兵和牛把儿们听到，他们不管，或者故意为之。

那声音消停之后，赵德俊轻轻拍一下葫芦，想叫他起来撒尿，葫芦哼哼一声，翻个身，继续装睡。

黎明时分，牛把儿们起来去喂牛，赵德俊把手伸进葫芦的被窝里摸一下，一片温湿。又尿床了。他将葫芦的被子揭开，晾着。这时候天很黑，没人能看到尿渍。葫芦害羞，宁愿自己暖干，也不愿让人笑话。

早上，刘三阎王走出门来。他在门口站立片刻，看看天，仿佛在判断天气。他妈的，他骂一句。天不阴不晴，一副漠然神情。他朝拥着被子坐在廊下的赵德俊和公孙宁冷漠地看一眼，好像他们不是有生命的人，而是和砖头石块一样无生命的物。他叫上四名卫兵，跟着他，进入像鸡肠子一般的街道。

一会儿，楚莲出来倒水。水呈扇形泼洒在两棵梧桐树中间的空地上。她动作优美，腰身柔韧，她朝公孙宁瞭一眼，勾下头，快步走进院子。

赵德俊看公孙宁，公孙宁面无表情。

王大夫师徒天天和一只白色的母山羊待在一起。他们的任务就是帮陈区长看着这只山羊，别让士兵闯进来把它抢走。陈区长出门之后，他们就从里面将门闩上，让外面的人以为屋里没人。有士兵来敲门，他们不应声。士兵朝门板上踹一脚，骂句粗话离开了。

晚上陈区长回来，王大夫问他什么时候可以回去，陈区长的回答总是：再等等。还等什么？等刘团长把你忘了。这没道理。哪有道理？陈区长愤愤不平地说，谁和你讲道理。他向王大夫诉苦，这支队伍没有信仰，没有使命，既不清楚要去哪里，也不清楚要干什么，只是不断地吞食东西。士兵们吃，牛把儿们吃，牛吃。凡土里长出来的，都吃掉。吃不掉的，就烧掉。他们生火做饭，取暖，能烧的都烧掉。如果他们继续赖着不走，门、窗、桌、椅、床、梁、檩条、椽子，甚至棺材等都在劫难逃。这样，陈区长说，队伍过后，还能剩下什么？只有荒凉，白茫茫一片真干净。

陈区长又说，天天逼着要粮食，我说粮食没有，命有一条。他们不要我这条老命。他们说，你的命值几个钱？自己留着吧。他们自己下乡去抢，乡下的地皮都被刮下来一层。

陈区长叹息一声，说："简直是土匪，还飞叶子。"

什么叫"飞叶子"？"飞叶子"就是敲诈勒索，给你门上钉一封信，让你准备多少多少大洋，送到某处，或者他们来取，如果不照着做，他们就来抢劫杀人。

"军队还干这样的事？"

"你以为呢。"

"也许是杆匪干的。"

"哼，是杆匪倒好了，"陈区长说，"杆匪我们可以血拼，军队，你只能干瞪眼。"

王大夫叹息一声。

陈区长拿出专用的小钵子，盛半钵子水，去院里给山羊洗乳头，洗干净后，将水倒掉，开始挤羊奶。他动作娴熟，一会儿工夫就挤满一钵子。这可是好东西啊，他笑着炫耀。王大夫当然知道是好东西，报之一笑。山羊眼神温柔，陈区长摸摸山羊的头，给它一把干草。

陈区长将羊奶加热，倒在三个碗中，三个人分着喝了。羊奶甜丝丝、香喷喷，在口腔中荡漾出一股芬芳。真好喝。王大夫说这是他这辈子喝过的最好喝的东西。陈区长说这只山羊是他给媳妇买的，媳妇回娘家，他后悔没把山羊也送去。这是镇上唯一一只山羊，不能让当兵的发现。

夜里王大夫梦到山羊在沟边吃草，他走过去，它抬起头温柔地看着他，眼睛湿润润的。早上，他去看山羊，山羊和梦中一样，抬起头温柔地看着他⋯⋯

陈区长出去之后，王大夫将门闩上，到院里看着山羊嚼食干草。小愚子站在他旁边。尽管这里只有他们两个人，小愚子仍然为穿着女人的棉袄棉裤感到害羞。

有人敲门，他们遵从陈区长的嘱咐，不作回应。

"有人吗?"

他们不回答。

然后是哐哐哐的砸门声，他们不敢作声。

"再不开门，老子就一把火把房子烧了。"

他们还不作声。

士兵用撬棍开始撬门板。门板虽然很结实，但终究会被撬开的。王大夫让小愚子守着山羊，他关上通往院子的门，来到前屋，隔着门说："这是陈区长的家。"

"开门!"士兵蛮横地叫喊道。

"陈区长和刘团长是朋友⋯⋯"

"什么朋友，老子叫你开门，没听见吗?"

王大夫无奈，拉开门闩，摘下门板。两个士兵把他推个趔趄，径直闯进屋里。

"大白天干吗插着门?"

"陈区长让插的。"

"屋里有什么好东西吗?"

"没有。"王大夫说，"什么也没有。"

那两个士兵一顿翻找，找什么呢？自然是粮食或任何值钱的东西。他们故意弄出乒乒乓乓的声音，以显得有声势和不容置疑。其实前面的屋子里空空如也，除了墙壁和桌椅，什么也没有。他们很快发现通向后面院子的门。门是从里面闩上的，谁在里面？没有人。怎么可能，门会自己闩上吗？他们砸门。小愚子在里面一声不吭，真是沉得住气。

突然，临街的门口传来一声呵斥。两个士兵立马夹起尾巴，变得唯唯诺诺。站在门口的是刘三阎王。

"滚！"

两个士兵溜着门边小心翼翼地出去，瞬间"滚"得没影了。

刘三阎王站在那里。王大夫向他问好，他问屋里还有其他人吗？王大夫说没有。王大夫说得没错，前面屋子里的确没人，这一目了然。刘三阎王盯着通往后面院子的那扇关着的门。

"陈区长不在家。"王大夫说。

"我知道他不在家。"刘三阎王问，"谁在里面？"

"我的伙计。"

"把门打开。"

王大夫喊小愚子开门。门打开后，刘三阎王让小愚子出去。小愚子看着王大夫，王大夫给他使个眼色，他出去了。小愚子站到大街上，把头勾得很低，不想让人看到他的脸。穿着女人的棉袄棉裤，他觉得丢人。

刘三阎王去把临街的门关上。

"还有别的人吗？"

"没有。"

刘三阎王走到院子里，王大夫跟着他。他随手把通往院子的门也关上。王大夫心中忐忑，不明白他葫芦里装的什么药。其他几个房屋，刘三阎王一一推开门查看，确实没人。

他从一个屋里搬出来一个小方桌，又拿出两个凳子。

"坐。"刘三阎王说。

王大夫拉过一个小凳子坐下。

四面都是阒无一人的房屋。街上的声音基本听不到，只是偶尔传来车轮碾轧石板的声音。三五只麻雀在房坡上啾啾鸣叫。墙角的白山羊引起了刘三阎王的注意，他鼻孔里哼一声。

"王大夫，我听说你是神医，治好过很多怪病……"刘三阎王说，"你……能不能给我号号脉，看我有什么病？"

刘三阎王在另一个小凳上坐下来。他庞大的身躯，坐在一张小小的凳子上，显得很滑稽。他需要很高的技巧来保持平衡。挂在腰间的手枪枪套戳住地面。他把胳膊伸给王大夫，王大夫把三根手指搭到他的手腕上，仰起脸，双目半睁半闭，为他号脉。

刘三阎王看着墙角的山羊，山羊也看着他。

王大夫号了一会儿脉，移开手指，淡淡地对刘三阎王说："你没有病。"

刘三阎王摸着腰间的手枪，说："这里只有我们两个人，实话实说吧。"

王大夫装作大吃一惊："要我说什么?"

"说实话!"

"你有难言之隐，"王大夫看着刘三阎王说，"这病不是一般的病，是命根子上的病，不要命，可是……"

"能治吗?"

"能治。"

"你给我治，治好放你走，治不好，送你上西天。"

"在这儿，我治不了。"

"为什么?"

"有几味药不好配。"

刘三阎王从口袋里掏出五块大洋，拍到桌上，让王大夫回镇平给他配药。

临出门，他又转过身来，掏出手枪，退出弹匣，从中推出一颗子弹，竖直端端正正放到桌子上。

"这个礼物你收下，"刘三阎王说，"你要敢说出去……"

第五章

最硬的菜

　　九弯子掀开赵德俊的衣服察看他的脊背。几个牛把儿围过来，伸长脖子，关切地看着。许多痂已经脱落，露出新长出的肉。九弯子用手指轻按一下，很有弹性。"疼吗?""不疼。""还痒吗?""痒。""没事了，全都长住了。"

　　他们又掀开公孙宁的衣服察看他的脊背。公孙宁问："怎么样?""一样。"九弯子答道。

　　九弯子又让大家说说看法，大家都说很好，比预想的要好。不需要再用酒溻了，他们决定把剩下的酒喝掉。

　　九弯子晃晃酒瓶，还剩个瓶底。他苦笑一下：这点酒，不够一人一口，怎么喝? 赵德俊说加点水，意思意思。郑十六说，加点水，还是酒，只不过度数低些罢了。三脚猫说，喝的哪是酒，是心情。周拐子说没下酒菜，怎么喝。大能耐说，呵呵，你以为你是财主啊，还讲究上了。周拐子对郑十六说，你贡献点盐，我给大伙炒个下酒菜。郑十六确实存有一点盐，没想到被周拐子发现了。他说，周拐子，牛皮都让你吹破了，你哪来的下酒菜。周拐子说，这你别管，你只管给我点盐。郑十六给周拐子一捏盐：你要没下酒菜，加倍还我。周拐子说，等着吧。

晚上，周拐子果然奉献了一盘下酒菜。其实说"一碗"更准确，他们没有盘子。黑暗中，周拐子说让让，让让，下酒菜来喽！大家让出一个位置，且看他如何变戏法。刚才，他炒菜时不许人靠近。他要把神秘和惊喜保留到最后。终于要揭晓了。应该有个仪式才对。接菜，周拐子摆谱道，有点眼色好不好。大能耐接住碗，说，这是什么？下酒菜啊，周拐子说，还能是什么。热的，大能耐说。这可是道硬菜，周拐子一语双关地说，你们要小心硌牙。因为天黑，谁也看不到碗里是什么。菜？鬼才信。即使野菜也不可能有，即使草，也没有。这个季节，只有风、雪、荒凉和贫瘠。世间万物萧疏。鸟类艰难度日。昆虫都蛰伏于泥土深处。

大家都知道，硬菜就是大菜、荤菜，有油水，分量也足，比如婚宴上的肥肉扣碗，油汪汪，肥腻腻，香喷喷，一口下去，满嘴流油，吃进肚里，四肢百骸都是满足的。

"这是什么硬菜？"大能耐说。

"最硬的菜，"周拐子说，"下酒没问题。"

"拿筷子，拿筷子。"三脚猫说。

"太阳从西边出来了。"九弯子说。

"不能用老眼光看人，"郑十六说，"拐子哥不是以前的拐子哥了，上次就把咸鸭蛋拿出来，这次又是硬菜，你们还想怎样？"

"硬不硬总得尝尝吧。"三脚猫说。

"一人一筷头，菜就没了，还怎么喝酒，"郑十六说，"这样好不好，我们选个代表尝一下，说说滋味，然后谁喝酒，谁可以夹一筷头。"

"好，我赞成，"大能耐附议，"有菜有酒，得慢慢享受。"

大家纷纷表示同意。让谁来尝呢？自然是赵德俊，他是车户头，最有资格。赵德俊也不推让，拿起筷子，说："那我就不谦让了。"

他将筷子伸到碗里，大家听到石头摩擦的声音。

筷子在碗里追寻猎物，试图捕获，可是猎物非常狡猾，同时也非常光滑，筷子夹不住。这时他已经知道是什么东西了。鹅卵石。周拐子炒了一盘鹅卵石。亏他想得出来。他将筷子在嘴里嘬一下，咂咂，咸的。

"够咸。"

"什么菜？"

"硬菜。"赵德俊一本正经地说，"够咸，也够硬。"

"什么硬菜？"大能耐追根刨底。

"你喝口酒，尝尝。"

大能耐要喝，被郑十六拦住了。

"这样喝不热闹，猜枚划拳，谁输谁喝，赢家往下来。"

"猜就猜，划就划，谁怕谁。"大能耐说，"谁和我来？"

"这么黑，能看见手指头吗？"赵德俊说。

"是啊，你们看不见，咋比画？"九弯子说。

"这好办，喊罢枚，手别动，摸摸手指头就知道了。"郑十六说。

"谁来摸？自己摸可不行。"大能耐说。

"哪能自己摸，我们俩来枚，让弯子哥摸。"

"好，我摸，我就是裁判，"九弯子说，"你们来吧。"

"你和我来。"郑十六摸着大能耐的手说，"你不是我的对手。"

"吹牛吧，我什么时候输过你。"大能耐说。

"枚上见。"

于是"哥俩好、五魁手、八匹马、三桃园、四季发财、六六顺……"，最后九弯子宣布大能耐输了。

大能耐很开心，说："好吧，输就输，输了有酒喝，多输几次都好呢。"

他对着酒瓶喝一口，好酒。他拿起筷子，伸进碗里夹菜，可是总也夹不住，便直接下手，抓起一个热乎乎的鹅卵石塞嘴里。烫嘴。他将鹅卵石在口腔里从左拨到右，从右拨到左，用唾液给鹅卵石降温，渐渐地适应了，舌头卷着鹅卵石，咂着盐味，嗯，确实够咸够硬。

"硬菜吧?"周拐子说。

"嗯，够硬。"大能耐说，"我还要继续来枚吗?"

"想得美，酒不能都让你喝了，菜不能都让你吃了，往下。"郑十六碰一下公孙宁，"你先来吧。"

郑十六说："弯子哥年龄大，理应先来。"

九弯子说："你先来，你先来，我收后。"

"恭敬不如从命。"公孙宁说，"那我就先来了。"

公孙宁与郑十六搭手，九弯子继续做裁判，五个回合公孙宁便败下阵来。

九弯子把酒瓶递给公孙宁，公孙宁没有推辞，接过来喝一口。

"吃菜。"大能耐说。

公孙宁夹几下没夹起来，大能耐让他下手。他拿起一个鹅卵石塞嘴里，咂着味道。他把酒瓶回递给九弯子。他咂着鹅卵石，感受着鹅卵石上的咸味。酒淡如水，加上这么一点咸味，仿佛酒的度数升高了。鹅卵石的温度和占用的空间，带给他满足感。他清楚自己不应该说出鹅卵石的秘密。他是一个外来者，只装傻充愣就行，没有必要多嘴。大能耐问他菜怎么样，他的回答也和他们一样：够硬。

接下来，九弯子也输给了郑十六。九弯子喝了一口酒，夹菜时也总是夹不住，只好下手，拿起一个热鹅卵石放嘴里，咸的，他笑道。这个老实人也不愿说出秘密。

"真是'硬'菜。"他说。

该三脚猫了。

郑十六说："你的枚稀松，直接认输吧。"

三脚猫说："出水才看两腿泥，枚上见。"

二人大战十二回合，这次是郑十六输了。

三脚猫说："承让，承让。"

郑十六说："教师不打冒失①。不过，也该我喝口酒了，再不喝，恐怕就没了。"他喝一口酒，直接下手，捏起一个鹅卵石放嘴里，品尝着咸味。这道菜的原料只有两样：鹅卵石和盐。鹅卵石毫无疑问是周拐子在河滩里捡的，只有盐货真价实。盐是他提供的。

"好你个周拐子，看把你能的。"

"能下酒吧?"周拐子说。

"不是我的盐，你下个鸟。"

轮到葫芦来枚了，三脚猫说："葫芦还小，不会来枚，算了，不来了，喝酒。"他真怕酒没了，迫不及待地喝口酒。酒淡如水，喝不喝倒没什么，可是菜不能不品尝。再晚的话，硬菜就被他们

---

① 俗语，意为会武术的师傅不会与鲁莽之人对打。

吃完了。从他们的言语中，他晓得这道菜是要下手的。他没用筷子尝试，直接下手。又小又圆又硬，他一摸就知道是什么，手不会骗人。这也能做成菜？他品一下，热，咸。这两样都能给口腔带来安慰。热，让他有吃菜的感觉。咸，更是需要，因为少盐，嘴里都淡出鸟来了。

最后品尝"硬菜"的是葫芦。小孩能喝酒吗？能。他喝一口，有点儿酒味。吃菜，吃菜，大能耐说。他下手捏起一个鹅卵石放嘴里，差点吞下去。慢点慢点，不好消化。他说出了真相：

"这是鹅卵石。"

"哈，你娃子聪明。"周拐子不无讽刺地说。

"这就是你的'硬菜'？"郑十六说。

"不够硬吗？"周拐子说。

"太硬了，谁咬得动?!"郑十六说，"要没我的盐，你这叫菜吗?"

"谢谢你的盐。"

"倒是真能下酒。"赵德俊说。

"这酒——"大能耐说道。酒淡得像水一样，其实就是水，只是多几个酒分子而已。酒，还不如"下酒菜"有味儿。下酒菜至少热乎、咸、硬，在口腔里多停留一会儿，给口腔许多慰藉。不过，现在能有酒喝，已经非常奢侈了。单单酒这个字，就足以带来幻想和安慰，带来久违的幸福感。你还想要什么？"我们要慢慢喝，过这个村，没这个店。"他说。

"这么好的酒，是得慢慢喝。"郑十六说道。难得有这样轻松的时候，什么也不用操心，只是消磨时日。让忧虑的事见鬼去吧，忧虑有什么用呢，什么也改变不了。他在街上弄到两个小玩意儿，一个玉石坠子，一个刀币，是真正的老东西，只花了几个铜子，等于白捡。遇到识货的，他能小赚一笔。这年头，人们为了活命，什么宝贝都能贱卖。他心里盘算着，这一趟拉兵差，除了五块大洋的工钱，他大概还能赚这个数。长夜漫漫，就该喝酒闲扯淡，睡觉有什么意思。再说了，所谓的下酒菜是他提供的盐，得好好享受。他拍拍公孙宁："老弟，让你见笑了。"

"哪里哪里，这下酒菜很有味道。"公孙宁说。

"你以前没这样下过酒吧？"

"没有，这是第一次。"

公孙宁总是沉默寡言，今天因为酒，开始说话了。郑十六觉得机会难得，何不打听一下他的小出身。可是直来直去总不太好，得绕个弯子，于是，他把话题扯到公孙宁的马身上。

"你的两匹马挺不错，能骑吗？"

"只拉车，没骑过。"

"东家的马车？"

"是。"

"东家是——"

"土固山张大善人。"公孙宁并不是临时编出来个张大善人，张大善人实有其人，方圆几十里无人不知。

"听说他家外面光拴马桩都几十个，老爷过寿，拴马桩竟不够用。"

"来的人太多，树林里拴的都是马，马踏起的烟尘，像好大的一团云。"

他们无法想象张大善人到底有多少财富。单说地，你跑一天都跑不出他的地界。大能耐说张大善人肯定天天吃白馍。公孙宁说也不尽然，他经常吃花卷。他的地都是节省出来的。大家才不信呢，节省能节省出那么大一份家业？"我们也天天节省，屁都不敢放，可节省出什么了？"周拐子说。三脚猫说："节省出了个屁。"大家都笑起来。"还真是这样。"大能耐说。周拐子说："节省个屁，你至少能暖暖肚子。"大家又笑。

"张大善人对你们好吗?"赵德俊问道。

"天下乌鸦一般黑，"公孙宁说，"吃不饱，饿不死。"他其实没见过张大善人，只是听说过。这些年张大善人不断遭杆匪"飞叶子"勒索，搭进去不少银圆，家道已经衰落。听说杆匪王太"飞叶子"，提出向张大善人"借"五千大洋，张大善人一咬牙给八千大洋，说要和王太交朋友。王太从没遇到这种情况，还有人自愿多给，真是稀奇。王太也义气，你投之以桃我报之以李，他通知其他杆匪，不得再向张大善人"飞叶子"。这事是真是假，没人知道。彭锡田听说后，登门拜访，问可有此事，张大善人一口否认，说他与杆匪不共戴天，他岂会干这种事。他虽然老得不中用了，也愿为剿匪出一分力。为表诚意，他献给彭锡田两千大洋，资助民团买枪剿匪。彭锡田说他是明白人。

"你不回去，没事？"九弯子问。

"我要回去，也得刘团长放我才行，我可不想再被活埋一次。"公孙宁答。

大能耐突然站起来，摇摇晃晃。他说："这酒劲真大，我喝醉了，你们都别拦我……"他装得很像，跌跌撞撞，东倒西歪，很像是喝高了。

"你干吗去，竖磙子吗？"三脚猫说。这里面有典故。他们赶车刚出内乡县城，看到士兵吃馒头，大能耐和他们打赌说他能吃二十个，士兵不信，就让他吃，他若能吃完就再送他二十个馒头。若吃不完，就扣他十天口粮。一言为定。二十个馒头拿过来，一篮子。看上去很诱人，也很吓人。那么大一堆，肚子怎么盛得下？赵德俊劝他放弃，这是要命的事，不可儿戏。他说他一辈子没吃过饱饭，他要吃一次。他摆开架势，开吃。前十个进去得很容易，也很快，他很享受。接下来的五个，也进去得很顺利，看得人目瞪口呆。第十六个，就不那么顺当了，他吃得很吃力。围观的人很多，都提心吊胆。赵德俊抓住他的手，说算了，你认输吧。大能耐甩开赵德俊的手，说他能行，就这几个馒头，小意思，不在话下。赵德俊说你要命，还是要饱？大能耐说要饱。士兵们也说，认输吧，撑死我们可不管。大能耐说——馒头已到他喉咙里了，他说不出话，他用手比画，意思是不能中断，他要坚持下去，不能功亏一篑。最后几个馒头，给人的感觉是他用手一点点硬塞、戳、捣进去的。终于大功告成。二十个馒头全进肚里了。他要喝水，赵德俊不让，说渴死也不能喝水。他撑得难受，赵德俊不让他坐下或躺下，让他去打麦场竖碌子。石碌子，两个人都难以竖起来，大能耐一个人"嘿"一声，就稳稳竖起来了。三个碌子，他竖起一个。赵德俊说再竖。又竖起一个。赵德俊说再竖。赵德俊示意三脚猫和郑十六，让他们把竖起来的碌子重新推倒。赵德俊让大能耐再竖，再竖，再竖……大能耐干了一夜，不知竖起了多少个碌子。直到东方露出鱼肚白，赵德俊才说中了，死不了了。他一屁股坐下，瘫成一摊泥，浑身再无一点力气，不要说竖碌子，就是站起来都困难。他活下来，并且赢得二十个馒头。那一天，贾赵村出来的七个牛把儿都吃了顿饱饭。

"这里没碌子，"大能耐说，"竖什么，我把你竖起来。"

"你能把我竖起来也算本事，"三脚猫说，"来吧，试试，看碌子好竖，还是我好竖。"

大能耐将三脚猫竖起来，很快又倒下。

"瞧，我没说错吧，我可不好竖。"

"我把你戳地里，看好竖不好竖。"

三脚猫一翻身爬起来，跳开了。"×，来劲了。"他说，"我可是练过的，别看你力气大……"

"那来比画一下。"

"我不和你比画，你只会蛮力，不懂招式，比着没意思。"

大能耐哼一声，不屑地说："就你那两下子。"

三脚猫说他喝醉了，要打个醉拳。他离大能耐远远的，踉踉跄跄，突然身子呈 S 形，疾风般打出一组拳，眼看身子就要失去平衡，他却摇摇晃晃又站住了。几次都是如此。大家等着看他摔倒。终于，他脚下绊住一块石头，栽了个跟头。大家哈哈大笑，叫道："醉了醉了……"

三脚猫爬起来，拍拍身上的尘土说："真醉了。"他出来拉兵差，既是受五块大洋的诱惑，也是想见世面。他向往远方。他说不清楚为什么。远方有什么呢？他不清楚，也许正是这不清楚吸引着他。

一弯残月从云彩的缝隙中露出来，偷窥着人世间这少有的欢乐场景。它不理解何以一瓶带酒味的水加一碗带咸味的鹅卵石就让他们开心成这个样子，欢声笑语，手舞足蹈。俗话说乐极生悲，一点不假。喝着喝着，九弯子竟然哽咽起来。

"弯子哥——"赵德俊说。

九弯子不答，他捂住嘴，不让自己发出声音。

大家都明白是怎么回事。两个月前，九弯子给儿子石头几个

铜板，让他去集市上买碗。石头兴冲冲去了。到晌午头，石头蔫
头耷脑，空着手回来。九弯子问：碗呢？石头说没卖碗的。钱呢？
石头不吭声。你吃了？石头还是不吭声。九弯子很生气，拿起鞭
子抽他。石头脖子一梗，撒腿就跑。九弯子追几步没追上，骂道：
有种别回来！到了晚上，石头没回来，他们急了，一家人出去找。
他老婆叫梁神仙，是个神婆，她说往东找，他向东去了。石头的
确向东去了。他们往东找了一夜也没找到。九弯子三个儿子，大
的叫小牛，二的叫小马，石头是最小的，原来叫小驴，他嫌难听，
自己给自己起个名，叫石头。小牛说不找他，看他能上天。小马
说，饿不死自己就回来了。九弯子说少废话，继续找。第二天他
们又到集市上找，到亲戚家找，都没有。石头能去哪儿呢？梁神
仙说，九九归一，活着终能找到。九弯子一连找了两个月，没找
到石头。石头是朝东跑的。拉兵差的方向也是向东，他就毫不犹
豫地加入拉差队伍。这样一举两得，既能找儿子，又能有五块大
洋的收入。一路上，他逢人就打听石头的消息，却一无所获。他
第一次看到刘三阎王的护兵关小宝，恍惚一下，仿佛看到了儿子。
像，太像了。尽管其他人不这样看，但他就是觉得像。赵德俊说，
哪里像了？长得不像，说话不像，走路不像。九弯子说，那个劲
儿像。劲儿是什么，一种说不清道不明的东西。喝了"酒"之后，
九弯子想，儿子会去扛枪吗？他还在不在人世？想到这些，他懊
悔不已，不就是几个铜板嘛，不就是一只碗嘛，你至于把儿子打

跑?

"没事吧,九哥?"

"没事。"九弯子说,"就是喝了点酒……"他省略的话,不用猜就知道是"想儿子了"。他说:"我让大伙扫兴了。"

"看你说的,"赵德俊说,"扫什么兴,喝酒嘛,难免伤感。"

残月又隐入云彩之中,那点冷冷的光被收回,大地又陷入黑暗之中……

第六章 所谓征粮

生活越来越困难，不但牲口缺少草料，人也缺少口粮，士兵们吃不饱，牛把儿们更是常常处于饥饿状态。刘三阎王派一队队的士兵领着牛把儿们出去"征粮"，搅得附近的村子鸡犬不宁。开始"征"了一些粮草，随后走得越来越远，"征"的粮却越来越少，因为老百姓不是把粮食藏起来，就是带上粮食跑了。粮食是他们的命根子，粮食都被"征"走，他们如何度过严冬和荒春？

今天负责征粮的是康营长。康营长叫康盛，拉过杆子，当过架杆，后来被石友三收编，当上营长。他手下有十三太保，都是杀人越货的好手，明里是兵，暗里是匪。飞叶子就是他们搞的。康营长将征粮队分为几拨儿，去往不同的村子。赵德俊、公孙宁、九弯子和葫芦所在的这一拨儿，去的是张湾村。大能耐、郑十六、周拐子、三脚猫等人去了另一个村。

去张湾村这拨儿领头的是胡小爪，也就是那个领头活埋赵德俊和公孙宁的士兵。他因有一双小手，便得了这样一个外号。这一队有七个士兵。其中，关小宝和常有得是姨表兄弟，同一天被抓丁。常有得十七岁，关小宝十六岁。常有得年长一岁，个子也更高，但他什么都听关小宝的。关小宝话少，但说一不二。常有得是个话痨，说的都是废话。他们自从被抓丁的那一天起就想逃跑。军队有纪律，逃兵要枪毙，他们必须谨慎行事。他们逃过一次，没成功。刮大风的那天夜里——赵德俊起来撒尿，风将尿吹了一棉裤，由此产生灵感：给牛车张个帆——关小宝和常有得朝村外摸去。他们看到赵德俊撒尿，在草垛后躲了一会儿。赵德俊进牛棚后，他们继续朝村外摸去。这么大风，哨兵肯定找地方背风去了。此时不逃，更待何时。他们刚摸到村边，听到一声大喝："什么人？"然后就是拉枪栓的声音。关小宝叫："别开枪，别开枪，我们是刘团长的卫兵。""干什么？""拉肚子。"哨兵知道他们撒谎，但没有深究，只说："拉完快回去……别出村，出村我会开枪的。"他们只好掉头回村里。好险。幸亏没逃成。关小宝对常有得说，穿这身皮，我们死定了。常有得说，何以见得。关小宝说，被抓回来，逃兵，枪毙。侥幸逃脱，散兵，民团和杆子都会要我们的命。那怎么办，不逃吗？当然要逃，但要扒下这身灰皮。那我们穿什么？穿老百姓的衣裳。几天前的夜晚，他们幸运地碰到了王大夫和小愚子，抢了他们的衣裳……

二人坐在九弯子的牛车上。一路上常有得都缠着关小宝玩打手游戏，常有得说："你赢得多，你还不玩，有时候我手都被你打肿了，来，玩吧，让你先打……"关小宝说："贱。"常有得把手伸出去，手掌朝下伸到关小宝面前。他拉过关小宝的手，手掌贴手掌："来吧，打呀，你怎么不打？要不我先来，我打你……"关小宝把手缩回去，"不玩。"他说。

九弯子回头看关小宝。关小宝说："你看我干吗？"九弯子说："你长得像我儿子，我儿子也这么大……"关小宝说："你骂我？"九弯子说："我哪儿敢，你真的像我儿子。"关小宝冷冷地说："你想让我问你喊爹，是吗？"九弯子说："你别生气，我不是那个意思……"关小宝瞪他一眼，便不再理他了。

张湾村坐落在河湾里，村子不大，只有几十户人家。房子都很破败，全是草房，一间瓦房都没有。道路泥泞不堪。屋顶上还有积雪。站在坡上看下去，这个村子仿佛没有人烟，因为看不到一点活物，没有人，没有牲口，没有狗，没有鸡鸭鹅……只有枯树上站着一只孤零零的乌鸦，冷眼旁观。

所谓征粮，其实就是抢。抢，也得有粮可抢才行，没粮怎么抢？士兵们一家家扫荡，一无所获。大多数房屋门板上甚至连一把锁都没有。他们买不起锁，也不需要锁。有锁也没用，什么也防不住。锁，甚至会让士兵兴奋，以为里面有好东西。砸。用枪托或石头，几下就解决问题了。砸开之后，往往也是失望。屋里并没有东西。家徒四壁。一些家庭，杂草从院里一直长到房顶，诉说着荒凉。人哪里去了？也许出去逃荒了，也许全死了，谁知道呢。总有一些人像树一样长在这里，他们不躲，也不逃。这是些像乞丐一样的老人和孩子。他们不怕死，所以留下来。无论官府来、士兵来，还是杆匪来，他们都不怕。大不了一死。活着，受尽屈辱，忍饥挨饿，有今天没明天，生不如死。胡小爪把他们抓起来，逼要粮食。他们一脸茫然，摇头，没有粮食。

胡小爪说："没粮食你们吃什么？"

一个老人指着地上说："我们吃土。"

"你给我吃一个看看。"

老人抓起一把土塞到嘴里，不再说话。他的孙子吓得大哭，扯着老人的胳膊。

胡小爪将老人的孙子扯开，扔出老远："哭，再哭老子崩了你。"

那孩子像是没气了，半天没发出声音。老人扑过去，抱住孙子，"宝儿宝儿"地叫着。

赵德俊说："你看他们都吃土了，他们哪有粮食……"

胡小爪转身，逼视着赵德俊："你要替人出头吗？跪下！"

"你放过他们，我就跪。"

"嗨——"胡小爪嘴一咧，"和老子讲条件，你有资格吗？"

"咱们是征粮，没必要伤人。"赵德俊说。他想用"咱们"拉近距离。他相信恶人身上也会有善，给他个台阶，就是给"善"一个机会。胡小爪只是一个士兵，他不是非作恶不可。他可以自私，可以狡猾，可以傲慢，可以无礼，但不必作恶。

胡小爪吼道："老子不是要伤人，老子要杀人！"

九弯子上前替赵德俊说情，说他身上有伤，不能跪，他愿意替赵德俊跪下。

枯树上的乌鸦看不下去，"嘎——"一声，飞走了。

葫芦上前一步，抢先跪下。

"我跪！"

公孙宁冷眼旁观。

突然响起了枪声，子弹"嗖嗖嗖"地飞，还没弄清楚袭击者是什么人，两个士兵就倒下了。赵德俊扑到葫芦身上，将葫芦压在身下。胡小爪躲到一棵树后，举枪还击。关小宝和常有得躲到一堵墙后。九弯子和他们躲在一起。"什么人？"胡小爪喊道。"我们是老王太的人，快把枪扔过来，不杀你。"只听声音不见人。胡小爪喊："杆子，大白天也敢出来？"有声音说："不敢出来不是你爷。"声音渐渐逼近，又是一阵枪战。胡小爪看到一个人，正要举枪射击，公孙宁弹出一个石子，击中他的眼睛，他射偏了。他看向公孙宁："你……"话没说完，一颗子弹打烂了他的脑袋，他头一歪，死了。赵德俊把这一切看在眼里。关小宝要开枪，九弯子拉他一下，冲他摇摇头。关小宝明白，他给常有得使个眼色，他们把枪扔过墙头。"我们投降。"关小宝说。一个声音说："举起手，走到枣树那里……"关小宝举起手，走出去。他小声对常有得说："他们要开枪，你就跑。"常有得点头。那个熟悉的声音又说："抱住枣树，不许动。"关小宝抱住枣树。"另一个，也出来!"常有得举起手，走出去，也抱住枣树。

几个蒙面人走出来，捡起关小宝和常有得的枪，又把死去的士兵的枪捡起来。

一个蒙面人走到枣树跟前，说："你们俩，留一个报信的就行……另一个嘛，我送你上西天……留哪个呢?"

常有得吓得尿裤子。

关小宝说："我们是表兄弟，你可以把我们当成一个人。"

"哼——"

蒙面人看着公孙宁。公孙宁听出蒙面人的声音，朝蒙面人轻摇一下头，救下两个士兵。

"我放过你们，你们回去告诉石友三，就说我说的，人是王大麻子杀的，想报仇让他来找王大麻子。"蒙面人挥一下手中的枪，"滚吧!"

关小宝和常有得连滚带爬，跑出村子，一溜烟不见了。

蒙面人沿小路下到河湾，消失在河岸后面。

关小宝和常有得跑一阵，停下来，张大口呼哧呼哧喘气，心要从胸腔里蹦出来，腿软得像面条。他们回头看看，没人追来。周围也没人，天地间唯有他们两个生灵，其余皆是寂静。他们稍稍定下神，意识到已经死里逃生。常有得感觉大腿冰凉，哪来的水？关小宝说，水？什么水？你尿裤子了。常有得羞愧难当，骂一句：操！现在去哪儿？这是开溜的机会，身旁一个士兵也没有。

关小宝琢磨着当前的处境。

"跑吧。"常有得说。

"往哪儿跑？"

"回家。"

"回得去吗？"关小宝拽拽军装，说，"这身皮！"

他们抢来的衣裳没带在身边，这身军装便没法扒掉，扒掉他们就只能光着身子了。可是不扒掉军装，碰到军队是死，碰到民团是死，碰到杆匪还是死。

"那怎么办？"

关小宝凡事都比常有得多想一层，也更有主见，可是今天，他犹豫起来。现实，看起来四面空阔，你想往哪里去都可以。但是总有恼人的"但是"在等着你，让你清醒，也让你绝望——你不知道哪里有陷阱，哪里有等待捕获你的机关。一脚踏错，万劫不复。

"你有袁大头吗？"

"干什么？"

"有就拿出来，没有拉倒。"

常有得不情愿地从口袋里摸出一个袁大头，关小宝一把抓过去。

"赌一把！"他说，"正面，跑。反面，回去。"

他把袁大头高高抛起，袁大头在空中翻滚，银光闪闪……袁世凯在冷笑：你把命运交给我，岂不荒唐？关小宝说，我如果知道怎么做，岂会求助于你。袁大头每翻转一次，就嘲笑他一次，瞧，这样，瞧，那样，哦，你的命运，瞬息万变……在银圆边缘的光芒中，他看到一队人出现在地平线上，他一愣神，没能接住袁大头，袁大头直接跌落尘埃。他没看是哪面朝上。哪面朝上已不重要，他们走不了了。来的是一队士兵，领头的是剽悍的康营长。

他们无处可躲。常有得捡起银圆，在裤子上擦一擦，装进口袋，站到关小宝身后。关小宝拉他一下，他们跑起来。跑向那一队士兵。

康营长一队人——二十个士兵和四辆牛车——顺利完成了征粮任务。四辆牛车上各装几布袋粮食，有鼓有瘪。关小宝和常有得气喘吁吁地跑到康营长车前。关小宝大声报告，声音极为洪亮。

康营长坐的牛车编号是 423，牛把儿是大能耐。大能耐"喔——"一声，牛车停下。康营长从牛车上跳下，稳稳站住。关小宝和常有得趋前一步，立正，行礼。康营长歪着头，看着他们俩。

"你们想逃？"

关小宝说："我们是来报信的。"

"报什么信？"

"我们正在征粮，遇到杆子伏击，"关小宝说，"他们说他们是王大麻子的人，枪法很准，打死我们五个弟兄，只有我们俩逃出来了……"

"你们的枪呢？"

"被杆子抢去了。"

康营长让他们带路，重返张湾村。

没走多远，迎面遇上赵德俊、九弯子和葫芦的牛车，以及公孙宁的马车。康营长问他们，杆子还在吗？赵德俊说早走了。康营长骂一句，让他们掉头，跟着。

张湾村死气沉沉，只有血腥味在寒冷的空气中向四周扩散。袭击者已杳如黄鹤，毫无踪影。村庄空空荡荡，一个人也找不到。老百姓仿佛钻进地缝里，地缝又合上了。几具尸体还在。康营长恼羞成怒，放把火将张湾村烧了个精光。

回到晃陂，康营长命令手下："把他们捆起来！"

四个士兵上前抓住关小宝和常有得的胳膊，另外两个士兵不知从哪里弄来绳子，三下五除二，把关小宝和常有得捆了个结实。

关小宝问："为什么捆我们?"康营长说："通匪。"他不容二人分辩，就把他们押到刘三阎王面前。

关小宝曾是刘三阎王的勤务兵，伺候过刘三阎王，可刘三阎王像不认识他一样，冷冷地看着他。

"杆子为什么没杀你们?"

"他们要留个送信的。"关小宝回答道。

"送什么信?"

"说他们是王太手下。"

"嚯，叫板吗?"

关小宝不答。

"送信一个人就够了，为什么你们两个都活着?"

"得有个见证。"

"见证?"刘三阎王说，"给我搜身。"

士兵在关小宝身上什么也没搜出，在常有得身上搜出一块银圆，交给刘三阎王。刘三阎王将银圆抛起，看银圆在空中翻腾，闪烁，下落。他一把抓住，拍到另一只手上，看哪面朝上。他要赌什么?关小宝和常有得也盯着，仿佛他们的命运系于这块银圆。刘三阎王拿开上面的手。银圆正面朝上。该你们倒霉，他嘀咕道。

刘三阎王命令士兵去搜他们的铺盖，搜出了他们抢来的棉袄棉裤。这是什么?刘三阎王说，这就是通匪的铁证。常有得说棉袄棉裤是他们抢老百姓的，他们没通匪。刘三阎王鼻孔里哼一声：

我说你通匪你就通匪。常有得还要再争辩，关小宝拽拽他的衣襟：省省吧。刘三阎王吩咐将他们关起来。没有空房屋，只好将他们拴到一棵大枣树上。怕他们挣脱绳子，士兵又检查一遍绳子，将他们捆得更紧，打个死结。关小宝叫出那个士兵的名字，说，你要勒死我啊？那个士兵有些尴尬。他说，我不能不这样。关小宝骂他不得好死。那个士兵说你死到临头，就过过嘴瘾吧。

"要枪毙我们吗?"常有得说。

"嗯。"关小宝说。

"就这样枪毙?"

"还能怎样?"

"你不怕死?"

"怕有鸟用!"

"我们没通匪。"

"他说你通你就通。"

"我们只是想开小差。"

"有区别吗?"

"有。"

"没区别，都是枪毙，一样的。"

刘三阎王枪毙开小差的士兵，总是要搞一个仪式，杀一儆百。这次大概也不例外。第二天他会让他们站到一个行刑队面前，一排枪举起来，一声令下，将他们打成筛子。

这个夜晚对他们来说漫长、寒冷、难熬。两个士兵负责看守他们。两个人检查绳子后，躲到墙角，拥着被子取暖，一会儿就打起盹来。关小宝和常有得试试，无法挣脱。绳子捆得很有技巧。畜生，关小宝骂道。常有得很恐惧，说他不想死，他想活着。关小宝说，废话，谁不想活着！常有得带着哭腔说，谁能帮我们说说情，让他别杀我们。关小宝说谁能说情，老天爷能说情，可老天爷一句话也不会替我们说。他们冻得直哆嗦，关小宝说，他妈的，等不到枪毙，我们就冻死了。寒冷就像一群啮齿动物，从四面八方向他们扑来，争先恐后地咬啮他们，先是脚和手，再是腿和胳膊，然后是躯体。寒冷的牙齿尖而利，刺穿他们的皮肤、肌肉、骨骼。疼痛，然后麻木。天亮时，他们冻僵了。周身没有知觉。生命躲到了肉体的最深处，像灰烬中的火星。

早上，九弯子烧好汤，征得士兵同意，给关小宝喂了一碗热汤。这碗热汤，顺着食道进入胃里，从里到外温暖身子，关小宝又活了过来。他用下巴指一下常有得。九弯子说还有，他又给常有得喂一碗热汤。常有得也活了过来。

刘三阎王没立即枪毙关小宝和常有得，说要将他们交给军事法庭审判。如同猫捉到耗子，并不急于咬死吃掉，而是要玩一玩，然后再下手。

第七章

梁堂之夜

车队缓慢移动，如同一条刚刚苏醒的大蟒蛇，慵懒地爬行着。

赵德俊的脊背麻痒难忍，公孙宁的脊背也是一样的感觉。歇脚的时候，他们揽起衣服忍不住要挠，被牛把儿们制止了。他们咬住烟袋杆忍受着麻痒，赵德俊咬的是自己的烟袋杆，公孙宁咬的是陈区长送的烟袋杆。

梁堂村像被大风吹过一样干干净净，见不到人，见不到粮食。士兵们一家家地搜，所到之处都是瓢干碗净，粮仓里一粒粮食也找不到。不但东倒西歪的茅草房里如此，就连粉墙青瓦的高门大院里也是如此。

"他妈的，再给我搜！"刘三阎王吼叫着，有些气急败坏。太阳已经下山，再往前赶路不可能了。"把保长找来，不管他钻在哪个洞里，一定要给我找来，去！"

士兵们对刘三阎王的后一个命令感到无从执行，村子里连个人影都见不着，到哪儿去找保长？

虽然没找到保长，却在财主院里靠墙根的三堆干牛粪内找到了许多粮食。这完全是偶然发现。一个士兵是内蒙古人，他看到干牛粪，说这玩意儿可以生火，他们在草原上用牛粪煮饭，用牛粪烤火，这可是好东西。另一个士兵说，不臭吗？他说不臭，牛粪怎么会臭，还香呢。大家好奇：能点着吗？能，他说。平时他因为说话带口音，还大舌头，总被奚落，现在是露一手的好时机。他准备捡一些干透的牛粪，给大家演示。他用树枝将牛粪豁开，豁两下，他停住了，他感到里面有东西，树枝插不进去。他将牛粪扒开，赫然出现几个粮袋。他们打开，有小麦、玉米，还有绿豆。在这饥荒之年，粮食比什么都贵重，士兵们将一袋袋粮食往外搬。他们欣喜若狂，真是踏破铁鞋无觅处，得来全不费工夫啊。粮食，粮食！他们欢喜得跳起来。突然不知从哪里钻出来一个山羊胡老头儿，扑到粮食上大哭大叫，不让士兵动。我的我的，他叫道。什么是你的？粮食是我的。你哪来的粮食？地里长的。你地里？我地里的。你多少地？很多。你是地主？是。那个士兵故意奚落他，看你这身打扮，哪像个地主，倒像个要饭的。老头儿说他就是地主。那个士兵继续逗他，这院子是你的吗？老头儿说是。那个士兵指着正屋的门：锁能打开吗？老头儿不言声。他把自己弄得像个乞丐，就是要守着他的家业。打开锁，岂不等于揣盗入门。那个士兵说，你怎么证明这院子是你的，这粮食是你的？老头儿没法证明。他只说，这房子是我的，这院子是我的，这粮食是我的。那个士兵冷笑一声，骂道：你真是个黑心的财主，人们都快饿死了，你还藏这么多粮食！士兵多是穷苦人出身，对地主没有好感。他们从老头儿身上搜出钥匙，打开房门，又在屋里搜查一番，没搜出什么值钱的东西，也没搜出粮食。士兵用脚踢踢粮袋，宣布：这些归我们啦！老头趴粮袋上不起来。士兵们将老头儿打一顿抬出去扔到院外，正好扔到刘三阎王的脚下。

老头儿看刘三阎王是个军官，抱住刘三阎王的腿哭求："粮食是我的，这是我的命，给我留一半好吗？留一袋也行……"

刘三阎王厌恶地看着老头儿，抖抖腿，像是要抖掉上面的灰尘。

"滚开!"

老头儿仍在哭号、哀求，一把鼻涕一把泪。

刘三阎王将老头儿踹开，老头儿还要扑上去，被赵德俊拉住。

老头儿捶胸顿足，哭得像个泼妇。

吃饭的时候，赵德俊将自己那碗稀汤端给老头儿："吃点东西吧。"

老头儿早已声嘶力竭，哭声在喉咙里滚动，像猫打呼噜。他目光痴呆地看着赵德俊，摆摆手，示意赵德俊走开。

"唉——"赵德俊叹息一声，又端着稀汤回来。

"自己喝吧，"九弯子说，"喝了能暖暖肚子。"

牛把儿们对老头儿没有同情，也没有仇恨，只是看不惯。老头儿看上去很可怜，这只是表面现象。看看他的房子，看看他的粮食，他需要可怜吗？该可怜的是你们才对。

"他怕沾你的穷气。"大能耐说。

"怪可怜的。"赵德俊说。

"在他眼里，你才可怜哩。"郑十六说，"你看你喝的汤，能照见人影，人家会喝吗？"

"他活该！"葫芦嘀咕。

赵德俊把那碗汤喝下去，肚里热烘烘的。暂时，饥饿感没了。他看看那个老头儿，还在哭，只是发不出声音了。他也许嗓子哑了，也许没有力气了。

暮色四合。喂过牛之后，牛把儿们开始打点睡的地方。地上潮湿，他们就睡车厢内。为了抵御寒冷，他们两两合铺，打通腿①儿。赵德俊和公孙宁因为脊背上有伤，没法合铺，只好独自忍受夜晚那铁板一样坚硬的寒冷。

睡前，赵德俊看一眼老头儿。老头儿仍然坐在墙角，身影模

①　方言，指一头一尾地睡着。

糊。"他会冻死吗?""不会,"公孙宁说,"他穿的棉袄别看破烂,里面是新花,还厚。"

……赵德俊看到身体周围一群小人儿拿着冰刀冰剑在砍斫他的肢体,他开始疼痛,后来麻木,再后来四肢就失去了知觉……

如果不是公孙宁将他叫醒,他不知道自己还能不能从噩梦中醒过来。

"我都快冻僵了,"公孙宁说,"得想想办法。"

赵德俊表示赞同。他艰难地活动着麻木的四肢,爬起来,摸索着去寻找柴火:"只有弄堆火。"公孙宁也在地上摸索柴火。

赵德俊想到财主院子里的干牛粪,可惜院门闩上了。要不然,他很想弄点牛粪出来,看能不能点着。他不怕臭。那个士兵说不臭,是香的。想到这里,他笑了。粪会是香的,亏他说得出。他养牛,牛粪都用作肥料了,从没想着来烧火。

他们张开手指,像笆子一样在地上搂来搂去,搂了好一会儿,勉强弄了一小堆柴草和枯叶。

火点着之后,借着火光,他们又折断几根枯树枝扔火堆上。火噼噼啪啪烧起来。树叶燃烧着,卷曲着,将最后一点能量贡献出来,由红变黑,透明,轻盈,飞升,起舞,融入黑暗之中。别了,伙计们,我先走一步。树叶彻底消失了。树枝在燃烧时竭力保持其形状。火，又让它们灿烂一回。

赵德俊和公孙宁在火堆边蹲下来，前边烤热，他们转过身让脊背向着火。脊背对火的感觉极其敏锐，仿佛有许多针在扎，痒得钻心。

"痒!"

"痒!"

他们掉转身，重将脊梁许给黑暗和寒冷。

……轻轻的脚步声，像潜行的猫，像滑行的蛇，像微弱的风。

"听!"

他们试图捕捉脚步声，可是什么声音也没有，古井般的寂静。柴火燃烧的声音异常清晰。他们掏掏耳朵，再听，还是什么声音也没有。他们怀疑刚才听错了，也许是幻觉，也许是鬼。但他们清楚地知道刚才没有听错，的确是脚步声，毋庸置疑。

"我去看看。"公孙宁站起来。

"这么黑——"赵德俊也站起来。

他们凭直觉在黑暗中摸索——这是树，这是房屋，这是牛车——他们听着自己的心跳，听着自己的脚步声，感到恐怖。

"嘿，什么也没有。"

"嘿，真是见鬼。"

公孙宁正要转身往回走，绊住一块石头，一个趔趄，差点栽个嘴啃泥。他之所以没有栽倒，是因为他抱住了一个上吊的人。

当他明白怀中抱的是什么时，急忙撒手。刚撒手，他又急忙将上吊的人抱住，因为上吊的人还没死，腿还在动。

"赵大哥，快来——"

赵德俊跌跌撞撞跑过来，帮着公孙宁把上吊的人放下来。女人！他们很惊讶。他们本不应该惊讶的，从听到飘忽的脚步声，到莫名其妙地在黑夜中寻找，他们想象的难道不正是一个女人，一个想不开的女人吗？女人干咳一阵，长出一口气，呜呜地哭起来。从哭声中，他们听出是楚莲。

"楚莲——"

"别哭，别哭。"

"干吗这么想不开？"

"别做傻事，无论如何要活着。"

他们问楚莲到底发生了什么事，楚莲只是哭，什么也不说。女人不说大多是因为不便说，不便说的事情能是什么？赵德俊长叹一声，公孙宁咬紧牙关。

赵德俊悄悄走开，留下公孙宁照顾楚莲。他曾警告过公孙宁，别打楚莲的主意，那等于找死，他说。公孙宁说他不会。他知道利害。他就是自己不怕死，也不能连累楚莲。他们之间一点可能也没有。他是这样说的，也是这样做的。楚莲装作无意地看向他时，公孙宁总是把头别过去，不看她，不给她任何回应。赵德俊看在眼里，心说，公孙宁还算识劝。现在，完全不一样了，楚莲寻死，需要安慰，而最能给她安慰的只能是公孙宁。在死亡面前，其他都退居其次。

公孙宁知道这个丫头爱上了自己。他不是木头，岂能看不出来。他第一次见楚莲，他们之间的关系就很微妙。当时发生撞车，楚莲飞出去，他一个箭步冲上去，将楚莲接住，在地上顺势一滚，卸去冲力，使楚莲安然无恙。他们的目光只交接千分之一秒，便擦出火花。对他们来说，那火花如此耀眼，能照亮全世界。他说不清楚那种感觉。他从没体验过。他相信天意。这就是天意。爱，将两个人瞬间点燃。那之后，他不敢看楚莲，又无法做到不去偷偷看她。楚莲和他一样。他们的目光再没交接过。有时候，因为爱，要放弃。他给不了楚莲安稳生活。他不能害楚莲。这个姑娘就该幸福，他也希望她幸福。他们之间没缘分，至少现在没缘分。以后？以后的事以后再说吧。他没想到楚莲会寻短见。

"你怎么能做这种傻事呢?"

"……"楚莲说，"你能带我走吗?"

"能。"公孙宁说，稍停，又补充道，"但不是现在。"

楚莲拱到公孙宁怀里，公孙宁将她搂住。黑暗真好啊，他胆大了许多。为了这个女人，他可以做任何事。他亲吻楚莲。他向她承诺，要带她远走高飞。她说她是他的，都是他的。一切都给你。活是你的人，死是你的鬼。他不许她说死：你要活着，好好活着，为了我，也为了你，为了我们，活着，活着，活着! 她答应他，她再也不做傻事了。她说对不起。为什么这样说？她说刘三阎王糟蹋了她，用手。公孙宁不让她说下去。她说要是他嫌她脏，她不怪他，她可以死。公孙宁不许她再说死这个字：你不脏，你是干净的……你不知道你有多好……你不知道我有多爱你……

公孙宁回到火堆旁，火已经暗淡下来，拨开灰烬，里边还有暗火。他独坐片刻。这时候，他才重新感到夜的寒冷。刚才，他一点儿也没感到冷。不但不冷，还很热，身体如岩浆一般灼热。

他爬上自己的马车，钻进被窝。他睡不着。雪儿伸过头来，喷着鼻息。他抱住雪儿，好想给雪儿说说他此时有多幸福。伙计，伙计，委屈你了，让你又拉车又挨饿，不过，一切都会过去的，好日子会来的，会来的……他把头在雪儿的头上蹭着，他把他的喜悦传递给雪儿。雪儿感受到了，踢踢腿。哦，伙计，伙计，他亲切地叫道。此时，世间万物，他都可以亲切地呼唤它们的名字。他拍拍雪儿的脑袋。他爬起来，手伸进饲料袋中抓一把饲料撒到木槽里，将里面的干草搅拌均匀，吃吧，吃吧。他睡不着。干吗要睡着呢？再美好的梦，他也不稀罕。他瞪大眼睛，看着茫茫黑夜……

早上起来，他们非常吃惊地发现财主门前的弯腰枣树上吊着一个人——昨天的山羊胡老头儿。老头儿面色紫涨，眼珠突出，嘴巴张着，舌头吐着，显然已死多时，而且靴子被人扒了，一双脚光着。

大能耐想将老头放下来，被刘三阎王狠抽一鞭子："该干啥干啥去。"所以直到他们离开梁堂村，老头儿仍在树上挂着。

牛车出村时，赵德俊又回头看一眼吊在树上的老头儿。

公孙宁也回一下头，他假装看吊死在树上的老头儿，实际注意力却集中在丫鬟楚莲身上。楚莲和昨天没什么两样，不喜不悲，沉静如水，一点儿也看不出曾寻短见的迹象。公孙宁扬起鞭子："驾——"

马蹄嗒嗒。

车队沿着大路迤逦东行。

第八章　　　第一次遇袭

　　俗话说：大兵过后，必有凶年。这次凶年却走在大兵前边，饥饿驱赶着人们成群结队背井离乡逃荒要饭。车队所经过的村庄空空如也。狐狸在屋梁上窜来窜去，老鼠大白天在院子里碰头聚会，夜猫子蹲在房脊上一动不动，饿晕的麻雀会突然从树枝上掉下来死在路上。路边沟渠里不时能看到倒毙的人，不是饿死的，就是为争夺食物殴毙的。在村里再也找不到粮食了，即便挖地三尺，也无济于事。

　　生活越来越严峻——牛吃的尽是干麦秸，人喝的尽是清汤。牛把儿个个面黄肌瘦，形销骨立。士兵也无精打采，萎靡不振。

　　天色还早，队伍就停下来。下一个村子还远，估计天黑前到不了。就这里，刘三阎王说。这是个中等村子，大概有一百多户。

村里人不多，大多是老头儿、孩子，一个个皮包骨头，沉默寡言，穿得黑乎乎的，像乌鸦。他们躲在角落里，不注意发现不了。士兵们强占一个个房屋时，才把他们赶出来。

村里最好的房子都被刘三阎王号住了。说是最好的房子，其实也就是几间瓦房。一个小孩说这是保长家。保长呢？小孩摇摇头：不知道。保长不知去向，多半是躲了起来。没有谁能应付得了这支穷凶极恶的队伍。这支队伍是贪婪兽，所到之处，一扫而光。

刘三阎王指挥着把装银圆、珠宝和大烟土的箱子抬进屋里。他、太太，还有丫鬟，也住这里。他要和那些箱子在一起。

这样他心里踏实，才能睡得香甜。他常常梦到睡在藏宝洞里，周围全是金光闪闪的宝贝，他打个滚，浑身粘的全是金银珠宝。

楚莲扶刘太太下车。刘太太下车后，站着不动。

"怎么，腿麻了？"刘三阎王说。

"麻了。"

康营长过来请示口令，刘三阎王说："麻了。"刘太太抿嘴一笑。丫鬟楚莲没敢笑。康营长瞅一眼刘太太，离开了。

刘太太让楚莲进屋撒去虱粉。

赵德俊将"曹操"和"大丽花"从抬辕下解放出来，又帮葫芦卸牛，解开肚带绳，拔下"小鬼下壳"，解开缰绳，然后准备抬起抬辕。对葫芦来说，抬辕太重了，他抬不起来。赵德俊的背伤刚好，还不能太用力。大能耐看到，抢上一步，说我来我来。他抬起抬辕，让牛出来。大能耐对葫芦说，你招呼一声，哪能让赵大哥来。赵德俊说，我没事，伤已好了。大能耐说，好什么，我还不知道？

公孙宁在偷看楚莲，赵德俊从他身旁走过，轻拍一下他的肩膀。公孙宁一激灵，马上开始给马卸套。

"你看——"

公孙宁转过头，看到剃头匠秦疤瘌挑着担子进村。

"他又来了。"赵德俊说，在晁陵他们见过这个人，他头上有一个鸡蛋那么大的疤瘌，好认。

"剃头匠也要吃饭啊，"公孙宁说，"他不剃头，哪来吃的。"

秦疤瘌来到他们身旁，放下担子，问道：要剃头吗？赵德俊说没钱。秦疤瘌说，有钱捧个钱场，没钱捧个人场。赵德俊说，你还是给当兵的剃头吧，他们有钱。公孙宁说，我给你捧个人场。秦疤瘌说，你倒是会占便宜。他支起摊子，招呼公孙宁：来吧，第一个不要钱，算替我开张了。

"你的头发不长啊。"赵德俊说。

"那就刮刮胡子吧，"公孙宁说，"反正不要钱，有便宜干吗不占？"

公孙宁坐下来，让秦疤瘌给他刮胡子。秦疤瘌并不因为不收钱就马虎，而是刮得一丝不苟。

赵德俊去给牛拌草。两头牛木然地看着他，对他拌的麦秸一点也不感兴趣。没有一点豆料，只是干草，它们没胃口。它们睁着大眼睛看着赵德俊。赵德俊拍拍它们的头：吃吧，吃吧，再不吃，麦秸都没了。人和牲口都缺少吃的。他知道，往后只会越来越艰难。他们几天才能领到一点儿饲料，必须精打细算，否则就会断顿。他们总结出一条经验，先让牛吃干麦秸。牛不愿吃，没关系，饿它。到了黎明，再次给牛拌草时，撒上那么一点点儿饲料，牛就会大吃特吃。

他现在不能再照顾"大丽花"了。两头牛一视同仁。拉车时，"曹操"出的力比"大丽花"多，吃上再偏心，就对"曹操"太不公平了。

他去看看葫芦拌的草，嗯，不错，他摸摸葫芦的头，夸赞他。葫芦说牛饿瘦了。他说能不瘦吗，整天拉车，还吃不饱。岂止牛瘦了，人也都瘦了。本来，他们身上就没有肉，现在更是只剩骨头了。

两个士兵押着关小宝和常有得从他们面前走过。关小宝和常有得面无表情，机械地迈着双腿，朝前移动。他们已经认命了。刘三阎王说的军事法庭审判，一直没有进行。他们——尤其是关小宝——清楚等待他们的是什么。什么军事法庭，无非是石友三指定几个人，走个过场罢了。或者，就是刘三阎王指定几个人，碰个头，嘀咕几句，按刘三阎王的意图，给出判决结果：枪决。他们还能期待什么，期待刘三阎王发慈悲吗？他们知道这是不可能的。

他们以为军事法庭还没组建，他们还能活几天。出乎他们意料的是，刘三阎王将押解士兵叫住，说天色尚早，现在就开庭吧。刘三阎王亲自担任审判长，康营长和孔营长担任陪审员。庭审现场就设在保长家门前的空地上。

因陋就简。三把高低不一的椅子和一张小方桌，就是"军事法庭"的全部设施。刘三阎王坐到居中最高的椅子上，两个陪审员坐到旁边两把小椅子上。没有惊堂木，刘三阎王就用搪瓷缸子充当。他将搪瓷缸子在小方桌上一蹾。

"押关小宝和常有得进场。"

其实两个人已经站在他们面前，押送的士兵象征性地答一声："是！押关小宝和常有得进场。"

刘三阎王又蹾一下搪瓷缸子。

"关小宝——"

"到。"

"判你通匪，你可认罪？"刘三阎王说。

"我没通匪。"关小宝说。

"我说你通匪，难道说错了？"

"我没通匪。"

"你的枪呢?"

"被杆子抢去了。"

"士兵，就该人枪合一，人在枪在，枪没了，等于你的命没了。"刘三阎王看看两个陪审员，笑道，"枪没了，他还想活命，真是笑话!"

两个陪审员连连点头附和。

刘三阎王又蹾一下搪瓷缸子。

"常有得。"

"到。"

"判你通匪，你可认罪?"

"我没通匪。"

"我说你通匪，难道说错了?"

"我没通匪。"

"你的枪呢?"

"被杆子抢去了。"

"士兵，就该人枪合一，人在枪在，枪没了，等于你的命没了。"

刘三阎王与两个陪审嘀咕几句，说是嘀咕，只是声音小些而已，周围人完全能够听见。他说:"判他们通匪，没错吧?"两个陪审说:"没错，没错。"他问:"通匪该怎么判?"两个陪审说:

"枪毙，枪毙。"

刘三阎王从椅子上站起来，干咳两下，清一清嗓子，冷笑一声，神情庄重地开始宣判。两个陪审也站起来，神情严肃。

"关于关小宝和常有得通匪一案，经过军事法庭审判，情况属实，判决如下：关小宝，枪毙。常有得，枪毙。本案为终审，不得上诉。出于人道主义，今天晚上让二人吃饱，明日午时三刻执行枪决。"

刘三阎王吩咐押下去，晚上让二人吃好。

常有得喊冤，关小宝用肩膀碰他一下：喊什么喊，丢人。常有得哭起来，说他没通匪，他说的句句属实，不该枪毙他，他上有高堂，下有弟妹，他不能死……

牛把儿们远远看着审案，他们没料到审判会如此简单快捷，不需要人证，不需要物证，也不需要辩护……不到一袋烟工夫，就结束了。

关小宝和常有得被押走后，九弯子突然捂住脸扭过头去哭泣起来。三脚猫说他怎么了，赵德俊说想儿子了呗。九弯子总觉得关小宝和石头很像，内心里把关小宝当成了儿子。他们都对他说，关小宝是关小宝，石头是石头。他说他知道，可他看到关小宝就想到石头，没有办法。他相信关小宝的命运就是石头的命运。他说，石头说不定也在哪里扛枪吃粮，和关小宝一样。大能耐要去劝九弯子，赵德俊摇摇头：让他一个人待会儿吧。不用劝，他什么都明白，就是心里魔怔了。

晚上，这个村子又拥进来一个团。住房紧张，所有牛把儿都被赶出了屋子。九弯子找到一个牲口棚。这里很好，对付一夜没问题。地上有干草，可以防潮。牛把儿们都夹上被子过去。公孙宁说村外有个破窑，窑里肯定暖和。没人响应他。他们把被子往草上一扔，就地坐下。三脚猫说窑里说不定会有蛇。公孙宁说冬天哪来的蛇。九弯子说，冬天没蛇吗？我给你们讲一个冬天里蛇的故事。

他说："有一年冬天我们在北山伐木，夜里就住在山上。我们找了一个大坑，坑里全是落叶，睡上去又软又暖和，舒服极了。睡到半夜，我们感到身下边有东西在动，都醒了，什么东西？我们很害怕，就把坑里的树叶点着，烧他娘的，一会儿，呼啦一声，从火里飞出几百条蛇，把我们吓坏了。瞧，冬天不是没蛇，只是蛇冬眠了。我们把蛇暖苏醒，它们就动起来。后来我们再也不敢在那种地方睡觉了。"

听了九弯子的故事，更没人敢去破窑里睡觉。

公孙宁说："都不去吗？"

没人应声。

"看把你们吓的。"公孙宁扭头对赵德俊说，"你呢，也怕蛇？"

"怕。"

"怕什么！"公孙宁夹起赵德俊的铺盖就走。

"你这是强人所难。"赵德俊说着跟了出去。

窑在村东，背倚土崖子，面朝开阔的原野。原野空旷而寂静。

公孙宁先钻进土窑，但又飞快地跳出来，如被蛇咬。"里边有人。"他说。打着火一看，是个死人，吓得他们毛发倒竖。赵德俊夹起铺盖要走，被公孙宁劈手夺下来。"一个死人，看把你吓的。"他说，"你去弄点柴草，我把他拽出来。"赵德俊不明白公孙宁为什么一定要在这儿睡，要去挤占死人那块可怜的地方。

赵德俊站在窑外，等公孙宁把死人弄出来。

公孙宁抓住死人的脚腕，将死人拖到窑外，扔到一边。"轻得很，"公孙宁说，"八成是饿死的。"

"我们把他埋了吧。"

"没有锹，拿啥埋？"公孙宁说，"总不能用手刨吧？"

"这里有个土沟，放沟里，蹬点土就行。"

他们将死人弄到土沟里。那是下雨时流水冲出来的沟，很浅，死人放进去，基本将沟填平了。赵德俊想将死人的手脚摆放端正，可是死人已经僵硬，很难改变他死时的姿势。"就这样吧，"公孙宁说，"我们对得起他了。"他们用浮土将死人埋起来，使他不至于曝尸荒野。

"可怜的家伙，"赵德俊说，"希望他睡得踏实。"

"不要指望死人会感谢你。"公孙宁说。

夜里赵德俊梦到死人起来绕着土窑走动，不住地喊："还我的窑——，还我的窑——"越走越快，脚步声越来越大。赵德俊从梦中醒来，惊魂甫定，听到窑外脚步杂沓，心想这死鬼还领来不少同伴。

"杆子来了。"公孙宁坐起来说。

外边的脚步声如潮水一般，汹涌澎湃，无休无歇，不知到底有多少人。

夜的寂静被打破，村里枪声如炒豆。

赵德俊要往村里去，被公孙宁拉住。

"放开我!"赵德俊挣脱公孙宁的手，钻出窑门。公孙宁扑上去拦腰抱住赵德俊，将他摔倒在地，并压在他身上。赵德俊脊背上的硬痂被公孙宁弄掉一大块，刀割般疼。赵德俊的呻吟没有唤起公孙宁的怜悯，他不放他起来，他们保持这个姿势，听着村里的枪声。枪声凌乱不堪，时而沉寂下来，时而又急骤地响起。沉寂的时候多半是失去了目标，响起的时候未必就找到了靶子。

"你知道杆子要来?"赵德俊质问公孙宁。

"不知道。"

"你到底是什么人?"

"赶车的。"

"鬼才信。"

"不信拉倒。"

"你会给我们带灾的。"

"我不会。"

枪声渐稀，赵德俊趁公孙宁不备，冲出窑门，跑回村子。

"你找死啊?"公孙宁在身后喊道。

赵德俊仿佛没听到公孙宁的喊话，脚步丝毫没有停留，直往前冲。他惦记"曹操"和"大丽花"，还有葫芦。他受人之托，照看葫芦，不能扔下葫芦不管。他熟悉路径，猫着腰从土崖子侧面一个小路往村里去。这条路安全。即使子弹擦着地面飞，也打不到他。到村里时，他更谨慎，只沿着墙边走。从枪声判断，杆子大概在攻打刘三阎王住的院子。这边暂时没事。

赵德俊刚爬到崖子上，突然听到拉枪栓的声音。

"口令?"

"麻了。"

士兵放赵德俊过去。

赵德俊回到牲口棚，发现大能耐浑身发抖。"你怎么了?"他问。大能耐说:"我们不会死吧?""不会，"他说，"我们的命不值钱，没人要。"三脚猫好奇地看着外边，一颗子弹嗖地从他耳边飞过，吓得他再不敢探头了。九弯子比较有经验，缩在一个安全的死角，一动不动。郑十六和周拐子躲在牛车下。没见葫芦。"葫芦呢？"他问。没人说得清葫芦去哪里了。赵德俊很生气，他们为什么不看好葫芦，葫芦还是个孩子。赵德俊不顾他们劝阻，出去寻找葫芦。

"危险！"九弯子说。

赵德俊没理他。他边喊葫芦，边绕过几个房子。没有任何回应。他不往枪声密集的地方去，他想，葫芦再傻，也不会往那里去。葫芦会去哪里呢？他还活着吗？

"葫芦——"

"葫芦——"

"葫芦——"

没有回音。

经过一个屋子时，里面有个声音叫道："好人——"

他停下来。

"谁？"

"好人，求求你，把门打开，放我们出去吧。"

"关小宝？"

"我们是冤枉的……"

"常有得？"

"大哥，你是——赵德俊？"

赵德俊摸摸门镣吊，挂着锁，可是并没锁上。他将锁取下，放出关小宝和常有得。

"快跑，跑得越远越好。"

两个人趁着夜色匆匆跑了。

葫芦胆子很大，也很机灵。枪响时，他把自己的牛和赵德俊的牛都赶进一个破屋子里，将门从外面拴住。

他正要离开，一群杆子呼啸而来，他赶紧趴地上。一个杆子绊住他栽倒在地，却一直没爬起来。他很害怕。这个杆子会不会要他的命？他往旁边爬去，碰到一个铁东西，一摸，是把手枪。他吓得魂飞魄散。稍一定神，他想，这是那个摔倒的家伙的手枪吗？他为什么不起来？莫非摔死了？他试着去摸那个人，还没摸到人，手就碰到一摊热乎乎的黏东西，啊，血？他浑身发抖，像得了疟疾。他又稳稳神。听听，那人没有动静。他推一下，那人不动，确实死了。不是摔死的，是被子弹打死的。那人在绊住他时已经中枪了。他把手枪揣怀里，紧紧抱住，往土窑那里去找赵德俊。

他到土窑时，看到公孙宁正在与一个杆子搏斗。

杆子以为遇到鬼了，大叫："鬼哥哥饶命，我还没死，我不能和你们一起走哇——"

"我不会和你一起走的！"公孙宁将杆子翻过来，双手像一把铁钳紧紧卡住杆子脖子。杆子垂死挣扎，双手乱舞，双脚乱蹬。

杆子越挣扎，公孙宁卡得越紧，杆子的两条腿终于没有力再蹬，腿一伸，嗝屁了。

片刻，窑里窑外又归于寂静。

公孙宁早就发现了葫芦，他招呼葫芦："过来。"葫芦走过去。公孙宁一把将他抱怀里。"不怕，"他说，"这是什么？"公孙宁摸到葫芦怀里的手枪，吃了一惊。"哪来的？"公孙宁问。葫芦说："捡的。"公孙宁说："枪是祸害，你把它扔了。"葫芦说："不。"

公孙宁笑了。

葫芦不明白他笑什么。

"枪，很值钱，但也是要命的东西，只要让人知道，你就完了。"

"我藏起来。"

"你会用吗？"

"不会。"

公孙宁说那可要藏好了，否则很危险，他提议两个人互相保密。葫芦不明白，他也有秘密吗？

"你为我杀人的事保密，我为你的手枪保密。"

"中。"葫芦说。

"一言为定。"公孙宁说。他趁葫芦不备，夺下葫芦的手枪，手法之快，葫芦毫无反应。葫芦正在愣怔，公孙宁甩手两响，打死两个准备偷袭他们的杆子。葫芦回头，正好看到两个黑影举起刀，似乎要朝他劈来。人黑刀明，看上去极其骇人。黑影动作做到一半，扑通倒地。刀哐啷一声，掉到葫芦脚边。葫芦目瞪口呆。

公孙宁把手枪还给葫芦。"你的归你。"他说，"枪管是烫的，小心！"葫芦接过手枪，兀自发愣。这把手枪刚杀过人！手枪沉甸甸的，往下坠。好像手枪有意志，要挣脱他的手，去给地上的尸体补两枪。

他想把手枪扔了。

"拿好，"公孙宁说，"更要藏好。"

"你会打枪？"

"这更要保密，"公孙宁说，"你替我保密，我教你打枪，如何？"

"中。"

窑前又响起了脚步声。

"杆子要撤。"公孙宁在葫芦耳边说。

窑外脚步杂沓，仿佛退潮。一会儿工夫，脚步声远去。

村里仍传来零星的枪声。枪声过后，一切寂然，天地间是一片混沌的黑暗。

"杆子走了——"

紧接着，窑外又响起杂沓的脚步声。葫芦又紧张起来。公孙宁说："别怕，这是队伍去追杆子。"

又一会儿，远处响起枪声。

"又接上火了。"公孙宁说。

枪响一阵之后，又沉寂起来。

"不打了，"公孙宁说，"今天晚上的戏就到这里。"

没多久，窑外又响起脚步声和说说笑笑的声音。气氛不那么紧张了，所有人都很放松。他们好像不是打仗归来，而是狩猎归来。获得多少猎物并不重要，重要的是他们结束了一次行动。

公孙宁说："追击的队伍回来了。"

夜晚是刘三阎王的噩梦。他身边躺着美女，却无法享用。他总是想起曾经的欲望和性事。他糟蹋过多少黄花闺女和小媳妇，他自己也说不清楚。可是，自从他的睾丸被一枪打飞，他的一半乐趣已经没了。不，是一大半乐趣。现在，他能做的只是折磨太太，让她发出享受的哼哼声和高潮到来时的叫声。更多时候，太太发出疼痛的尖叫。尖叫声像一簇利箭，刺破夜空。整个村庄，或者整个兵营，都能听到。

刘三阎王更多时候用手，少时候用脚，个别时候借助别的东西，比如角先生或手枪。他成功地使自己的手指充满欲望。他对太太说，我有十个××，每个××都能将你操翻。他拧太太，胳膊、大腿、乳头。叫声马上尖厉高亢。楚莲在外间打地铺，每晚都心惊肉跳。她捂住耳朵，那可恶的声音还是能钻进去。

枪声响起时，刘三阎王正陶醉在痛苦和快感中。他以为是士兵哗变。这个畜生，他骂道，喂不熟的狗。康豹子，这个昔日的杆子，嫌营长官小，还是嫌队伍里不自由？收编康豹子时，他提醒过石军长，要当心这个杆子。石军长说把康豹子放你身边，你给我盯着，必要时可以采取措施。刘三阎王要的就是这句话。石军长看中的是康豹子的人马，他看中的是康豹子的枪。别看刘三阎王块头大，这种时候还是很灵活的，他一翻身滚到床下，同时从枕头下摸出手枪。他把子弹上膛。外面，喊声震天，枪声大作。接上火了。打吧，打吧。有士兵喊：杆子来了，杆子来了。原来是杆子。这下他放心了，村里有两个团的兵力，还怕一群乌合之众吗？他从门缝里喊护兵传令，让警卫连进到院子里，保护他，保护财宝。没有月亮，但有星星，天色并非漆黑一团，仔细看，能看到人影，还能辨别出哪是士兵，哪是杆子。杆子猛攻一阵，死伤不少。他们是移动靶子。士兵则躲在暗处，门后，墙后，牛车后，朝杆子开枪。杆子一个个被撂倒。匪首老王太急了，让杆子趴下，暂停射击。他判断一下形势，重新开打。打一阵之后，他知道今天碰到硬茬儿了。

杆匪撤退之后，刘三阎王命令康营长追击。康营长追一阵子之后，回来复命说，杆匪有接应，他怕中埋伏，没有继续追击。

天亮后，公孙宁和葫芦进村，最先看到的是一头卧在地沟里的垂死的犍牛，子弹从牛的前胛打进去，弹洞里流出的一大摊血已凝成黑紫的一块，牛骹棘着，眼神悲哀；接着他们看到一个粘着白花花脑浆的脑壳，脑壳像一块旧葫芦瓢，脑浆像刚煮出来的豆腐脑；在离脑壳一丈开外的地方躺着一具没有脑壳的尸体；接下来他们看到更多的尸体、更多的血。

赵德俊看到葫芦，没给他好脸色。他问他跑哪儿去了，葫芦说找他去了。公孙宁也帮葫芦说话，赵德俊脸色才有所好转。他说以后不许乱跑。葫芦嗯了一声。公孙宁说，都没事吧？赵德俊说都没事。他们这一组，人和牛，还有马，都平安。这就好。

葫芦瞅空将手枪塞进他的草料袋。

郑十六捡了一把子弹壳。三脚猫问他捡这干啥，他说玩。咋玩？郑十六抛起又接住，这样玩……

九弯子听说关小宝和常有得逃跑了，长舒一口气。

周拐子远远躲着，一副事不关己的样子。

大能耐点了一袋烟，一个人边吸烟，边想着夜里发生的事情。

这场小规模的战斗，双方互有死伤，谁也没占到便宜。但对杆匪来说是明显地失败了，王太投入两千人，以为出其不意可以轻而易举将驻扎在赵河湾的队伍击垮，将银圆、枪支弹药和大烟土席卷而去。公孙宁给他的情报是这儿驻军五百，而实际驻军是两千五百。这直接导致王太轻敌，加之他不想让别的杆匪染指，因此投入兵力不足，不得不两手空空撤出战斗，留下一片尸体和许多伤员，伤员中就有联络员秦疤癫。等待这些做了俘虏的伤员的命运就是被毫不留情地处决。

处决地点选在公孙宁和赵德俊夜晚睡觉的那座土窑。俘虏一个个被拖到土窑那儿，地上留下几道血迹和几只鞋。

赵德俊认出剃头匠秦疤瘌。

他提出要为秦疤瘌饯行，士兵答应了，因为自古以来就有这规矩。

公孙宁本来想躲，被赵德俊一把拉住："咱们送送他。"

公孙宁拿出碗，盛碗水，以水代酒，去为秦疤癫送行。士兵松开手，秦疤癫跌坐在土坎上。赵德俊为他擦去脸上的血迹。公孙宁将碗凑到秦疤瘌嘴边说，没有酒，以水代酒吧。秦疤瘌咕咚咕咚将一碗水喝完。他瞪大眼看着赵德俊和公孙宁，嘴唇动一动，想说什么没说出来，最后勉强地笑了笑。

一声枪响，处决开始了。

他们扭过头，看到窑顶两个士兵将一个杆子丢进窑内。

"该上路了。"两个士兵拖起秦疤癫朝窑上走去。

纵容与恶行

随着一阵阵滚滚烟尘，石友三来到赵河湾，刘三阎王赶紧迎上去，牵住石友三的马。

"欢迎石军长!"他私下里叫石友三姐夫，公开场合叫军长。他姐对他说，别看你块头大，你就得跟着你姐夫混，知道为什么吗? 他说不知道。他姐说，论狠，你和你姐夫不相上下; 但论黑和厚，你远不如你姐夫。他不知道什么叫黑和厚。他姐说，就是心黑脸皮厚。

石友三已经通知团以上军官，让他们速来赵河湾开会。开会前，刘三阎王将石友三请到内屋，屏退左右，对石友三说康豹子通匪。"我让他追击王大麻子，他追上后，和王大麻子约定朝天放枪……""然后呢?""然后他就回来了，说怕中埋伏。"

石友三皱起眉头。

"你让我盯着他，果然——"

"他知道你怀疑他吗？"

"不知道。"

"好，你去叫他来见我。"

"在这儿吗？"刘三阎王环视一下，他不认为这是下手的好地方。

"到祠堂里。"

刘三阎王问要不要布置，意思是，你的护兵够吗？要不要增加兵力？石友三说不用。刘三阎王说康豹子手下有十三太保，都不是省油的灯，要解决最好一同解决。

康豹子听说石友三来到赵河湾，心里犯嘀咕，莫非是冲他来的？他昨晚与王大麻子的事会这么快就传到石友三耳朵里吗？他将十三太保召集到一起，商量对策。有的说，不像冲咱们来的，要是，石友三会只带二十个护兵吗？那也太不把咱们放在眼里了。有的说，干脆炸出去，占山为王，还过咱们逍遥自在的日子。有的说，那是找死，我们这点儿人，就是人家砧板上的肉。有的说，这荒灾年头，出去吃饭都成问题。有的说，就这样出去，这兵岂不是白当了。有的说，贼不走空，要走，也得干一票。康豹子说，你们说得我头疼，我只想知道石友三来会不会对我不利……

他们正说着，刘三阎王来传话，说石军长要见他，在赵家祠堂。康豹子让刘三阎王先走，他随后就到。

刘三阎王看一眼屋里的人，走了。

"现在，"康豹子说，"我去还是不去？"

十三太保都不说话。去，会不会有危险，他们不知道。可是不去，那就等于炸营，石友三必定要收拾他们。一个营对一个军，是自己找死。

"怎么都不说话？"康豹子说。

大家你看看我我看看你，还是不说话。

康豹子哈哈一笑，说："没啥大不了的，该死朝天。我去，看他能把我咋的。你们做好准备，我要回不来，你们就炸出去，拼个鱼死网破。"

赵家祠堂外没什么异样，只有石友三的二十个护兵在门口站岗。康豹子看看周围，不像有埋伏。他腰里别着双枪，到门口，护兵拦住他，让他交出武器。他犹豫一下：必须这样吗？恰在这时，石友三出现在门口，朝护兵挥一下手说，不用。康豹子嘿嘿一笑，随石友三进入赵家祠堂。

祠堂里空无一人。

石友三让康豹子坐下，问他抽烟吗，康豹子说不抽。他其实是抽烟的，但在长官面前有些紧张，便没说实话。石友三扔给他一支烟，他在空中接住。抽一支吧，石友三说。他说好。石友三划根火柴，伸到康豹子面前，康豹子慌忙站起来说，你先来。石友三说，你先来。再谦让，火柴很快就会烧完，他只好先点着。在火柴将要熄灭时，石友三也点上了烟。

石友三抽一口，吐出一串烟圈。

"王太你认识吗?"

康豹子狠抽一口烟，说："认识。"

石友三等着他说下去。

"我刚出道时投奔过他，他出过天花，一脸麻子，外号叫王大麻子。他不忌讳人们叫他外号，他自己也说'我王大麻子如何如何'。他心狠手辣，可对弟兄们不错……"

"那你后来……"

"我自己干，是因为——"康豹子说，"他怕我坐大，想杀我，我就自己竖杆，另立山头了。昨天夜里，我怕中埋伏，所以……"

"我知道，不说昨天的事。"石友三说，"王太有多少人枪?"

"他自称万人，其实不到。"

"有那么多吗?"

"七八千是有的。"康豹子说，"不过，都是乌合之众。"

"我想收编王太，让他当团长，你觉得咋样?"

"他求之不得，"康豹子说，"那么多人马，养活着不容易，不要说团长，给他个营长，他就颠颠地跑来了。"

"你能充当说客吗？"

康豹子察言观色，想弄清楚石友三是试探他，还是给他挖坑。他才不上当呢。收编王太对他有什么好处？王太若来，岂不压他一头？再说了，王太又岂是好收编的，他愿受你管束？他说他很乐意为军队做事，可是，他不能去。

"我去，王大麻子会杀了我。"

"不会吧？"

"会的，你不知道，王大麻子什么事都干得出来。"

石友三盯着康豹子，看得康豹子心里发怵。康豹子虽是杆子出身，当过架杆，但他知道军队是个等级社会，官大一级压死人。

"你给他捎个信，把我的意思说给他。"

"不敢。"康豹子说他可不想落一个通匪的罪名。尽管他确实通匪，但不能自己把罪名坐实。

石友三把脸拉下来，说："这是命令。"

康豹子说他可以试试，但不一定能联系上。石友三说必须联系上，并要保密，不能让第二个人知道。康豹子悬着的心这才放下，看来这次石友三不是冲他来的，他多虑了。

二十分钟后回到住处，康豹子脊背的衣服被冷汗溻湿。十三太保看他平安回来，紧绷的神经才松弛下来。

刘三阎王猜不透石军长为什么要放过康豹子。石友三说："这事得从长计议，现在不是时候。"

中午，军队中的高级将领云集赵河湾。石友三军长主持的军事会议在赵家祠堂召开。刘团长简单通报了昨夜的战斗情况。军官们嚷嚷着剿匪。——王太是吃了豹子胆，敢袭击我们。——他是自作孽不可活。——听说王太有不少人枪，剿了他，我们就发财了。——操，灭他！——捏死这只臭虫。——我看他是活得不耐烦了。等等。

石友三的脸越拉越长，心想，剿匪，剿匪，剿个鸡巴匪，这帮王八蛋，没一个懂政治，得给他们谈谈天下形势，好让他们心里有个数。

他说：

"你们说，天下是谁的？照我说，谁强大是谁的。北洋政府垮台，国民党掌权，蒋介石集党政军大权于一身。可是，你们知道吗，蒋介石与我们冯总拜把子，冯总年长，为兄，蒋介石为弟。蒋介石为什么要与我们冯总拜把子呢？因为我们冯总手里有军队。天下稳不稳，不是蒋介石说了算，还得我们冯总说话。中国四个集团军，蒋介石一个，我们冯总一个，阎老西一个，李宗仁一个，老蒋只占四分之一，他不拉我们冯总行吗？冯总是老大，老蒋是老二，让老大听老二的，你们觉得老大会吗？还有，阎老西和李宗仁也都和老蒋不对付。不久前老蒋收拾了李宗仁，你们知道我们老大和阎老西心里怎么想吗？"

一阵马蹄声响，镇平民团旅长彭锡田带着两个马弁赶到。彭锡田跳下马，将缰绳交给其中一个马弁，径闯赵家祠堂。

门口一排护兵拦住彭锡田，不让他进。

彭锡田说："快进去通报，就说彭锡田紧急求见石军长。"

彭锡田本来和石友三同在冯玉祥手下供职，彭锡田任高等执法官，石友三任军长；去岁八月，彭锡田因母亲病危返乡，母亲去世后，他在坟地里搭个草棚，为母亲守墓。夜里，呼隆隆一阵响，一队人马过去。等一会儿，呼隆隆一阵响，又一队人马过去……杆匪猖獗，一夕三扰。第二天，村里父老来到彭锡田面前，恳请他留下来保家安民。一个军人，如果连家乡父老都保护不了，谈何平天下。看着父老乡亲殷切的目光，他无法拒绝。于是在家着手训练民团，决心剿匪安民。彭锡田潜心研究乡村自治理论，将孙中山的三民主义缩小为自卫、自治、自富的"三自主义"，提出"路不拾遗、夜不闭户、村村无讼、家家有余"的理想目标，并联络邓县宁洗古（中共党员）、内乡县别廷芳、淅川县陈重华，四县实行联防自治。此事正紧锣密鼓地进行，石友三所部过内乡县境。彭锡田曾亲往内乡恳请石友三帮助剿匪，石友三答应得很快，却没有任何行动。不剿匪也就罢了，他离开内乡时又抢走五十万大洋，并征用一千辆牛车，使内乡县元气大伤。

石友三从祠堂出来，向彭锡田拱手："禹廷兄，别来无恙?"

彭锡田回礼："汉章兄，事情紧急，恕我无礼……听说杆匪袭击军队，我前来慰问。"随后他说杆匪正在石佛寺北逗留，机不可失，时不再来，队伍出动，民团配合，定能一举全歼。

石友三对剿匪并不热心。蒋介石的密使钱大均在他军营里已经待了好几天，对他陈明利害，封官许愿，游说他叛冯投蒋。他首鼠两端，故意拖延。这时候，剿匪有什么好处？只会损失实力，让自己的分量变轻。他不会干这样的傻事。相反，如果能收编王太，他在蒋介石那里就敢开更高的价码。

石友三说："王太要不要剿？要剿。但要谨慎，进剿之前，先要侦察清楚。"

彭锡田说："我们已经侦察清楚，杆匪约两千人在石佛寺北的老毕庄过夜，黎明时离去。现在追击还来得及。"

石友三敷衍道："我知道了，杆匪真是可恶，看我怎么收拾他们。"

两三千杆子沿大路大摇大摆北行，插科打诨，吊儿郎当，浑不把离他们不远的一个整编军放在眼里。他们从容劫掠，少数暂时没出去讨饭的百姓，成了他们的肉票。大灾之年，亲友都逃荒去了，谁去赎人？即便还有人在家，又哪儿有钱粮去赎。

王大麻子在进山前于上坪停留一天，限时赎票。凡是没有人赎的，要全部杀掉。

这时候，中间人出现了。他的名字没多少人知道，但他的外号——尿包——却是响当当，可以说无人不知，无人不晓。凡杆匪绑票，人们都央他去谈赎金。大户人家被绑票，央他，他还拿架子，说这是掉脑袋的事，他可不愿蹚这浑水。不过，最后他会这样说："人命关天，我就冒次险吧，说成说不成都不要怨我。"他到杆匪那里，将这家有多少家当，特别是多少地，一五一十地告诉杆匪，杆匪就给出一个数字。他回来对央求他的人说，他们要得更多，我好说歹说，才降到这个数。这是个什么数？卖房卖地的数。于是，人赎回来，家业没了。穷人，但凡能榨出一点油水，也都逃不过杆匪的敲诈。没钱？对不起，活埋！谁也说不清尿包在老百姓和杆匪中间扮演了什么角色，但有一点大家都看在眼里，那就是：本来地无一垄房无一间的二流子，现在盖了房，买了地，还娶了个漂亮媳妇。

王大麻子让尿包去"过"一遍肉票，看看能索取多少赎金。

肉票共二十五人，男女老幼皆有。尿包"过"一遍后，回来给王太回话，说这些人除了有两个他不认识，其他人他都认识，知根知底，他们没有钱，一个子儿也吐不出来。

王大麻子让把肉票都带到河滩上。他对肉票说："你们记住，我王太并不想杀你们，可是一行有一行的规矩，没有规矩不成方圆。我抓肉票为的是赎金，既然你们没人赎，我只好按规矩办：都活埋了。"

河滩上顿时哭声一片。

王太让尿包把他不认识的两个人指出来。

关小宝和常有得被带到王大麻子面前。王大麻子审视着他们，感到奇怪，十几岁的小伙儿，会没人赎票？

"你们是哪个村的?"

"我们不是本地人。"关小宝回答道。

"哪里人?"

"内蒙古。"

"你们怎么会在这里?"

"逃荒。"

"我马上就要活埋你们了，你还不说实话?"

关小宝和常有得被赵德俊放出来后，不辨东南西北，一路狂奔。这一带他们本来就不熟，只能走哪儿在哪儿。天亮前他们在一个村庄里抢了两件棉衣。那家人还没起床，他们闯进屋里，直接就把床头的两件棉衣抢走了。他们把军装留下来，算是交换。棉衣一件男式，一件女式，都不愿穿女式的，怎么办？如法炮制，再抢一家。这次他们都穿上了男式棉衣。两件棉衣都脏得黑明发亮，还有成堆的虱子。他们刚出村就撞上几个杆子。杆子拿枪指着他们，让他们站住。他们站住。杆子将他们捆起来，押回去。对杆子来说，这是两个肉票。他们知道杆子袭击军队吃了亏，便不敢说自己是当兵的。现在，死到临头，一切都无所谓了。关小宝说："我们是逃兵。"

"逃兵?"王太哈哈一笑,说,"他娘的,刘三阎王手下的?"

"是。"

"刘三阎王杀了我许多弟兄,活该你们倒霉,我要杀掉你们为我那些兄弟报仇。"

常有得吓得浑身发抖。关小宝碰他一下,意思是:别尿。

王太看到,心想,可惜了,这么好的小伙儿。他问关小宝:

"当兵前,在干什么?"

"照相馆当学徒。"

"他呢?"

"他和我一起。"

关小宝没想到这两句话救了他和常有得。王大麻子去年抢劫一家照相馆,可是抢来的照相器材没人会用,扔在角落里都快生锈了。王大麻子忽然想起这档子事,问关小宝:"你会照相?"

"会。"

关小宝其实没照过相,师父根本不让他摸器材,他当学徒,第一年只是给师父做饭、扫地、倒尿壶。还没到第二年,他就被抓了丁。常有得其实连学徒也没当过。

王太说:"你们愿意跟我干吗?"

"愿意。"

王太让人给他们两个松绑。

尿包说:"你们还不快谢谢大架杆。"

他们向王太表示感谢。王太手一挥，免了。

杆子们将二十三人活埋了。

"还剩下两个坑。"王太看着尿包说。

尿包不明所以。

"你选一个。"王太说。

尿包吓破胆，立马跪到王太面前，哭诉道："大架杆，我可是一心为您啊，你不能杀我，不能杀我……"他看王太皮笑肉不笑，知道王太是铁了心，他赶快改变策略，说："我愿赎票，我卖房子卖地卖女人赎票，一行有一行规矩，不能不让我赎票。"

王太嘿嘿一笑，说："晚了，过了赎票期。"

又说："你为乡亲们办事，让他们家破人亡，你倒好，盖房子买地娶女人，你钱哪来的？"

尿包说："我帮他们赎票，救他们的命，这是他们孝敬我的。"

王太说："你的心太黑了。"

他下巴扬一下，两个杆子将尿包拉过去，踹进坑里。尿包往外爬，杆子就用枪托砸，尿包被砸得头破血流，直至昏倒。杆子飞快地填沙，片刻工夫，尿包就消失了。

第十章　　　　**私下审判**

秦疤瘌后脑勺被打了一枪，扔到窑里……没有死，他从死人堆里爬出来，跌跌撞撞往前走，他的样子真怕人，浑身血迹，脑袋上有个洞，还活着……你去哪里？赵德俊问道。他说找公孙宁。找他干吗？有事。赵德俊和公孙宁一起，他回头看公孙宁，却不见踪影。他为什么要躲呢？赵德俊正纳闷时，秦疤瘌扑倒在地，死了。

赵德俊从梦中醒来，再也睡不着了。梦像小狗一样缠着他，赶也赶不走。怎么会做这样的梦呢？梦，想告诉他什么？

他，还有他的同伴们的生活本就多灾多难，是一个漫长的"苦奔"过程。突然，咣当一声，公孙宁从天而降，给他们带来不祥的变数。从公孙宁出现的那一刻起，奇事怪事就层出不穷，撞车——被活埋——又被救（真巧啊！）——陈区长给他们馒头和肉，还有丹砂——王大夫和小愚子从天而降，帮助他们疗伤——征粮时显然公孙宁与那些蒙面人认识，他弹出石子击中胡小爪的眼睛——他轻轻摇头，救了关小宝和常有得一命——那些人自称王大麻子手下，是真的吗？他和他们什么关系？——剃头匠秦疤瘌给公孙宁刮胡子也很蹊跷——秦疤瘌是杆子，那么公孙宁呢？

赵德俊不愿把公孙宁和杆子联系起来。他相信自己的直觉：公孙宁是个好人。可是，他晓得直觉有时是靠不住的。

他摸摸公孙宁的铺位，没人。他以为公孙宁去解手了。等了很长时间，仍不见公孙宁回来。解手要不了这么长时间。他起来去寻，小声呼叫，没有回音。公孙宁，他会去哪里？

赵德俊推醒九弯子，说公孙宁不见了。

九弯子起来，看到公孙宁的马和马车，说："不会吧？"

"真的，不见了。"

"他去哪儿了？"

"不知道。"

九弯子也以为公孙宁去解手了。"我去找找。"他说。他到树林里寻找，也没找到。他们把这个组里的牛把儿都叫起来，这不是一件小事，事关他们每个人的性命，他们要一起拿主意。夜晚寒气袭人，他们紧紧挤在一起，裹着被子。郑十六说公孙宁来路可疑，他像是从天上掉下来的。大能耐说一个赶马车的，混到我们中间怪怪的。三脚猫说他就是个灾星，他一出现就差点要了赵德俊的命。等等。几个人七嘴八舌，越说越觉得问题严重。

"他会是杆子吗?"大能耐说。

此言一出，大家都惊诧。如果公孙宁是杆子，他就该被拉到窑上一枪崩了。他们呢，也会被连累。

"不要乱说。"九弯子说，"这会出人命的。"

"他死，我们还得陪葬。"郑十六说。

"会吗?"三脚猫说。

"你说会吗?"郑十六说，"刘三阎王的夜壶你见过吧，那是什么，一个骷髅头! 骷髅头是谁的，刺客的! 刺客混在陡沟车队，伺机行刺，行刺失败，刺客被抓住枪毙了。车队的人呢，也全被刘三阎王杀了! 你说会吗?"

三脚猫哑口无言。

"公孙宁即使不是杆子，至少与杆子有瓜葛。"郑十六说，"我们的头都枕在铡刀上。"

这不是危言耸听，也不是庸人自扰。这关系到他们每个人的生死，不能不认真对待。当下，最急迫的是，他们该怎么办?

要报告刘三阎王公孙宁溜了吗? 在这个问题上，他们出现了重大分歧。大能耐、郑十六、周拐子、三脚猫主张报告，赵德俊、葫芦、九弯子不主张报告。如果报告，刘三阎王抓不到公孙宁，百分百会迁怒于他们。如果不报告，这件事他们难脱干系。

他们陷入了进退两难的境地。

"我们怎么办，等死吗?"三脚猫说。

"除了等死，还能干什么!"郑十六说。

"我不想死，要不，我们也溜吧。"三脚猫说。

"牛车不要了?"大能耐说。

"命都没了，还要牛车?"三脚猫说。

"我就要牛车。没有牛车，我还不如死了的好。"周拐子说。

"那我们就去报告，我就不信，刘三阎王不讲理……"三脚猫说。

"你能，他和你讲理，你去报告吧!"九弯子说。

"这也不中，那也不中，你们说怎么办?"三脚猫说。

大家谁也说不出一个好办法，只能沉默。

赵德俊说:"公孙宁的马和马车还在。"

一个赶车人，是不会丢弃他的马和马车的。

"这说明啥?"大能耐说。

"他也许还会回来。"赵德俊说。

"嗯。"九弯子说。

这是一个新思路，如果公孙宁还回来……

牛和马都很安静。不远处有人打呼噜，那是另一个车队的人。

黎明前的黑暗像一口倒扣的铁锅，坚实，密不透风。

轻微的脚步声传来，像猫一样。不用猜，是公孙宁回来了。他蹑手蹑脚回到自己的铺位，拉开被子钻进去。

大能耐发出一声呓语，迷迷糊糊爬起来，装作去解手，从公孙宁身旁经过，故意绊一跤，摔倒在公孙宁身上，趁势将公孙宁紧紧压住。

几个人扑上来，用事先准备好的绳子将他捆起来。赵德俊、九弯子和葫芦不赞成这样做，所以他们没参与。

"你们干什么?"公孙宁压低声音说。

"别叫，再叫把你交给刘三阎王。"大能耐说。

"玩笑开大了。"公孙宁说。

"谁和你开玩笑!"大能耐说。

接下来是审讯。他们问他是不是杆子，是不是奸细。他给出的都是否定的回答。问他刚才干吗去了，他说拉稀，怕熏着大伙，所以到很远的地方。他们不相信他说的话，威胁要把他交给刘三阎王，他说:

"你们要认为我是坏人，直接把我打死，我吭都不吭一声。要认为我是好人，就解开绳子……"

天快亮了，该有个决断，放还是不放? 他们很为难。

突然，一直一言不发的葫芦站出来说:"他不是杆子!"

大能耐说:"你怎么知道?"

"我就是知道。"

再问，他也不说原委。他答应过公孙宁替他保密，他说到做到。他只咬住一句话，公孙宁不是杆子！

赵德俊说："小孩嘴里吐实话，葫芦说他不是杆子，他就不是杆子。"

郑十六他们不这样看，哪能凭葫芦一句话，就……

赵德俊看天马上就要大亮，不管不顾，走过去将公孙宁解开。"这事到此为止。"他说。

此后，牛把儿们与公孙宁之间便有些尴尬，不大说话。公孙宁本就不爱说话，这下正好。只有葫芦，总往公孙宁跟前凑。公孙宁不理他，他就默默在他身旁干活。他自己套车都需要人帮忙，他却还想帮公孙宁。公孙宁说，走开。他就离公孙宁稍远一点。之后，他又渐渐缩短两人之间的距离。

赵德俊很纳闷，葫芦为什么老缠着公孙宁？他问葫芦，葫芦否认，说他没缠公孙宁。他让葫芦离公孙宁远点。

半夜，公孙宁拍一下葫芦，葫芦睡眼惺忪爬起来，跟着公孙宁到树林里。公孙宁教葫芦一招：扎马步。他说这是练武的基础，下盘不稳练什么都白搭，所以练武要从扎马步练起。怕冷吗？不怕。怕受苦吗？不怕。能坚持吗？能。好，那就听我的，跟着我练，这样，这叫扎马步，先练到一袋烟工夫，之后要练到一炷香工夫……公孙宁给他纠正姿势，腿要用力，腰要用力，要专注，要坚持。葫芦自从开始练武，竟奇迹般地不尿床了。

有一天，葫芦又随公孙宁到树林里，公孙宁还没开始教他，他说："今天你教我打枪吧。"他把手枪掏出来递给公孙宁。公孙宁吓一跳，说："你怎么把这玩意儿拿出来了？"葫芦说："你教我打枪。"公孙宁说："你要不把它藏好，你会没命的。"葫芦说："我不怕。"公孙宁说："你不怕我怕。"最后，两人达成协议，公孙宁教会葫芦打枪，葫芦就再也不把枪拿出来。所谓"教会"，也只是告诉葫芦，哪是弹匣，哪是扳机，哪是保险，哪是准星，如何打响……枪的后坐力很大，一定要用力握紧，最好是双手握枪……开枪，这很危险，一枪打不准，也许就没有第二次机会了……杀人，你还小，不是你该干的……

葫芦在睡梦中说："枪，枪……"

公孙宁捂住他的嘴，塞给他一把木头手枪，让他当玩具。这是公孙宁专为葫芦削的。葫芦很喜欢这把木头枪，睡觉时都握在手里。

第十一章　天上会掉下馅饼吗

　　车队缓慢穿越一个个荒凉的村庄和一块块贫瘠的土地，送走一个个单调枯燥的昼夜。傍晚，他们在五里岗宿营。大家将车停下，纷纷给牛卸套。大能耐对赵德俊叫一声："嗨——"

　　赵德俊松开"曹操"的肚带，看过去。

　　大能耐下巴一扬，指向旁边一棵黑槐树，黑槐树下站着一个老头儿。

　　"怎么啦?"

　　"他在看我们。"

　　那老头儿果然在看他们。

　　"看就看呗。"赵德俊又松开"大丽花"的肚带。

　　"眼神不一样。"

　　"怎么不一样?"

"我说不上来，"大能耐说，"我们有啥好看的，他那样看。"

赵德俊举起抬辕，将"曹操"和"大丽花"解放出来。他揉揉它们的肩胛，将它们拴到车轮上。

"他是看你，不是看我们。"赵德俊说。

"看我干什么?"

其他牛把儿也注意到这个怪怪的老头儿，他抄着手，斜倚着黑槐树，定定地看着大能耐。从穿着看，长袍马褂，像个财主。

大能耐给牛卸套、打水、拌草……他不去看那个老头儿，却能感觉到老头儿还一直在看他。三脚猫说，他认识你? 大能耐说，哪能。这就怪了。可不是嘛。他过来了，三脚猫说。老头儿要大能耐借一步说话。大能耐一脸懵懂。老头儿说我姓闵，你可以叫我闵掌柜。

闵掌柜在前面走，大能耐跟过去。

赵德俊等人都觉得奇怪，这个老头儿是什么人，找大能耐干吗?

闵掌柜和大能耐站在黑槐树后面说了一会儿话。之后，闵掌柜走了，大能耐回来继续喂牛。人们问他什么事，他也不说。看得出来，他有心事了。

晚上，牛把儿们都要围着被子说会儿话再睡。所有的苦累都放下，饥饿也忘掉，寒冷也不去管，只是享受大家在一起的温暖感觉……心理上互相支撑，咀嚼话语和话语背后的故事……家长里短已无可说，各人的经历大家都知根知底，听到的故事也已讲烂……一点新鲜事，哦，太好啦，必须好好说道说道……"大能耐，那个老头儿是什么情况？"

大能耐知道他回避不了这个话题，再说了，他的困惑憋在肚子里令他好难受，必须说出来。"你们不会相信的。"他说，"这个事太怪了。"

"怪在哪里？"

"他，闵掌柜，说我像他儿子。"

这没什么奇怪，一个人像另一个人，有什么好奇怪的。关小宝像石头，九弯子便把关小宝当儿子看……要枪毙关小宝，九弯子很难过……后来，关小宝趁乱跑了，九弯子很高兴。

"他说他儿子新婚之夜失踪了，从此下落不明……"

大家很想知道细节，怎么失踪的，自己跑的，还是被绑架了？

"那天夜里杆子攻破县城，各自逃命，然后就没了，活不见人，死不见尸……"

大家唏嘘、叹息，唉，乱世啊，乱世啊，乱世才有这样的事。可怜的人，不知道做成新郎没有。

"他要我去当他儿子。"大能耐说，一点也不像开玩笑。这句话石破天惊，完全超出大家的想象。真的吗？"真的。他说让我去给他当儿子，不，是冒充他儿子。有区别吗？当然有区别。我不是给他当儿子，我就是他儿子！他的儿媳妇就是我媳妇。还说，他能让我吃饱。"

"是上面吃饱还是下面吃饱?"周拐子开玩笑道。

"当然上下都吃饱……这等好事,怎么就没找到我……"三脚猫说。

"你去吗?你不去我去。"郑十六说。

大能耐说:"你们说我该去吗?"

大家一致说该去,天上掉馅饼,还不赶快接住,犹豫什么,你傻啊。

"我去了,我的牛车怎么办?"

"你要媳妇还是要牛车?"

哈哈,媳妇和牛车……大能耐给大家带来了一个多么欢乐的故事啊,他们笑得捂住肚子……天方夜谭也会在他们的生活中发生……笑过之后,他们不再计较故事的真实性了,管它真的假的,开心就好……这样的故事,怎么会是真的呢?大能耐,这个老实人,编起故事来,有板有眼,一本正经……

赵德俊去撒尿时,大能耐跟过来,站他旁边,掏出家伙往黑暗中滋尿。他悄声对赵德俊说:"赵大哥,到镇平把我的牛车卖了,钱带回家给我妈。"

赵德俊看他不像是开玩笑,便说:"你干吗?"

大能耐吞吞吐吐地说,他想要媳妇,过这个村就没这个店了。赵德俊说,你当真?他说,当真。赵德俊说,你做梦吧,会有这样的好事?! 大能耐说是真的。你信? 我信。那闵掌柜疯了吗? 没疯。他傻了吗? 没傻。没疯没傻，他会把自己的儿媳妇送给你? 大能耐说开始我也不信，可他说是真的，他还说这事能开玩笑吗。赵德俊说，我不相信天上掉馅饼的事，这里面肯定有猫腻。我不管猫腻不猫腻，大能耐说，我要钱没有，要命一条，他骗我干什么? 他能骗我什么? 那可不好说，赵德俊说，别的事我可以帮你，这件事，我不帮。大能耐说，反正我给你说了，你看着办。

　　大能耐往树林里面走，赵德俊问他去干吗，他说拉屎。赵德俊回来，一袋烟工夫，还不见大能耐回来，感觉不对劲，就到树林里去找。树林里没有人影儿。他压低声音喊大能耐，没有回应。黑暗吞噬了声音。

　　赵德俊回到牛把儿们中间，把大伙叫起来。

　　"都快起来快起来，大能耐中邪了。"

　　"怎么回事?"九弯子问。

　　"他跑了。"

　　"跑了?"

　　"跑了。"

　　"跑哪儿了?"

　　"不知道。"

　　这个突如其来的消息将大伙从铺位上拽起来，他们感到不解的同时，也感到振奋。荒诞的故事上演啦。他们参与其中，既是龙套，又是见证者。多年之后，他们给儿孙讲起来，管保他们瞪大眼睛，真的吗？你可以斩钉截铁地说，当然是真的！你的语气会权威得吓人。亲自经历的还能有假！媳妇和牛车，大能耐选择了媳妇。

"我们要干什么？"郑十六问。

"把大能耐找回来！"

"有这个必要吗？"公孙宁说，"他那么大个人，想回来，他自己会回来。不想回来，你们拉也拉不回来。再说了，天这么黑，到哪里去找他？"

没人理会公孙宁。虽说理是这么个理，但大能耐要做荒唐事，他们如何能够不管不顾。他们到树林里找，没有。又到路上找，也没有。大能耐会去哪儿呢？他们不能惊动队伍，让刘三阎王晓得就麻烦了。找了半夜，连个影儿也没见到。

大家忐忑不安，越想越觉得蹊跷、离奇和荒唐。把这个故事讲给刘三阎王，刘三阎王准不信，甚至会怀疑大能耐通匪，要是那样……他们不敢往下想。

恐惧和焦虑折磨着他们的神经。

夜……

突然响起脚步声，越来越近，他们支起耳朵。

听——

一个人在黑暗中跌跌撞撞、失魂落魄般走来……

大能耐！

他们听出是大能耐。走近后，他们听脚步声，看体形、个头，果然是他。

大能耐准确地找到自己的铺位，一屁股坐下。大伙松了一口气，马上抛给他一堆问题：

"你还知道回来？"

"你去哪儿了？"

"不给人家当儿子了吗？"

"媳妇呢，不要了吗？"

"舍不得牛吗？"

"见到掌柜了吗？"

"你被耍了吗？"

"别说啦！"大能耐吼叫一声，顿时鸦雀无声。他的声音表明他的心情糟透了。谁也别惹我。他竖了一堵墙，谁也别往墙上撞。

"睡觉睡觉，"九弯子说，"还能再睡一会儿。"

"睡什么觉，该给牛拌草了。"赵德俊说。

抵达镇平

三天后，他们抵达镇平县城。民团已为队伍号了房子，还为他们提供了粮草，一切都安排得井然有序。牛车一辆接一辆停在大街上，每辆牛车的两侧木轱辘上各拴一头牛，很是规矩整齐。

牛把儿们喂过牛之后，已是夜幕沉沉。他们在街边用石头或土块垒起简易小灶，放上铁锅生火做饭。火苗怯生生地舔着锅底，在寒冷的冬夜，这些火苗给人温暖和信心。镇平真好，为他们每人提供了一把救命的红薯面，使他们得以蹲在小灶前陶醉于红薯面的香气中。看着锅中翻滚的红薯面汤，他们感到无比幸福。赵德俊往灶里填把柴，说好像有人在看着他们。公孙宁四下看看，黑黢黢的，什么也看不见。赵德俊说："我感觉到了。"公孙宁说："我也感觉到了。"

赵德俊拿勺盛饭的时候看到一双眼睛出现在公孙宁的身旁，

几乎同时，公孙宁也发现赵德俊身旁多了一双眼睛。接着他们看到伸过来的手，接着是乞求的声音："可怜可怜——"一个老人和一个小孩，他们的声音微弱得就像水底冒出来的气泡。赵德俊拿勺的手僵住了。如果拒绝这一老一少的乞求，他们明天就会变成两具尸体。如果给了他们，自己怎么对付辘辘饥肠？赵德俊犹豫一下，还是盛了一碗饭递给老人，老人捧住碗递给小孩，小孩接住碗。老人转身就给赵德俊磕头："救命恩人啊！"赵德俊扶老头坐地上，说不用行此大礼，他受不起。他从腰里拽出烟袋嗑嘴里，去坐到自己的牛车上。没有烟草，嗑着烟袋只是图个安慰。公孙宁也盛碗饭递给老头，老头捧着碗，眼泪扑簌簌落下来，嘴里喃喃道："恩人哪，恩人哪——"

别的灶前也出现了类似的情景。大能耐因为一个瘦骨嶙峋的女孩要做他的媳妇，就把饭让给了她。女孩说她十八岁，可看上去只有十三四岁的样子。大能耐将灶火熄了，在黑暗中听女孩吃饭的声音，大口大口地吞咽口水。尽管如此，嗓子还是越来越干，手也越来越抖得厉害，他左手紧紧抓住右手也无济于事。右手像一只猫，从左手下爬出来，悄无声息地向女孩爬去，爬到女孩的腰上，钻进破袄子内，触到女孩的肋骨。女孩颤抖一下。"猫"伏下来，准备退缩，当看到没啥新情况，"猫"又向前爬行。女孩的胸部像门板一样平坦，乳头像门板上的两颗铜钉。女孩将一碗滚烫的稀饭喝完，伸出舌头舔碗底，发出猫吃食的声音。大能耐抱住女孩，去亲她的脸，在她耳边说："我要把你领回去。"女孩放下如同洗过的碗说："你要让我活着。"他说："只要我活着，就不会让你饿死。"女孩把脸拱进他怀里。他说："我们回去就拜堂成亲。"

公孙宁又将锅烧滚，打算喝点热水，不知从什么地方冒出来几个民团兵丁，指着两匹马，问是不是他的，公孙宁说是他的。

"跟我们走一趟。"

"为什么？"

"你的马啃了树皮，根据自治条例，你被逮捕了。"

"我的马没有啃树皮。"

"啃了。"一个团丁指着不远处一棵榆树，从根部到两米左右的位置，也就是说，凡是人能够得到的地方，榆树皮都没了，露出凄凉的白色木质。

赵德俊过去看了看，对那个团丁说："老总，你瞧，要是牲口啃的，会有牙印，这里一个牙印都没有……"

那个团丁推一把赵德俊，恶声恶气地说："走开，少管闲事！"

"这树皮是人剥的，不是牲口……"

赵德俊还要争辩，被公孙宁制止了。

"好吧，我跟你们走，"公孙宁说，"我就不信没有说理的地方。"

民团兵丁押着公孙宁正要离开，葫芦扑上去，抱住一个像是头儿的团丁的腿，不让带走公孙宁。

"干什么？妨碍公务，我们把你也抓起来。"像是头儿的团丁呵斥道。

"他没犯法，你们不能抓人。"葫芦说。

几个士兵也围上来，询问情况。

"为什么乱抓人？"一个士兵说。

那个像是头儿的团丁怕节外生枝，带不走公孙宁，就对士兵说："我们只管抓人，我们彭主任和你们石军长是朋友，想要人，叫你们石军长找我们彭主任要。"

士兵们知道这层关系。进城前，长官训话，说彭锡田执法严格，军长都让他三分，你们进城后要秋毫无犯，谁要是犯事被彭锡田拿下，军长可不会替你说情。几个士兵一看民团兵丁搬出彭主任，便往后退。惹不起，躲得起。他们找个台阶，说："既然如此，你们可以把人带走，但要弄清情况，别冤枉好人。"

团丁朝士兵们一拱手，谢了。

公孙宁让葫芦起来，葫芦不起来。他对赵德俊说："拉他起来。"赵德俊掰开葫芦的手，把葫芦拉到一旁。

几个团丁押着公孙宁，消失在黑暗中。临走，公孙宁回头对赵德俊说："给雪儿钉个掌。"公孙宁的两匹马，一匹叫雪儿，一匹叫灰灰。叫雪儿的是一匹黑马，通体黑色，四个蹄子却是白色，仿佛刚踩过雪，所以叫雪儿。灰灰，顾名思义，是一匹灰色马。

雾很大，天亮的时候，只能看到眼前物件的模糊轮廓，即便站到牛车跟前也看不到牛车的全貌。赵德俊揣上一天的口粮，牵着雪儿朝铁匠铺走去。去铁匠铺要穿过好几条街，他一路小心谨慎，怕踩到睡在街边的牛把儿和难民。

他来到铁匠铺，铁匠刚起来。老铁匠是个罗锅，伛偻着腰，抱着长烟袋坐在床上吸烟，爆发出一阵猛烈的咳嗽。小铁匠洗把脸就去捅火。因为雾大，他们没有看到赵德俊。赵德俊将一把粮食递到老铁匠面前。老铁匠让小铁匠收下粮食，"给牛钉掌?"他说。赵德俊说是给马钉掌。"马?"老铁匠很吃惊。他站起来走到赵德俊身后才看到雪儿。他摸摸雪儿的头、脖子、脊背和臀部，说："这马好熟悉。——前蹄、后蹄?"赵德俊说："后蹄，右边。"老铁匠抬起雪儿右后蹄，看到一团隐隐约约的白颜色。再看其他三个蹄子，也都是白色的。"我认得这马，"老铁匠说，"它叫雪儿。"他让小铁匠把粮食退给赵德俊。赵德俊很纳闷："咋，不给钉掌?"老铁匠说不是不给钉掌，而是不收粮食。赵德俊问是何缘故，老铁匠说："公孙宁的马我咋能收粮食。"老铁匠把烟袋递给赵德俊，让他来一口，赵德俊毫不客气地接过烟袋，狠狠吸了一口，全部咽进肚中。赵德俊本想问老铁匠公孙宁是什么人，一口烟缓缓吐出后，他改了主意，还是不问为好，多一事不如少一事。老铁匠既然知道马的名字，他肯定也知道马主人的身份。

莫非公孙宁是民团的人？头脑中火花一闪，他自己也吓一跳。老铁匠又是一阵猛烈的咳嗽，他说，他早晚会死在这上头。他指的是咳嗽。他有半年没睡过一个囫囵觉了。到时候，他说，小崽子就该出师了。小铁匠听到，就像没听到一样，不递嘴，只干自己的活。老铁匠拿一块马蹄铁，抬起马后腿，把马蹄铁在马蹄上比一下，心中有数了。他把马蹄铁放到火红的炉子上。炉火已烧起来。火焰有红、蓝、白三层。马蹄铁很快变红，又变白。老铁匠扎上皮围裙，叫来小铁匠。他用钳子夹出白得耀眼的马蹄铁，放到铁砧上。他用小锤敲一下，叮。小铁匠大锤砸下去，当。叮叮当当。马蹄铁像一团软面，被他们随便塑形。一会儿工夫，叮当声停下来，老铁匠手一扬，马蹄铁划个闪亮的弧线，跳入水盆中，嗞——，腾起一股白烟。老铁匠伸出手，示意赵德俊把烟袋给他。老铁匠按上一锅烟，伸到炉火上点着，深吸一口。又是一阵剧烈的咳嗽。咳完，他说："王大夫说我不该吸烟，再吸烟就没命了。""那你还吸？"赵德俊说。"球，"他说，"不吸烟我能长命百岁？我才不信呢，人的命天注定，阎王爷叫你三更死，你绝对活不到五更。""不吸烟你会好受些。""贱毛病，改不了，"他说，"除非我死了。"一袋烟吸完，他从盆里捞出马蹄铁，借着炉火的光，给雪儿钉掌。"我亲自钉。"他说。他将马蹄抬起来放到膝盖上，用马蹄铁比画一下，正好。"钉子。"他说。小铁匠把钉子递给他，他当当当几下，一颗钉子钉好了。他伸手，小铁匠又放一枚钉子。

又是当当当几下，第二枚钉子也钉好了……片刻工夫，五枚钉子全钉好了。雪儿一点没觉得疼。"管保日行千里夜行八百。"老铁匠笑道。这个老头儿看上去很倔，笑起来却特别好看。老铁匠又检查其他三个马蹄，没问题。他拍一下马屁股："走吧。"

赵德俊将雪儿牵回去，又牵着"曹操"去钉掌。老铁匠说，你不是民团的？赵德俊说不是。老铁匠说这次要收钱。赵德俊说没钱，他从口袋里掏出一把粮食。老铁匠让小铁匠收下。这时候，铁匠铺前戳着一堆人和牛。当然，都是来给牛钉掌的。老铁匠给赵德俊优先。他看看"曹操"的蹄子，磨损得很厉害，只能噙住一个钉。赵德俊很担心。老铁匠说："除了我，没人能钉这个掌。"老铁匠将一个钉子砸进去，用手试着拔牛蹄铁，拔不动。瞧，稳稳当当，他说，不亚于钉十个钉子。他精湛的手艺看得赵德俊目瞪口呆。老铁匠又咳嗽一阵，说："别看就一个钉，不要说回内乡，就是到南阳打个来回，我也敢打包票。"老铁匠自信满满，那骄傲的表情铭刻在赵德俊头脑里。赵德俊说，打铁也有诀窍。老铁匠不满地看赵德俊一眼：这话说的。他说他小时候跟着师傅抡了十年大锤，问师傅打铁的诀窍，师傅说：记住，热铁别摸！"热铁别摸，这就是打铁的诀窍，我快不行了，这句话我要传给徒弟。"

钉掌之后，"曹操"走路从容多了。赵德俊拍着"曹操"的肩胛，像亲兄弟那般聊着天，穿过雾霭沉沉的街道。"伙计，舒服吗？合脚吗？如果掌再掉了，我就给你弄个鞋子穿，别嫌不好看，管用着呢。"赵德俊和所有牛把儿一样，一心想着回家，他给"曹操"许的愿都和家有关："伙计，回到家就让你歇着，还有'大丽花'，也让它歇着，不管地里活儿多忙，一定让你们歇歇。——瘦了，瘦多了。"赵德俊拍拍"曹操"的肩胛。

赵德俊看到团丁正在街上张贴布告。很多人围在那儿看。他们大都和他一样不识字。他走过去，想知道布告上是什么内容。来到人家的地盘，得知道人家的规矩，服人家的管。他站在人群后面。"曹操"和他站在一起。有人问布告上写的什么，一个团丁清了清嗓子，开始读布告。雾散去了很多，但也只能看到几米的距离，再远就一片模糊，人和牛都像虚化的影子。那个团丁边读边解释，将布告内容说得很明白。

第一，牛不能拴树上，否则拘役。（树是新栽的，不能摇晃。）

第二，不许抢老百姓东西，否则要治罪。（这是对士兵说的，牛把儿们，谅你们也不敢。）

第三，杀人偿命。（这天经地义，天王老子说情也不行。）

第四，强奸与杀人同罪。（也就是说，强奸也要枪毙。）

第五，不许偷东西。（偷东西要剁手，哪只手偷的剁哪只手。）

布告是镇平县自治委员会发布的，上面有彭锡田的印鉴。"这个和我们没关，走吧，伙计，反正你也听不懂。"他拍拍"曹操"的背，一起往回走。街上的牛都把缰绳拴在车轮上，没有一头牛是拴在树上的。人们好像预见到会有这样的布告似的，都规规矩矩，不敢越雷池一步。

十字街设有赈灾粥棚，灾民乌泱泱一大片，乱哄哄的。民团兵丁正在维持秩序，大声吆喝：排好队，排好队。灾民们老老实实排队，一条长龙在大街上蜿蜒，见首不见尾。尾被雾吞噬了。与灾民相比，他们还算幸运，虽然饥饿，但还不至于饿死。

拉差到镇平，已到目的地。等着领钱吧。五块大洋。他盘算着五块大洋能够干什么。必须买点吃的，要不然一路吃什么。还有草料，两头牛的草料。拿到钱要赶紧买东西，买得晚了，什么都会贵。荒年，钱不值钱，粮食值钱。

路上，赵德俊问过别的车户头发钱的事，都说让等。等多久？谁也说不清。

照理说，到达目的地，牛把儿们应该很开心才是，可他们却开心不起来。饥饿、疲惫，还有拖延的时间，搞得他们心灰意懒。按照计划，他们这时应该早就回到家了……可是，车队走走停停，哪像拉差，倒像……也说不上像什么，就是停的时候多，走的时候少。再说了，钱呢，他们拿到那五块大洋了吗？他们心头阴云密布。

九弯子没找到他离家出走的儿子石头，他还在继续找，镇平的大街小巷他要找个遍。大能耐急着把瘦骨嶙峋的女孩带回家，他和女孩在一起，他像大象，女孩像老鼠。女孩说她叫竹子。女孩答应给他做媳妇。他等于白捡了个媳妇。女孩没什么要求，只要他不让她饿死就行。他说他就要有五块大洋了，女孩很开心，好像这是很大一笔财富。他们计划着买什么什么什么……然后就笑，笑过之后，重新计划……郑十六是生意精，最会低买高卖，五块钱做本钱，他吹牛说还能再赚五块。周拐子是个小抠儿，一个铜子能掰八瓣儿花，郑十六总嘲笑他，郑十六一路给他灌输生意经，他头脑活络起来，也想跟着郑十六试试水。镇平能买什么？当然是玉了。这儿产玉，便宜得像石头，带回内乡，就能赚大钱。三脚猫是出来见世面的，见到了什么？兵、匪、饥民。出路在哪里？他很茫然。葫芦，不尿床了，他认准公孙宁是个好汉，他已拜师，现在的问题是，师父被抓，他却束手无策。怎样才能解救师父呢？不知道。他有一把手枪，可是师父说了，那是要命的玩意，他还太小，不适合玩。

　　"我们什么时候能回去？"九弯子问。

　　"不知道。"赵德俊说。

　　"什么时候能拿到钱？"三脚猫问。

　　"不知道。"

　　"能拿到钱吗？"周拐子问。

"不知道。"

"让我们回吗?"郑十六问。

"不知道。"

"不知道"是一堵墙,将所有的问题挡在外面。

刘三阎王踏进诊所的门,像一团黑雾。小愚子看到,吓得哆嗦。王大夫正在给一个老妇人抓药,看到刘三阎王,赶快放下手中的药,出来接待他。王大夫让老妇人先回去,他一会儿让小愚子把药给她送家去。老妇人走后,王大夫让小愚子到门外守着,别让人进来。

王大夫拿出三包中药,神神秘秘地对刘三阎王说:"就差一味就配齐了,到时候管保你重振雄风。"

"差什么药?"

"这味药倒也普通,就是蝌蚪,"王大夫说,"这个季节没有,不过,再过几个月就该有了。"

"蝌蚪怎么炮制?"

"简单,把蝌蚪在瓦片上焙干,磨成粉,加入药中小火慢熬,熬半个时辰就好了。"

"三服能治好吗?"

"三服包好。"王大夫说,"有比你时间更长的,吃我三剂药都好了。这不算什么,你放心。"

刘三阎王将信将疑，说："我真要好了，送你一百大洋；如果不好，你知道后果是什么……"

"看不好，你来砸我铺子。"

刘三阎王盯着王大夫："没人敢要我。"

"我干吗要要你，不要命了吗?"

"嗯，知道就好。"

刘三阎王拎着三包药出门，看到小愚子，想起他穿花棉袄的事，不由得一笑。小愚子被他笑得发窘。

"你多大?"

"十三。"

"想当兵吗?"

小愚子摇头。

"笨蛋，"他说，"你不知道枪杆子有多厉害。"

第十三章

辘轳街血案

第二天的雾更大，浓得化不开。人走在雾中，像走在密林中，得披荆斩棘，自己丌辟出道路来。赵德俊喂牛时，看到雾挂在牛角上，像一缕轻纱。他伸手抓一把，雾又湿又冷，在他手中瞬间化成水。街中间有个辘轳井。赵德俊和葫芦排队打水的时候，听到街坊们在谈论一件离奇的事——一桩丑闻。雾太大，他们看不到说话人，只能听到声音。声音也被雾弄得暧昧不清，难以辨识。尽管如此，赵德俊仍能从声音中感受到人们对这件事的态度：震惊、愤怒、鄙夷、不屑、嗤笑。他的耳朵在雾中捕获一些关键词：草花、黑蛋、闵掌柜、爬灰、畜生……

"闵掌柜不知从哪儿弄个野男人，硬说是黑蛋，他自己儿子长什么样他不知道吗？"……赵德俊联想到大能耐遇到过的蹊跷事……那个黑槐树下的老头不就是闵掌柜吗？他记得大能耐说过那个老头姓闵，是个掌柜。原来如此。幸亏大能耐与这事撇清了，否则还不被人们戳着脊梁骨骂死。

打水的队列中一个影子悄悄走了，是个女人。有人说，你们只管说，草花在听着呢。另一个人说，听着就听着，怕啥！第三个人说，亏她还有脸出门。

草花有一根长长的辫子，有点黑，说不上漂亮，神情淡漠，一副拒人千里之外的样子。葫芦痴痴地看着草花，直到草花走远，消失在雾中，他还在看着那个方向。

赵德俊拍一下葫芦的头。

葫芦低下头，一副做坏事被当场抓住的样子。

"不能那样看人，"赵德俊说，"尤其是看女人。"

之后，赵德俊发现葫芦不说话，总是一个人待着。他以为葫芦想家了，也没管他。第三天夜里，赵德俊听到动静，感觉到葫芦爬起来了。他很欣慰，葫芦知道自己起来撒尿，不再尿床了。雾大，加上黑夜，他基本上看不到葫芦，只能听声音。一般都在墙角撒尿。葫芦没往墙角去，而是朝北去了。赵德俊觉得不对，小便不用走那么远，大便，他不应该朝北去，而是应该朝西，穿过一道小巷，到小树林里去解决。葫芦鬼鬼祟祟要去干什么？葫芦人小鬼大，曾经把刘三阎王用骷髅头做的夜壶钻个眼，夜里刘三阎王的尿漏到被窝里，把刘三阎王气坏了。刘三阎王以为是护兵干的，那个护兵白天被刘三阎王踹过两脚。翌日，刘三阎王假装擦枪走火，把那个护兵打死了。赵德俊知道原委后，狠狠地训了葫芦一顿。现在，葫芦又要干吗？

葫芦从北边绕一个大圈，来到闵掌柜家院子后面。他正要爬墙翻进去，被赵德俊抱住，拽下来。葫芦吓一跳，问：谁？我！赵德俊说，你来这里干什么？他没等到葫芦回答，就摸到一个又硬又冷的家伙。这是什么？再次没等到葫芦回答，他立刻就知道是把手枪。不是公孙宁给他削的木头枪，而是真家伙。哪来的？我捡的。在哪儿捡的？赵河湾。赵德俊掂掂手枪，挺沉。这玩意儿不是你玩的，赵德俊说。然后，他又回到第一个问题：你来这里干什么？杀人，葫芦说。杀谁？闵掌柜。你为什么要杀闵掌柜？他不是人，是畜生。就为他爬灰吗？是。可这关你什么事？葫芦不说话。

赵德俊领着葫芦回去。经过水井时，他把手枪扔进井里。手枪碰一下井壁，掉进井水里，发出一个很小的声音：噗！井壁上长满苔藓，是苔藓把声音吃了。"这是祸害，会要命的。"赵德俊说。

葫芦梗着脖子不说话。

赵德俊觉得不可思议。这件事完全超出了他的理解范围。葫芦竟然想杀人，为什么啊？别人家的丑闻和你有什么关系，用得着你出头？他百思不得其解。葫芦的父亲把葫芦托付给他，他对葫芦负有监护责任，不能让葫芦乱来。

第三天雾还是很大，一直没有消散的迹象。人们已经习以为常，按部就班地生活着。突然，浓雾里发出一声喊叫，像炸响的雷子，让人心惊肉跳。人们抬起头，竖起耳朵，试图弄清发生了什么事。一个男人从闵掌柜家冲出来，在街上狂奔。满大街的牛、牛车、牛把儿，他不断避开、跳过、冲撞，搅得一街骚动。他刚冲过去，后面又是一声喊叫，这第二声喊叫比第一声更响亮，更具威力。一个男人挥舞着明晃晃的长刀从闵掌柜家冲出来，紧赶第一个男人。他也是避开、跳过、冲撞，再次搅得一街骚动……

　　赵德俊、大能耐、九弯子等人迅速闪到一边。郑十六被头一个男人撞一下，身子像陀螺一样旋转，刚停下来，正晕头转向之际，又被第二个男人撞一下，身子再次像陀螺一样旋转起来……后来他止住旋转，但头晕目眩，站立不住，歪倒下去。赵德俊上前将他扶起来。

　　"没事吧?"

　　"没事。"

　　他没弄明白是怎么回事，只知道自己被撞了，被谁撞的，他不知道。只知道是两个像风一样的男人，一个逃命，一个追杀……那高扬的刀寒光闪闪。

　　"他们是谁?"

　　"不知道。"

他们伸长脖子往那两个男人奔跑的方向张望。除了白茫茫的雾，什么也看不到。三脚猫想去看热闹，被赵德俊拉住。有什么好看的，不怕血溅你身上吗？三脚猫说他离得远远的，血溅不到身上。赵德俊说算了吧。算了就算了。乱世，千奇百怪的事层出不穷，但大街上拿刀砍人的事却不多见，尤其是大街上有这么多人，有这么多士兵。

两个男人跑得太快，士兵们还没来得及做出反应，他们已没影儿了。

追着去看热闹的人并不多。人们聚在大街上议论纷纷，搅得大街上的雾凌乱不堪。从人们的议论中，赵德俊听明白了：前面跑的男人是假黑蛋，后面追的人是真黑蛋，也就是说，真黑蛋回来，发现有人冒充他，占他房屋，睡他女人，不由得怒火万丈，拿刀要砍杀假黑蛋，假黑蛋一看不妙，撒腿就跑，恨爸妈没给他多生出几条腿来……

赵德俊对大能耐说："幸亏假黑蛋不是你，要是你——"

"别提了，别提了。"大能耐最不愿人们提这桩事，人都有软弱的时候……他那时不是软弱，是鬼迷心窍……他赶快岔开话题，问道："五块大洋什么时候发？"

真黑蛋在桃林追上假黑蛋，一刀将假黑蛋砍倒……真黑蛋向前一步，踩住假黑蛋的脊背，手起刀落——砍下假黑蛋的头颅。

如此血腥，看的人都感到恐怖。他大喊着："我还要杀人，我要去杀那个不配做爹的老畜生！"有人飞快去给闵掌柜报信，让他躲一躲。闵掌柜不躲，说，我是他爹，叫他杀吧，儿子杀老子，本事！那人说，你以为他不敢吗？他敢！敢就敢，闵掌柜不怕。他没想到事情会到这步田地，他哪儿还有脸再活着。让他来杀我吧，他说。报信那人好人做到底，要坚决阻止弑父之事发生，他连拉带拽，把闵掌柜弄到王大夫诊所。

黑蛋如果真想杀他父亲，就不会那么嚷嚷。他一手拿刀，一手拎着血淋淋的头颅，一路走来，如入无人之境。到家门口，他一脚踹开虚掩的门。哐当一声，门板撞到墙，又反弹回来，呈半开状态。他将头颅扔到院子里。头颅像皮球一样骨碌碌滚动。他大叫："畜生，出来受死！"那声音像喝醉酒一般，既亢奋，又含混，还有些嘶哑。他不跨进门去。进门就成了私事，他要当众——杀人。门里没有回声。他又喊。还是没有回声。他用刀指着门里，叫道："敢做敢当，为什么不敢出来？"看热闹的人远远地围成一堵圆形的墙，像看耍把戏一样。他们紧张、兴奋、忐忑……从来没有一出戏这么真实地在眼前上演。他们清楚，黑蛋不滥杀无辜，冤有头债有主……他们是安全的，只管看戏。有人劝黑蛋：你爹再不对，也是你爹，你咋能杀你爹呢？黑蛋说，呸，他也配当爹?!有人嘀咕：他不会杀草花吧？这时人们才想起草花，她在屋里，她很危险。可是，谁去救她呢？黑蛋提着刀，挡在门口，谁敢惹他。再说了，院里还有一颗血淋淋的头颅，怪瘆人的。最终解决难题的是民团。他们负责维持治安，岂能容忍黑蛋当街行凶。他们将黑蛋围起来，要求黑蛋放下屠刀。几个黑洞洞的枪口对着黑蛋。黑蛋凛然不惧，他甚至还冷笑一声。赵德俊距离黑蛋一步之遥，他看到黑蛋像是在沉思，或者在想脱身之计。虽然雾大，可是要脱身除非有奇迹。最后黑蛋绝望地大叫："人啊，人是什么东西啊！"然后扔下刀，束手就擒。

稍后，闵掌柜失魂落魄，像个幽灵，在雾中飘过。他推开自家的门，进去，踩到地上的血迹。假黑蛋的头颅已被民团提走，作为罪证。血迹已经半干，变成黑色，像地面上的污渍。闵掌柜回到家里，见草花吊死在梁上。他愣怔半天，突然笑了：哈哈……哈哈哈……你做的好事，做的好事……哈哈，报应，报应啊……

闵掌柜大笑着跑到大街上，胡言乱语，手舞足蹈……

他疯了。

第十四章

邪性

大雾奇怪、妖邪，无孔不入，变幻莫测，错乱时间，扭曲空间……以至于许多事他们理不清前后顺序，弄不明白因果关系。就说葫芦吧，他什么时候病的，谁也说不清。只是他不喂牛了，赵德俊才觉得不对劲。

这天，牛把儿们都在喂牛，只有葫芦坐在条石上一动不动。

"喂牛啦。"赵德俊说。

葫芦不吭声。

"怎么啦？"

葫芦还不吭声。

"发癔症啊？"赵德俊说。

他早就教会葫芦套车。他可以帮葫芦，但是，任何帮助都不如让葫芦自己来。他必须长大。你不可能永远跟着他。葫芦也很要强，凡他能做的和勉强能做的他都自己做，不让别人帮。葫芦已是个小大人，只是总流露出少年的忧愁。他又有什么心事啦？

赵德俊走到葫芦跟前。葫芦双眼空洞无神，迷蒙得像两团雾。问他哪里不舒服，就像在问一块木头。赵德俊摸摸他的额头，有点低烧。他的手太粗糙，不敏感。他又将额头碰一下葫芦的额头。是烧，他说，我给你熬碗姜汤吧。赵德俊到王大夫那里讨来一块姜，给葫芦熬了一碗姜汤。喝了，捂住被子发发汗就好了。葫芦不说话，迷迷糊糊。发烧也不至于不说话啊。赵德俊把碗递给葫芦，葫芦没接。这是不寻常的。葫芦一贯懂事，出于礼貌他也应该接住碗。可是，你瞧，他像是没看到碗。姜汤冒着热气，就在他眼前。

九弯子看到这一幕，走过去，摇晃葫芦：你怎么啦？葫芦还是那样，眼神空洞，没有反应。九弯子说，看样子像是撞邪了。赵德俊说他是发烧烧的。

赵德俊想拉葫芦起来，拉不动。用力拉起来，却又站不住。葫芦软得像面条。他将葫芦背到王大夫的诊所。王大夫说他不擅长这个，让他们去找神婆。街上的确有个神婆，方圆几十里的人都找她驱邪。可是神婆不在，据说到乡下亲戚家去了。什么时候回来？谁也说不清。他们央求王大夫给针灸一下。针灸不管用，王大夫说。试试嘛。试试就试试。王大夫给葫芦针灸，果然没什么效果。

那怎么办？

王大夫摊一下手，表示无能为力。

赵德俊把葫芦背回来。九弯子说死马当活马医吧。赵德俊觉得这话晦气，什么死马活马的。九弯子说要不叫魂吧，他是魂丢了。他经见过这样的事。怎么叫？九弯子说他知道。于是他朝四方跪拜，求各路神仙保佑，然后喊：葫芦回来哟——，葫芦回来哟——

叫魂的效果并不好。葫芦还是老样子。九弯子说他只有这一招，别的……他也不会。

葫芦不吃不喝不说话不睡觉……生命的能量渐渐耗尽……活着如同已经死去……赵德俊等人束手无策……神婆什么时候回来？没人晓得，也许她再也不回来了。

赵德俊又找到傅军医，让傅军医给葫芦看一看……傅军医说没见过这种病，他治不了。他是个外科，管包扎，管截肢……这些葫芦都不需要。

赵德俊又在牛把儿中打听偏方。俗话说偏方治大病。他没打听出一个好方子。

他坐到葫芦身旁，给葫芦说话，说他和葫芦爹的往事。他们一起去北山拉柴，夜里从水坑里舀水做饭，天黑看不见，饭做好，吃的时候才感到有些不对劲，原来半锅都是蝌蚪，他们吃了一顿蝌蚪面。葫芦没反应。他就继续讲，讲他和葫芦爹到山西给地主杨有章种地，种一年地后，算算账，他们不但一分工钱没拿到，还倒欠杨有章两吊钱。葫芦还没反应。他又说和葫芦爹进山采草药，迷路了，遇到暴风雪，好不容易找到一个小屋，里面有一个猎人，猎人拿着枪不让他们进屋，他们只好走开……终于，他们掏了一个雪窝子，钻里面躲过暴风雪……葫芦还没反应。

赵德俊说："你也许听进去了，也许没听进去，但你必须活着。我答应过你爹，要照顾你，你死了我怎么给你爹交代？……"

早上，赵德俊醒来，发现葫芦不见了。他把大家都叫起来找葫芦。葫芦能去哪儿呢？他病着，站都站不起来，不可能走远。他们以住地为圆心，向外一圈圈扩大寻找范围，一直找到他们以为葫芦绝对不会去的地方，还是没找到。葫芦好像被大雾吞噬了。

赵德俊想，葫芦会去哪里呢？有一个地方也许应该去看看。于是他来到城南坟地。坟地里土丘枯草、老树黑鸦，在雾中显得荒凉、神秘、悲哀、冷漠、阴森……死亡超越伦理道德，使人归于平等。在广阔的死亡面前，活着只是一段特殊时期，在这个时期，你奔波、做事、劳累、挣扎、挨饿、受冻……然后，纵身一跃，投入死亡的怀抱……

一个新坟，赵德俊知道那是草花的。

新坟上蜷缩着一个黑影。走近一看，果然是葫芦。葫芦趴在坟上睡着了。赵德俊叫葫芦的名字，葫芦没反应。他拉葫芦，葫芦是软的，像面条。"葫芦，走，回去。"他说。他把葫芦拉起来背上往回走。

葫芦轻飘飘的，好像没有重量。赵德俊忽然想起一个鬼故事。南阳有个叫宋定伯的走夜路，遇到一个鬼，他们轮流背着走路，鬼先背宋定伯，鬼说你怎么这么沉，宋定伯说他是新鬼，所以沉。轮到宋定伯背鬼，鬼轻飘飘的，背着不费什么力气。天快亮时，鬼要下来，宋定伯不放，一直把鬼背到集市上……鬼看挣不脱，就变成一只羊，宋定伯把羊卖了，得到五百个铜钱……

赵德俊觉得不该想起这个故事。"轻飘飘"的是鬼，葫芦虽然"轻飘飘"，但他怎么会是鬼呢。葫芦是瘦小。这么一个小孩，让你这么大一个人背着，当然"轻飘飘"了。他往城里走，边走边叫葫芦的名字："葫芦，葫芦，咱回了，回了……魂跟上，别落下……"

一条小路向他发出邀请，从这里过去，近。

他沿小路往前走。走着走着他觉得有些异样和不安，可又说不上来为什么，是雾的原因吗？他已习惯了大雾，他不觉得雾有什么特别。他停下脚步谛听……听到了让他不安的声音，雾也不安起来……他循声音而去……声音时断时续……突然出现一个虚掩的后门……声音正是从里面传来……呼喊、撕裂、挣扎、绝望、柔弱……他没来得及多想，冲进去……一个军官正在强暴一个少女……他放下葫芦，上去拽开军官，因为用力太大，将军官甩出很远……军官摔倒在地……军官从地上爬起来，他认出是康营长，心说，糟了，完蛋了……康营长也认出赵德俊，他没想到一个牛把儿敢管他的闲事，真是活得不耐烦了，他拔出手枪，也不废话，直接就要崩了赵德俊……赵德俊听到枪声，以为自己已经死了，可是没感到疼痛……接着，他看到康营长倒地，身下出现一摊鲜血……一个黑影儿在门口晃一下消失了……是这个人开的枪吧！

一群士兵将赵德俊团团围住，说他杀了他们老大，要将他碎尸万段……若不是民团兵出现，赵德俊当时就没命了。赵德俊说他没杀人，人不是他杀的。那是谁杀的？他说不知道，没看清楚。他说只听一声枪响，康营长就倒下了。民团兵要将赵德俊带走，士兵们不让，他们要自己处置赵德俊。民团兵说，这事属于治安问题，他们要把赵德俊带回去审问。士兵们说这个牛把儿杀了他们营长，他们要报仇。民团兵说一个牛把儿，没有枪，他怎么开枪杀人？士兵们无言以对，只好让民团兵将赵德俊带走。这期间，一个民团兵丢一件衣服给那个被欺负的少女，少女瑟瑟发抖，本能地抓住衣服……

赵德俊被带走时，他叫："葫芦，葫芦——"

葫芦被那声枪响震了一下，竟然清醒过来。他像刚睡醒一样，睁开眼，努力让神智回归现实世界。他看到的景象仍如梦境。他闭上眼睛，再睁开，还是这样。这是现实吗？他不敢相信。我这是在哪里？他说不清楚。他们要干什么？他不明白。他听到赵德俊叫他，这曾经熟悉的声音现在变得很陌生。我在这儿。他从人群中挤过去。赵德俊看到他，满面惊喜，说："你好啦，你好啦……"他扑过去，抱住赵德俊。赵德俊被民团兵押着，看上去却是欣喜的，真是奇怪。赵德俊让他回去，帮他照顾"曹操"和"大丽花"。

赵德俊被关到民团监狱里。一个民团兵悄悄对他说："我知道你没杀人，委屈一下吧。"那个兵个子不高，目光锐利，说话干净利索。赵德俊看着他，将他的形象深深印入脑海中。他额头上有个三角形的疤，很特别，好记。

与赵德俊关在一起的是真正的杀人犯：黑蛋。就是那个把假黑蛋头颅砍下来的真黑蛋。他一手提刀一手拎着人头在大街上昂首阔步的样子……跟恶魔一般。如今，他席地而坐，低着头，手拿一颗石子在地上画着横平竖直的道道儿，看上去像换了一个人。赵德俊坐到他对面。监室很小，他们腿伸开，脚能碰到一起。

沉默一会儿，黑蛋开口了。

"你杀人了？"

"没有。"

"没有杀人怎么会把你关这里？"

"我不知道。"

黑蛋鼻孔里哼一声。又是一阵沉默。之后，还是黑蛋先打破沉默。他说：

"你认识我吗？"

"认识。"

黑蛋冷笑。

"没有不认识我的。"他自嘲道，"就是我死了，我的故事也会流传下去……"

赵德俊不知道该说什么，心想，这也不是什么光荣事，不值得炫耀。俗话说，好事不出门，丑事传千里。你的故事毫无疑问会流传下去，成为人们茶余饭后的谈资。他能想象听故事的人会有多吃惊，他们会问：真有这样的事吗？那时候，他会一拍大腿，斩钉截铁地告诉他们：千真万确！我和黑蛋曾关在一个牢房里。

黑蛋说："你不爱说话？"

赵德俊看着黑蛋，心想，我不是不爱说话，只是不爱和你说话。

黑蛋说："我也不爱说话，他妈的，快死了，再不说话就再也说不了话了……我，说出来不怕你笑话，一切不幸，都是因为摊上一个混蛋老子。我新婚之夜被杆子绑票，他竟然不赎票，世上还有这样的爹……我以为他抠，舍不得钱。其实不是，他看上我媳妇，他要我死，他好快活。他以为不赎票，我肯定是死定了。没想到我命大，没死……我当了杆子。这世上，没有谁像我爹一样，巴着儿子快死。我爹，真是个畜生。他把我媳妇肚子弄大，怕人们说闲话，就弄来一个男人冒充我……操他妈，那家伙哪点像我？他是自己骗自己。那个家伙……活该！尽想好事……我不杀他，我爹也会杀他。我本想把我爹也杀了，又一想，便宜他了，不如让他活着，自己羞死……伙计，你说，他会自己羞死吗?"

第十五章

牢狱

　　……"曹操"和"大丽花"顶开监狱的门，挤进监室。对于狭小的监室来说，它们简直是庞然大物。黑蛋吓得缩到角落里，他害怕牛角顶住他。"曹操"的牛角很尖利，像刀子一样，就在他面前。他不敢惹"曹操"。两头牛快要把监室挤爆，幸亏监室的墙壁是软的，有弹性，能够变形。赵德俊站起来，抚摸"曹操"和"大丽花"的额头。"曹操"和"大丽花"伸出舌头舔他的手。牛舌头像砂纸一样粗糙。赵德俊任它们舔着。他的手也很粗糙，不怕它们把皮舔掉。他抱住"曹操"的头，问它们是怎么来的：你们难道会闻气味。这是狗的本领，他从没想到牛也具备。俗话说老马识途，老马靠的是什么，地标还是气味？也许是气味吧，有的地方实在找不到什么地标，比如沙漠、戈壁、草原，没有山，甚至连一棵树都没有，哪来的地标。牛总是沉默寡言，你不知道它有什么样的智慧。"曹操"，它也许真像历史上的曹操一样胸藏韬略。伙计，你……赵德俊不知道要说什么，可能说什么都是多余的。他只是抚摸它们，"曹操"和"大丽花"，他喃喃地叫着它们的名字。好了好了，他不让它们再舔他的手：你们该回去了，回去吧，这里没有草料……我没事，我会回的……"曹操"猛地将头抬起来，犄角碰到什么铁东西，哐当一声。他感到整个世界晃动一下，然后"曹操"和"大丽花"消失了。

他醒了。

有人在敲门。

是那个额头上有三角形疤的团丁。团丁朝他招手，他站起来走到门口。

团丁说："有人要借你的头颅。"

赵德俊听说书人讲过借头颅的故事，他知道借头颅是什么意思。

"为什么?"

"因为康营长的事，刘团长要给康营长手下一个交代。"团丁说，"康营长手下有十三太保，都不是善茬儿，不给他们个交代，他们要炸营。"

"我没杀人，不能冤枉我。"

团丁掏出一个纸条，二指宽，一拃长，顺长折一下，折成一个小槽儿。他从口袋里拽出烟布袋，捏出一捏儿烟丝，放到那个槽儿里，弄均匀。捏住一端，捻一下，纸槽便旋转起来，变成圆锥形。他用舌头舔一下纸的末端，手指一抿，使其粘到一起。他把捏在大拇指和食指间的纸捻儿掐掉，塞入另一端。这样，一支手工卷烟就完成了。他把卷烟递给赵德俊，赵德俊接住。过去上刑场都是要喝碗酒的，现在只是抽支烟吗？

黑蛋看着他们，更是眼巴巴地看着那支烟。

团丁划着一根火柴，给赵德俊点上火。赵德俊抽一口，让自己平静下来。他想，怪不得梦到"曹操"和"大丽花"，它们是来和他告别的。改变不了的事，那就接受吧。死之前，他要把这支烟抽完。

团丁又卷一支烟，向他借火。

烟头对烟头。

团丁狠吸一口，说："你杀没杀人并不重要，没人在乎这个，他们只是要个说法。"

"这个说法就是我得死。"

团丁微微一笑，又抽一口，吐出一串烟圈。

那是一串零，赵德俊想，他的生命就要归零了。这时候，还能做什么？他说他想再看一眼"曹操"和"大丽花"。团丁一脸困惑。他说"曹操"和"大丽花"是他的两头牛。团丁说，操，你的牛还有名字。他说老伙计了，我对不起它们，不能带它们回去。团丁问他还想见谁，他说和我一起来的伙计，最好都见见。

谁？九弯子、大能耐、郑十六、周拐子、三脚猫、葫芦。还有吗？他说还有公孙宁，可惜见不上，因为他也被关起来了。团丁又笑笑。一支烟抽得快烧住手指，他用指甲掐着烟屁股，一点儿也不想浪费。他抽一口，烟头的火闪亮一下，随即收回光芒，蛰伏下来，等待时机，以便再次闪亮。团丁技艺高超，把烟抽完，只剩下最后一点纸屑时，才"呸"一口，往外吐去。纸屑粘在嘴唇上，他一下子没吐掉，燃烧的纸屑烧住嘴唇，他感到灼疼，"呸呸呸"连吐几下，并用牙齿刮嘴唇，终于将纸屑刮下，熄灭，在嘴里卷成一个小疙瘩，惩罚似的用牙齿咬几下，狠狠地吐掉，如同射出一颗子弹，砰，砸到地上，溅起一股烟尘。他哼一下，掩饰自己的狼狈。

赵德俊也抽完了一支烟，他不贪恋那一口，把烟屁股吐掉，用脚踩灭。他最后的愿望恐怕难以实现。不见也罢。见了只会伤心。

"上路吧。"赵德俊说。

"再等等，"团丁说，"你急什么。"

团丁看一眼黑蛋，朝黑蛋招招手，让黑蛋过来。黑蛋犹豫一下，站起来。团丁掏出一个纸条，嘴巴努一下，黑蛋伸手接住。团丁又捏出一捏儿烟丝放到纸条上。黑蛋熟练地捏住一端，一捻，一舔，一抿，一支手工卷烟便成了。他拿着烟，等火。团丁骂一句，妈的，费我一根洋火。他边骂边划根火柴，给黑蛋点烟。黑蛋吸着后，冲团丁点头致意。团丁挥动手，熄灭火柴，有些不舍地扔下火柴棒。黑蛋退回去，蹲在原来的位置，享受着烟草的抚慰。

团丁问赵德俊还吸吗，赵德俊说不吸了。团丁还没有要押他走的意思。他在等什么？团丁对赵德俊说别紧张。赵德俊说他没紧张。他感到自己身体里有一口古井，黑咕隆咚的，看不到底。他想象着自己往下跌落，越跌落越寂静，越跌落越黑暗……跌不到底……他一直跌，一直跌……在跌落的过程中，他的身体变得越来越轻，终于像一片羽毛……他就那样飘着、晃着，也许是跌落，也许是飞升……这就是死亡吧。你悬在永恒的黑暗中，无所归依。

团丁问赵德俊："家里几口人？"

赵德俊长久无语。这是他最柔软的地方，他不想触碰。他仰天长叹一声，竭力忍住眼眶中的泪水，不让迸溅出来。

"算了算了，不愿说算了，咱不说了。"团丁说，"出门在外不容易，我知道，好了，好了，不说了。"

赵德俊终于没能忍住，眼泪滚滚而下。

团丁不知所措。对不起，他说。他马上就要说出真相了。赵德俊伸手比画一个"七"。团丁有些迷惑。

"七口人？"

"是，"赵德俊说，"爹、妈、老婆，还有一个女儿，七岁。"

团丁扳着指头算，这是四口，加上你，五口，还缺两口。他等他说下去。赵德俊却停了下来，眼睛望着屋顶。

"还有——?"

"'曹操'和'大丽花'。"

"那两头牛?"

"它们也是我的家人。"

团丁点头。他家也是农民，也养过牛，他父亲对牛的感情也很深，但和赵德俊相比，还是不如。

"牛，家人……"团丁说，"嗯……我理解，大牲口通人性，你对它好它知道。"

"它们只是不会说话。"

"会说话就成精了。"

赵德俊擦干眼泪。他不该当着外人的面哭泣。不是怕人家笑话，不是怕人家说自己懦弱，而是觉得不应该这样。男儿有泪不轻弹。不去想家人了，想也没用。就这样吧。

隐隐约约传来一阵声响，听上去像枪声，也像鞭炮声……

团丁所说"借头颅"之事并非空穴来风，而是确有其事。康营长手下十三太保嚷嚷着要为康营长报仇，否则就炸营。刘三阎王将他们请到关帝庙说："你们在此等着，我派人去取凶手的头颅，交给你们，让你们祭奠大架杆。"十三太保并没意识到刘三阎王用"大架杆"称呼康营长的真实用意。"大架杆"是杆子对头领的称呼。刘三阎王使用这个词称呼康营长，毫无疑问，又把康营长视为土匪了。当着十三太保的面使用这个词，把十三太保看作什么，也是不言而喻的。刘三阎王给他们上酒上菜，十三太保大吃大喝。"边喝边等。"刘三阎王说。

酒已半酣，还没见送来"凶手头颅"。刘三阎王骂一句，说他去看看。刘三阎王出关帝庙后，一群士兵冲进去，砰砰砰砰……一阵乱枪，十三太保还没弄明白怎么回事，就命归黄泉了。

士兵们砍下十三太保的十三颗头颅，拎着来到康营长的营地。这个营地的士兵早被刘三阎王缴了枪，派兵围了起来。周围架着机枪。十三颗血淋淋的头颅拎过来。整齐地码放到一排长条案子上。没多久，有人把康豹子的头也拎来摆放到案子上。现在，案子上共有十四颗头颅。雾，大部分已消散，能见度至少达到五十米。康营长手下的士兵们——原来的杆匪——都能看到十四颗血淋淋的头颅。曾经威风十足、飞叶子、活埋人、杀人不眨眼的康豹子和十三太保，如今头颅全被砍下来，摆在他们面前，他们的惊骇可想而知。他们吓坏了，不知道刘三阎王会怎么收拾他们。

刘三阎王说："你们，有人要为他们报仇吗？"

没人说话。

刘三阎王又说："你们，有谁要炸营吗？"

没人说话。

刘三阎王说:"摆在你们面前的路有两条:一、跟我干,继续当兵吃粮,听我的,我就是你们的大架杆;二嘛,你们想追随康豹子和十三太保,我也不拦着,我成全你们……讲义气嘛,好事,我赞同,我亲手送你们到'那边'。"他指着那排头颅,继续说:"到'那边',你们还互相有个照应。"

停顿片刻,他继续说:

"想跟我干的,就去对着十三太保的头颅吐唾沫,站到这边……"

那些当兵的,平时受康豹子和十三太保欺负,现在,康豹子和十三太保死了,再也不能对他们怎么样,他们乐得发泄一下心中的怨恨,吐就吐。

刘三阎王说:"我原本打算把你们都杀了……你们,都看到了,机枪架着,一突突,你们就不存在了……现在,你们跟着我干了,我不会杀你们,可是,谁敢开小差或者有二心,他们的下场就是你们的下场。"

团丁和赵德俊听到像鞭炮一样的声响,就是刘三阎王杀十三太保的枪声。枪声沉寂后,团丁对赵德俊说:"没事了,你的头颅保住了。"

赵德俊不明白这是怎么回事。

雾散尽了。天仍阴沉沉的，看不到太阳。一个小道消息迅速在牛把儿们中间传开，牛把儿们骚动起来。

传言，队伍不但不会给他们发放工钱——五块大洋，还要让他们继续拉差。

他们决定要讨个说法。中午，牛把儿们都聚集到文庙前，石军长住在这里。牛把儿们要见石军长，要讨个说法。石友三不肯出来。他在文庙前布置了两个连兵力，荷枪实弹，看谁敢往前冲。

贾赵村的牛把儿，除了九弯子，都来了。九弯子自己不来，还劝大家也不要来。他说赤手空拳去找枪杆子讨说法，能讨到什么。三脚猫说，自己的事，自己都不去，好意思吗？郑十六也说，这事得去，不能尿。周拐子说，凑个数吧，我们不往前冲。大能耐说，不给发工钱，我们怎么活？葫芦什么也没说，但他行动积极，走在最前面。

一个背黑挎包的男人弯着腰，拿着一个精致的黑匣子对着葫芦，另一只手举着一个瓢一样的东西，啪，一股白烟，葫芦感到眼前一亮，然后一黑，有一瞬间什么也看不到。葫芦扭过头去。他怕眼被那白光晃瞎。一个女人摸着他的头说，别怕，那是照相机。他一脸懵懂。那女人说，照相，就是……就是把你的影子留下来。葫芦不懂。那女人说，洗出照片给你看，你就知道了。女人的手那么温柔，像鸡雏的肚皮……葫芦的头发很脏，还有虱子……别弄脏了手……葫芦摇晃头，让那女人把手拿开。那女人笑笑，说她是记者，叫叶子，要采访葫芦。葫芦不知道啥是采访。叶子把葫芦拉到一边。

"你几岁了?"

"十三岁。"

"你是跟着大人来赶车吗?"

"我自己赶车。"

"你是车把式——就是你们说的牛把儿?"

"嗯。"

"你会赶车?"

"会。"

"你是自愿的吗?"

"我替我爹，我爹有病。"

"是摊派的?"

"嗯。"

"有报酬吗?"

"啥是报酬?"

"就是钱，给你们钱吗?"

"五块大洋。"

"五块大洋是你们拉差的工钱?"

"是。"

"每辆牛车五块大洋?"

"是。"

"从哪儿拉到哪儿?"

"从内乡拉到镇平。"

"已经到镇平了,拿到五块大洋了吗?"

葫芦摇头,说不知道。他们就是来讨说法的。

"他们手里有枪,你不怕吗?"

"怕。"

"怕,你还来?"

葫芦不吭。

"拉差苦不苦?"

"苦。"

"最苦是什么?"

"饿。"

叶子从口袋掏出一颗糖,送给葫芦。葫芦从没吃过糖。叶子帮他剥开,让他尝尝。葫芦舔一下。甜吗? 甜。舌头上像百花绽放,芳香四溢。他抬头看一下叶子。这个女人高颧骨、尖下巴、短头发,刚才还不好看,现在,突然变了,美若天仙。她笑起来,像糖一样甜。葫芦伸手要糖纸,叶子将糖纸给葫芦。葫芦将糖包起来。怎么不吃? 留着慢慢吃。

这时候请愿陷入僵局,军队守着文庙,牛把儿们不敢往前冲,就那样僵持着。以叶子为圆心,她的周围很快聚拢起一大群人。

人们七嘴八舌地向叶子吐槽军队如何蛮横、如何欺压牛把儿们，等等。

叶子飞快地在小本子上记着。

与叶子同行的男记者叫段平，他拍下军队与牛把儿们对峙的场面。

记者是彭锡田邀请来的。石友三的军队进入镇平县城后，彭锡田接到内乡民团司令别廷芳电话，让他催促石友三放回在内乡县征用的一千辆牛车。牛是老百姓的命根儿，没有牛老百姓怎么耕地？彭锡田委婉地向石友三提起此事，石友三让他别管内乡的闲事。镇平、内乡实行联防自治，内乡的事也是他彭锡田的事，怎么能是"闲事"呢？彭锡田面壁三天，苦思对策，终于有了主意。他拍电报给段平：速来解困。段平一秒钟都没耽搁，拉上叶子直奔车站，以最快速度赶到镇平。

段平是《大公报》名记者。他文笔犀利，对政客和军阀不留情面，极尽讽刺挖苦之能事。别人不敢揭的内幕他敢揭，别人不敢写的社论他敢写。一支笔横扫千军如卷席。

夜晚，段平和叶子在屋檐下采访牛把儿们。

牛把儿白天的抗议无功而返。他们愤愤不平，大骂军队没有人性，说话不算话。欠他们五块钱不给。军队有钱吗？当然有钱，在内乡就抢夺了几十万大洋。记者对事情的来龙去脉已经熟稔，他们想知道牛把儿的个人故事。

"什么是个人故事?"葫芦问。

"就是你自己的故事,"叶子说,"和别人不一样的。"

葫芦不愿讲他自己的故事,他说:"我们的故事都一样,就是拉车。"他藏有手枪的事不能讲。手枪被赵德俊扔井里的事也不能讲。他知道手枪值钱,他想把手枪捞上来,可是面对那个黑窟窿他害怕,也不知道水有多深。他曾到监狱门口跪求民团兵,要替换赵德俊,这也不能讲。剩下还讲什么?

大能耐说:"他和别人不一样的,就是尿床。"

众人哄堂大笑。

葫芦指着大能耐说:"他和别人不一样的,就是捡了个媳妇。"

段平和叶子来了兴致,让大能耐讲讲捡媳妇的事。大能耐说他这事没啥好讲的,郑十六的事讲出来才精彩哩。郑十六是牛把儿中最会做生意的人,他宁愿不吃饭,也要拿他那少得可怜的口粮去换灾民的戒指和手镯。他刚弄到一点好东西,就被一个当兵的给搜走了。当兵的塞给他一个手榴弹作为交换。一般人遇到这种事,就自认倒霉了。郑十六不,他把手榴弹卖给一个财主,挽回了损失。他对财主说,你要买胆吗?财主说,什么是胆?他把手榴弹拿出来说,这玩意儿就是胆。于是,财主掏钱买下手榴弹。

楚莲悄悄过来,将葫芦拉到一旁。她对葫芦说刘三阎王要杀害两名记者，你让他们赶快离开镇平，马上！再晚就来不及了。说罢，她转身回去了。

叶子问："谁要杀害我们？这里没有王法吗？"

段平说："我不走，我倒要看看他怎么杀我。"

人群中跳出两个人拉上他们就走。段平和叶子看到他们手中的黑家伙，问他们是谁，他们说是彭锡田派来保护他们的，一个叫老三，一个叫老七。段平和叶子不再逞强，跟着他们走了。他们刚走，一队荷枪实弹的士兵就将还没散开的牛把儿们包围起来，叫喊着捉拿共产党。

这年头，只要给人扣个共产党的帽子就可随便杀人。士兵们接受的命令就是抓住两名记者，说他们是共产党，直接杀掉。牛把儿们装傻充愣，说啥是记者？记者是干啥的？长什么样？

葫芦提心吊胆，怕叶子和段平落入士兵手中。他把手伸进口袋里，紧紧攥着叶子送给他的那颗糖果。

段平和叶子要见彭锡田。老三斩钉截铁地说，不行，那里已有士兵，去是自投罗网。段平说他不怕，怕死就不当记者了。老三说现在不是逞能的时候，你们死了我怎么给彭主任交代。老七也劝他们先离开镇平再说。段平拗不过他们，说，好吧，我们去南阳。老三说不能去南阳，危险。他建议他们经邓县，下襄阳，走水路回上海。两位记者采纳了老三的建议，这让他们躲过一劫。

刘三阎王派兵埋伏在通往南阳的必经之路——小石桥上，等了半夜，没等到两名记者，却误杀了一对赶夜路的小夫妻。

第二天刘三阎王全城搜捕段平和叶子时，他们已在襄阳登上了回上海的客船。在船上他们写出长篇系列通讯《镇平见闻录》的第一篇。船到汉口，他们用长途电话将文章口述给报社同事。他们还没回到上海，文章已见报。

他们回到上海后又连发七篇，其中一篇的配图就是小车把式葫芦的照片。

第十六章　枪下留人

牛把儿们再次聚集到文庙前，黑压压一大片，如同夏日天空中的乌云。乌云孕育着雷雨。他们喊着"我们要回家""我们要工钱"，群情激愤，声震天地。

庙内没有什么反应。牛把儿们错把军队的镇定当成了软弱，跺着脚，挥舞着手臂，嗓门扯得更大，声音喊得更高。飞扬的尘土和响遏行云的叫声使飞鸟迷失了方向。为防止牛把儿们冲进庙里，一队荷枪实弹的士兵把着庙门。庙内石友三军长从容不迫地指挥士兵靠着围墙用桌椅搭台子，一副泰山崩于前而色不变的大将风度。台子搭得和院墙一般高后，从庙后押出来八个五花大绑的人，每个人嘴里都塞着丝瓜瓤。这八个人是强行从民团的牢房中借来的犯人。士兵将八个人押上台子。赵德俊是最后一个。

牛把儿们不知当兵的玩什么花样，喊叫声停止了，喧嚣化为寂静。

　　站在高处，面对黑压压的人群，赵德俊感到非常孤单。他扭头看看身边的七个人，只有黑蛋认识。脊背火辣辣的疼痛。他的灵魂从身体中飞出，像鸟一样在空中盘旋。他第一次感到灵魂——脱离肉体之灵魂的存在，多么轻盈，多么自由，多么舒服。身边发生的事没有使"他"产生恐惧。大能耐、九弯子等人的惊叫，"他"也充耳不闻。"他"想告诉他们，"他"在他们上方，在尘烟和紫雾之中。"他"知道他们听不到"他"的声音。赵德俊与另外七人被说成是共产党，定了个煽动闹事罪，要枪毙！刘三阎王监督行刑。从最东边那个叫白耳朵的开始。两个士兵抓住白耳朵的两个胳膊，背后的士兵将手枪抵住白耳朵的后脑勺扣动扳机，一声枪响，抓胳膊的士兵顺势将白耳朵扔下院墙，白耳朵像一捆干柴跌下去，发出沉闷的声响，砸起一团灰尘。牛把儿们纷纷后退。接着是下一个——大鼻子，一声枪响，大鼻子头朝下栽下去，又砸起一团灰尘。牛把儿们又一阵骚动。赵德俊的灵魂在空中麻木地看着这一幕幕，一个、两个、三个、四个、五个、六个。第七个是黑蛋。他看一眼赵德俊算是告别。他们每个人嘴里都被塞了丝瓜瓤，他们说不出话。随即一声枪响，他被丢下去，也变成一具尸体。轮到他赵德俊了。两个士兵将他胳膊抓得更紧些，一个硬东西顶着他的后脑勺，好像一根烧红的铁条戳在上面，他不由自主颤抖一下。他等着枪响。他看到许多牛把儿已背过脸去。

"枪下留人!"有人大喊一声。

赵德俊看到彭锡田举着马鞭制止行刑。

彭锡田走到刘三阎王面前,告诉他这个人不能杀,他不是罪犯。刘三阎王指了指石友三:这得军长发话。石友三在不远处站着,一副想心事的样子。彭锡田走过去对石友三说了原委。他说这个人是冤枉的,他没杀人,康豹子不是他杀的。他是牛把儿,哪来的枪?你就是给他个枪,他也不会开。石友三问刘三阎王,他是不是牛把儿,刘三阎王点点头。"那就放了吧。"石友三说。他本来就是要杀几个人吓唬吓唬牛把儿们,让他们听话,多杀一个少杀一个没啥区别。牛把儿看来已经被吓住了,这个杀不杀无所谓。

赵德俊被带下去释放了。解开绳子的一瞬间,他感到灵魂像鸟归巢一样又回到体内。他从嘴里拽出半截丝瓜瓤,扔到地上,面无表情地走出文庙。大能耐、九弯子等上来围住他,他不理他们,径直朝前走。人群闪出一条路,让他走过去。

背后传来刘三阎王宣布明天上路的命令。刘三阎王厚颜无耻,继续欺骗牛把儿们。他说:"拉到南阳,每人十块大洋。不听命令的,这七个人就是下场。"牛把儿们一阵骚动。士兵举枪,黑洞洞的枪口对着牛把儿们。牛把儿们在广场上又僵持一会儿,自动散了。

赵德俊回到住地，见到"曹操"和"大丽花"，眼泪唰地流下来。他抱住"曹操"的头亲一阵，又抱住"大丽花"的头亲一阵，然后流着泪给它们拌草。"曹操"和"大丽花"瞪着大眼睛，深情地看着赵德俊，不低头吃草。赵德俊将草又拌一遍，它们还不吃。赵德俊拍拍"曹操"和"大丽花"的面颊："吃吧，吃吧……"然后夹上拌草棍去蹲到墙角，噙着没装烟草的烟袋杆，远远看着"曹操"和"大丽花"。"曹操"和"大丽花"看看赵德俊，很懂事地埋头吃起草来。

晚上，大能耐来到街角。竹子正在等他。竹子一见大能耐就哭起来，大能耐怎么哄也哄不住。她反复说道："别扔下我，别扔下我。"大能耐将口袋里那少得可怜的口粮和牛料都掏出来给她。他说："我会回来找你的。"

她说："我会饿死。"

他说："你不会饿死，你要等着我，等我回来带你回老家。"

她说："我一定等你，就是我死了，我也要等你，只要不被野狗吃掉。"

他捂住她的嘴："别说不吉利的话。"

她说："我不说了，你一定要来找我啊。"

竹子擦干眼泪，身体往大能耐身上靠靠，说："我冷。"

大能耐把竹子紧紧抱在怀里。竹子把冰冷的手伸进大能耐的棉袄，问大能耐凉不凉，大能耐说不凉。他也把手伸进竹子的衣服内，摸着她嶙峋的骨架……他说："你一定要活着，我一定回来。"她说："你要不回来咋办？"他说："除非我死了。"她说："你不许死，你还要娶我，你还要养活我。"他们说着说着又流下了眼泪。他们紧紧抱着，互相舔着对方的泪水……

早晨。赵德俊收拾起锅灶、牛槽，给牛车轱辘上了油，让大能耐抬起抬辕，他将"曹操"和"大丽花"牵到了抬辕下："伙计，要上路了。"他拍拍"曹操"和"大丽花"的腰，让它们站好，大能耐放下抬辕。"好了，你也去套车吧，"他看到街角的瘦姑娘，就把手伸进口袋里摸出一小把豌豆，递给大能耐，说，"给她留下吧。"大能耐本不愿接，可赵德俊的表情使他无法不接住。大能耐接过豌豆就朝街角跑去。赵德俊给"曹操"和"大丽花"扎好仰绳①、肚带绳②和坐坡绳③，插上羊角④，重新调整了眉腰。就在这时，公孙宁若无其事地出现了，和大伙打招呼。还带回来一些烟草分给大伙，感谢他们照顾他的马。他特意提起马蹄看看马掌，对赵德俊点头说，谢了。

刘三阎王出来见到公孙宁很吃惊。刘三阎王说："小子，你还

---

① ② ③　这是牛套索不同部分绳了的名称，分别位于脖子下、脚下和臀下。
④　指木行梁两端防滑脱的楔子，形类羊角，故有此名。

活着，我还以为你死了呢，我们等着吃马肉哩——这几天哪儿去了？"

公孙宁说："我的马啃树皮，民团罚我服劳役。"

刘三阎王说："我看你小子八成是共产党。"

公孙宁说："我要是共产党，还能活到今天？"

刘三阎王说："你要真是共产党，逃过初一，逃不过十五。"

公孙宁听着刘三阎王训话，注意力却跑到楚莲那儿，楚莲瘦了许多，面容憔悴，像一株病海棠。她面无表情，平静如水。但她的眼睛泄露了内心的一些秘密。他们上车后，公孙宁一抖马缰，"驾——"马车启动了。刘三阎王立即叫停。公孙宁勒住缰绳，马车停下来。刘三阎王叫过来两个士兵，命令他们去杀王大夫和小愚子。两个士兵领命而去。上次，刘三阎王从王大夫那里拎了三包药回去，越想越觉得不对劲，他怀疑王大夫在耍他，就把一包药拿给傅军医看，问傅军医这是什么药，能治什么病。傅军医说这是很普通的药，也就是治个发热感冒而已。他冷笑一声，暗下决心要杀掉王大夫师徒。为了避免彭锡田找他麻烦，他选择离开镇平时下手。

"走吧。"刘三阎王坐直身子，吩咐道。

"驾——"公孙宁在空中甩个鞭花。

一路上，刘三阎王都在等着两个士兵回来向他汇报，可是左等不来右等不来，这俩家伙仿佛人间蒸发了。他们杀没杀掉王大夫和小愚子，他不得而知。他在想，也许他们杀人后被民团抓住，彭锡田把他们就地正法了。也许，他们开小差了，像关小宝和常有得一样。

真实情况是，两个士兵不敢在镇平杀人，他们知道彭锡田执法如山，杀人不会有好下场。可他们又不敢抗命，抗命刘三阎王不会饶过他们。怎么办？只好躲起来，晚点回去诳骗刘三阎王。他们没想到被民团缴了枪，看管起来。队伍都离开镇平之后，他们被带到彭锡田的办公室。彭锡田办公室挂着一幅画像，画的是彭锡田跪拜彭锡田，题词是：求人不如求己。彭锡田看上去很儒雅，说起话来却有一种不怒自威的气势。他说："你们要干什么，如实交代可免一死。"两个士兵不敢隐瞒，如实招供了。彭锡田说："你们不要回去了，我了解刘三阎王，他会杀了你们。"他给他们两个选择，一是加入民团，二是发给他们路费，让他们回家。他们选择回家。

队伍离开镇平县城这天是腊月二十三，俗称小年。白天一点儿过节的气氛都没有，仿佛大家都忘了这是个什么日子。肃杀的田野和败落的村庄也没有提醒人们。晚上宿营的时候，车户头意外地为每个牛把儿多领了四两玉米面，为每头牛多领了半斤麸子。牛把儿们脸上露出了难得一见的笑容。他们三三两两到村外田地里去采豌豆苗，回来做"鲤鱼窜黄沙"——他们给玉米粥煮豌豆苗起的美名——他们要好好享受一番。一个个牛把儿蹲在锅灶前，看着灶火，嗅着锅里飘出来的香气，那种舒服熨帖就别提了。

赵德俊正在烧火，一个衣衫褴褛的乞丐出现在灶边，喃喃地说："可怜可怜——"赵德俊收敛同情心，不愿再拿出自己少得可怜的救命粮打发乞丐，这个乞丐的声音洪亮，与别的乞丐大不一样。他瞟了一眼乞丐。

公孙宁把乞丐叫过去，舀一勺面汤倒进乞丐的脏碗里，说几句话，打发乞丐到别的地方去了。

夜晚，他们躺到干草铺位上，挤作一团抵御铁一样的寒冷。赵德俊和公孙宁紧挨着。他问公孙宁在里面怎么样，受罪了吗？公孙宁说他只是清理马厩，没什么。赵德俊说他们抓你可以找个更好的理由，马啃树皮……公孙宁背过身去，说欲加之罪，何患无辞。他显然不想谈下去。赵德俊又说到铁匠，那老头认识雪儿。公孙宁嗯一声。老头没收你钱。公孙宁假装睡着，不再说话。这个怪人，赵德俊想，他到底什么来头呢？

第十七章　绑架案

傍晚，车队在一个无名的村子停下来。他们将牛从辕轭中解放出来，给它们拌草，予以安慰。赵德俊找到一个背风的墙角，抱一堆麦秸放那里，将被子扔上面。这就是他们的床铺。

他们正在垒灶做饭，一个卫兵过来，将葫芦叫走。说是刘团长叫他。这是从未有过的现象。大家都很紧张，不知道葫芦闯了什么祸。葫芦人小鬼大，什么事都干得出来。他们在焦灼中等了好大一会儿，葫芦才回来。

大家围住葫芦，询问刘三阎王叫他有什么事。葫芦说他刚进门，看到刘三阎王坐在太师椅上，面前摊着一张像布衫那么大的纸，方方正正，纸上密密麻麻都是字，还有图。桌上点着灯。刘三阎王说："瞅瞅，这是谁?"他看不清，不得不凑近些。这下他看清了，这不是自己嘛。他拿着鞭子，站在牛车前。他想起那个叫叶子的女记者，她长得好看，说话声音也好听。跟她在一起的还有一个男记者，叫什么来着，他想不起来，好像姓段。段记者给他照过相。这就是相片吧。刘三阎王问，这是你吗？他说是。你说了什么？他说没说什么。你没说，他能写这么多？他说真没说什么。刘三阎王掏出手枪，说，这个你认识吗？他说认识。刘三阎王说，再乱说，我就敲死你，知道吗？他说知道。刘三阎王让他滚。他刚走到门口，刘三阎王又把他叫住：回去给牛把儿们说，谁也不许接受记者采访，否则，要他们好看。

赵德俊见多识广，知道"像布衫那么大的纸"是报纸，城里文化人看那玩意儿。"你上报纸了。"他对葫芦说。他不知道这是好事还是坏事。夜里，钻进被窝后，他要葫芦详细给他说说记者采访的事。葫芦就一五一十地说了叶子和段平采访及遇险的来龙去脉，并摸出叶子送给他的那块糖，递给赵德俊："你舔一下，可甜啦。"赵德俊轻轻一舔，舌尖快融化了。他把糖还给葫芦，说相信他说的话。

他想，这个世界还有人冒着生命危险跑来听牛把儿们说话，实在新鲜。他庆幸他们没有被杀。

第二天，牛把儿们早早喂了牛，吃了早饭，可是直到中午也没见队伍有开拔的迹象。又不走了，这支队伍总是走走停停，这也不足为怪。

士兵们都在谈论一件绑架案。他们嘻嘻哈哈，没当回事，说报纸大惊小怪。赵德俊从士兵口中得知，王太在靳岗教堂绑架了七名洋人。杆子绑架是家常便饭。他们搞钱的手段不外乎两个：一是抢劫，二是绑架勒索赎金。最多的时候绑架数千人。这次绑架七个人，算是小打小闹。赶到晚上，风向就变了，说这是惊天大案。为什么？因为绑的是洋人。报纸上登有洋人照片。这件事震惊世界。西洋各国纷纷照会南京政府，要求确保人质安全。而王太开出的赎金简直是天文数字：二十挺机枪、二百支快枪、两万发子弹、五百万银圆。不要说七个洋人不值这么多钱，就是七百个洋人也不值这么多钱。南阳是冯玉祥的地盘。蒋介石让冯玉祥尽快解救人质，否则中央军进驻南阳"帮助"他。冯玉祥清楚，若中央军开过来，鸠占鹊巢，南阳就要易手了。他不允许这样的事情发生，于是电令石友三，务必妥善解决人质事件，或剿或抚，相机行事，务必快。石友三大骂王大麻子，尽给他惹麻烦。几分钟后，他转怒为喜："哈哈，老子可以捞一笔了。"或剿或抚，就从这四个字上做文章。他先敲冯玉祥一笔，请求冯玉祥拨给充足的粮饷；再敲蒋介石一笔，向蒋介石要一大笔钱。蒋的密使钱大昀就在军营中，游说他叛冯投蒋，现在又让他务必确保人质安全。既然有求于他，那就拿出点诚意来。钱大昀不敢自专，说要向蒋介石汇报请示。

　　石友三让太太拿酒来。太太说，有喜事？他说天大的喜事。

明明是麻烦事，怎么成了喜事？你不懂，他不无讽刺地说，王大麻子这手真漂亮，干得好！好在哪里？他说，和我玩心眼，想用几个传教士作筹码和我讨价还价，我倒要看看谁玩得过谁。太太说，论玩心眼，真没人能玩得过你。太太把酒拿出来。石友三说一个人喝没劲，叫你弟弟来陪我喝两盅。

酒过三巡，石友三问刘三阎王对收编王太怎么看。刘三阎王说："王太老奸巨猾，不会让我们收编的。"

"我不这么看，"石友三说，"现在到处闹饥荒，王太那么多人，吃饭都是问题，收编对他只有好处，没有坏处，他为什么要拒绝？"

"他若想被收编，就不会闹这么大动静。"

"绑架洋人，他是想坐地起价。"

"还有，我们杀了康豹子，他不胆寒吗？"

"康豹子不是我们杀的。"

"那十三太保可是我们杀的。"

"这不一样。"石友三说，"康豹子是大架杆，十三太保只是喽啰，喽啰的命谁在乎呢。"

"王太要是来，咋安置他？"

"他要当副军长兼师长。"

"狮子大张口啊，"刘三阎王说，"他想上天吗？"

"漫天要价不怕，可以就地还钱嘛。"石友三说，"就怕针扎不透水泼不进。"

"已经接触过?"

"是，"石友三说，"要不，咋知道他底牌呢。"

"咱粮草吃紧……"

"傻瓜，人多还怕没粮草。"

刘三阎王不明白这是什么逻辑，愣怔片刻，突然想通了，队伍足够大，才能要风得风，要雨得雨。

"嗯，是的，人多枪多，谁敢不给吃的。"

"现在，我给你个立功的机会。"

"什么机会?"

"去会会王太，与他面谈收编事宜。"石友三说，"此事非你不可。"

刘三阎王犹豫。

石友三说："你怕什么，有我一个军给你做后盾，他敢动你一根毫毛?!"

刘三阎王不能犯尿，只好领命。

第十八章　　　交换身份

　　太阳出来后，天地万物从一片混沌中恢复了形状。村庄和旷
野一样荒凉，看着让人心酸。牛已吃过草料。牛把儿们开始生火
做饭，炊烟给寒冷的村庄带来些许温暖。

　　赵德俊看到刘三阎王从他住的房屋里出来，站在门口，愁容
满面。他看到做饭的公孙宁，朝他招招手：你，过来。公孙宁来
到他身旁，恭顺地站着，听他吩咐。

　　"马喂了吗?"

　　"喂了。"

　　"快去吃饭，吃过饭随我进山。"

　　"进山?"

　　"进山。"

　　刘三阎王不愿多做解释。他目光凶恶地看公孙宁一眼，制止

他继续问下去。刘三阎王转身进屋，留下一脸愕然的公孙宁。

赵德俊知道公孙宁夜里起来与楚莲幽会的事，他心想，莫不是刘三阎王发现了，要收拾公孙宁？看着不像。刘三阎王要收拾一个赶马车的，不用这么拐弯抹角。马喂了吗？他什么时候关心过这个。进山？进什么山，干吗要进山，需要这么费事吗？

公孙宁一头雾水，完全摸不着头脑。他问赵德俊什么意思，赵德俊说我哪知道。够怪的。可不。

是福不是祸，是祸躲不过。

小心为妙。

喝了两碗稀汤，公孙宁扔下碗，开始套车。车刚套好，刘三阎王从屋里出来，将他巍峨的身体安置到车上，吩咐上路，往北，进山。

公孙宁扬起鞭子，在空中挽一个鞭花，雪儿和灰灰便"嗒嗒"上路了。

公孙宁回头看一眼，楚莲站在门口目送他们。

他放心了，至少目前他是安全的。

一路无话。

他们远远看到山前有棵大白果树，几十里外就能看到。快到大树跟前时，刘三阎王让公孙宁停下来。咱们换换。公孙宁问换什么，刘三阎王说换衣服。公孙宁说，我的衣裳恐怕你穿不上。刘三阎王说，试试。刘三阎王块头大，他的衣裳公孙宁穿上松松垮垮。刘三阎王费了九牛二虎之力才勉强把身体塞进公孙宁的衣裳，"刺啦，刺啦"两声，两个腋下扯开，露出黑棉花。公孙宁很是心疼。刘三阎王说，什么破棉袄，这么不结实。

换衣服后，刘三阎王说："现在你是刘团长，你代表石军长与王太谈判。"

"我?"

"你!"

"怎么谈?"

…………

他们来到一线天。从一块巨石后冒出一队杆子，问明来意后，将他们的眼睛用黑布蒙上。公孙宁说没这个必要。杆子说这是规矩，除非你不想活着回去。公孙宁说蒙上眼，我们没法走路，山路崎岖，别让我们掉山谷里。杆子说不会，有我们呢。公孙宁说他不放心。杆子说放心是它，不放心也是它。

蒙上眼睛后，他们像牲口一样被杆子牵着上山。

公孙宁走路高抬低放，免得被石头绊倒。

刘三阎王走路战战兢兢，越走腿越软，大汗淋漓，浑身颤抖，终于一步也不敢往前迈了。一个杆子推他一把，他索性趴地上不动了。

一个杆子对另一个杆子说："一个赶车的，把他推下山谷算了。"

第一个杆子说："也是，把当官的留下就行。"

公孙宁说："你们要是把他推下山谷，我也跳下去。"

第一个杆子说："别，回头我们再给你找个赶车的。"

公孙宁说："不要，我就要他赶车。"

他鼓励刘三阎王，起来，拽着我的衣裳，不会有事的。刘三阎王说他站不起来，腿软。第二个杆子说，敲了算了。第一个杆子吆喝一声：再不起来，把你敲了。公孙宁蹲下来，护住刘三阎王，说，要敲把我一块儿敲了。第一个杆子说，你以为我不敢吗？他拉动枪栓，子弹上膛，枪口顶住公孙宁。第二个杆子将第一个杆子拉开说，算了，你还真敲啊？

公孙宁将刘三阎王拉起来，告诉他，只管放心跟着他走，不会掉山谷里。刘三阎王说他害怕。公孙宁说我在前面给你探路，不用害怕。一个杆子牵着公孙宁的手走在前面，刘三阎王拽着公孙宁的衣襟走在后面。

一队人马缓缓前行。

杆子们说说笑笑，开着放肆的玩笑。

他们走了大约两个时辰，听到人声喧哗，知道已来到匪巢。二人的蒙眼黑布被解下来。他们适应一下，睁开眼睛。看到一个巨大的山洞，洞前面是一个广场，有半个打麦场那么大。广场上全是杆子。

一个五十多岁的老头站在中央，麻脸，穿一件翻毛大衣，腰里勒着战带，斜睨着他们。不用说，他就是大架杆王太，人称王大麻子。

押解的杆子介绍了两个人的身份。

王大麻子上下打量他们一番，指着公孙宁："你是刘团长?"

公孙宁说："是。"

他又指着刘三阎王："你是赶车的?"

刘三阎王说："是。"

王大麻子说："赶车的吃这么肥?"

刘三阎王不敢吭声，杆子们哈哈大笑。

王大麻子说："刘团长，里面请。"

公孙宁跟着王太，穿过一个狭窄的洞口，隐约听到水声，王大麻子说是地下河，你上次来时地下河水流小，没什么声音。公孙宁"投奔"王太时来过此地，那时没听到水声。再往前走，便看到黑幽幽的水面，不知深浅。他们贴着石壁走。走一段后，水声消失，河流不见了。他们来到一片空地，这里摆有桌椅。王大麻子屏退左右，请公孙宁坐下……

刘三阎王被晾在洞外，一伙杆子围着他。有什么好看的，不就是棉袄不合适嘛。杆子们看一阵，确实没什么好看的，便打闹着散开了。

他感到有两双眼睛远远看着他。他看过去时，那两双眼睛不见了。他不看时，他知道两双眼睛又在看他。见鬼了，他想，他们怕他。终于他们站到他面前。一个大大咧咧，一个怯生生。他认出来了，他们是开小差的关小宝和常有得。他后悔没有及时枪毙他们，让他们给跑了。他以为他们已经死了，没想到他们活得好好的。现在，报应来了，他们会饶过他吗？

他拿眼睛看着他们，轻轻摇头，希望他们不要暴露他的身份。

他们明白他的意思。

关小宝跨前一步，直视刘三阎王，冷笑道：

"你不是要枪毙我们吗？"

刘三阎王摇头。

常有得拽关小宝的袖子，关小宝甩开常有得的手。

关小宝抬手给刘三阎王一耳光。刘三阎王猝不及防，愕然地看着关小宝。

"看什么看，你枪毙我呀！"关小宝瞪着刘三阎王。

其他杆子闻声，又围过来，纷纷打听怎么回事。关小宝故意逗弄刘三阎王："赶车的，我打你了，你说该打不该打？"

刘三阎王像落下陷阱的兽，眼中满是绝望和惊恐……

"该打，该打。"

关小宝又给刘三阎王一耳光："这可是你说的，该打。"

刘三阎王点头。

关小宝让常有得也打刘三阎王，常有得不敢。

"你怕什么?"关小宝说,他抓住常有得的手,朝刘三阎王抡去,常有得用力往回缩,他不敢。

杆子们都觉得关小宝过分,干吗要和一个赶车的过不去,他招你惹你了?

常有得拉住关小宝,不让他继续打刘三阎王。

关小宝最终没有拆穿刘三阎王的假身份。拆穿有什么用,刘三阎王是使者,他敢打使者?既然刘三阎王犯蠢,要扮车夫,就让他扮下去好了。

下山后,刘三阎王和公孙宁在白果树那里把衣服换过来。刘三阎王穿上自己的衣服后,整整衣领,抻抻袖子,挺起胸膛,他又找回自信。他对公孙宁说,回去你知道什么该说什么不该说。公孙宁说他只是赶车的,别的什么都不知道。刘三阎王说祸从口出。公孙宁说他要当个哑巴。刘三阎王嗯了一声。

回去之后,公孙宁果然一言不发,如同哑巴。赵德俊问他怎么了,他只是摇头。哑了?他点头。怎么哑的?他又摇头。赵德俊看不出他有受伤的迹象,感到蹊跷。没人的时候,赵德俊说,你装的?公孙宁不摇头,也不点头,转身不予理会。大能耐等人私下议论,刘三阎王叫公孙宁跟着进山,说明他信任公孙宁。他既然信任公孙宁,公孙宁再有什么事就与他们无关了。

刘三阎王偷偷观察公孙宁,一连数日没有听到他说一句话。

他说，你哑巴了？公孙宁点头。刘三阎王笑笑说，哑巴不影响赶车。

刘三阎王向石友三汇报，说王大麻子蹦蹦想日天。石友三说："他还想当副军长？"刘三阎王说是。石友三冷笑一声，说："先抻着他，看他怎么日天。"这次会谈最大的收获就是双方同意再谈下去。"这就好。"石友三高深莫测地说，"人质在，就有可谈的。"他下令队伍开拔。

第十九章

第二次遇袭

年三十的下午，车队来到柳泉铺。他们——士兵和牛把儿本来对柳泉铺没抱什么希望，想着不过是许多荒凉镇子中的一个，既没有人，更没有粮草，想不到这个镇子出乎意料地"繁华"，不但人多，而且一些场所——酒店、赌场还在开门营业，在饥荒之年，这的确称得上是一个奇迹。"区长"领着一干人毕恭毕敬地将刘三阎王等人迎进区公所，刘三阎王还没将凳子暖热，"区长"就滔滔不绝地汇报起来。从如何费周折地买来猪和羊，如何弄来烧酒，如何维护镇上治安，如何为队伍筹措粮草等等说了一大堆，目的是让士兵们过个好年。难得有这样的"区长"。刘三阎王夸奖他几句，让他把猪羊弄过来交给队伍。刘三阎王多日没吃肉，早馋得不得了。一会儿工夫，"区长"将一头猪和一只羊牵了进来。猪和羊瘦得没什么肉，聊胜于无罢了。"烧酒呢？"刘三阎王问。"区长"吩咐人拿来两瓶两斤装的烧酒，然后说了一通酒的来历。刘三阎王皱着眉头，"区长"上前附在团长耳边嘀咕几句什么，刘三阎王眉头舒展开了。

"听说这一带杆子很多。"刘三阎王说。

"杆子早就被大军吓得没影了，他们就是吃了豹子胆，敢搁老虎头上蹭痒？"

"也有不要命的。"

"那岂不是自己找死？"

"还是小心为妙，被他妈的杆子来一家伙可不好受，这些畜生都是不要命的主儿。"

"杆子都欺软怕硬，我敢打一百个赌，杆子不敢打队伍的主意。"

"找几间好房子，老子要把箱子都搬进屋里——他妈的，要不老子睡不着觉。"

"区长"已经为队伍准备一院房子，用于存放枪支、银圆和大烟土。

刘三阎王加派岗哨，严加守护。尽管军队正在与杆子谈收编之事，这时候应该是相对和平时期，但还是谨慎一点为好。

队伍安顿下来后，镇上热闹了许多，颇有些过年的气氛。士兵们首先解决了段记黄酒馆，把仅有的十八缸黄酒喝了个底朝天。然后进军赌窟，借着酒意，赌得乌烟瘴气，一塌糊涂。"我把明天的口粮押上""我把这根烧火棍（指枪）押上""我把老婆押上""我把房子押上""我把月亮押上""我把日头押上"……天地间的一切都成了他们的筹码，赌得惊心动魄，赌得荒唐透顶。赌赢的像斗鸡场上得胜的公鸡高视阔步昂首挺胸，赌输的像挨打的巴儿狗沮丧无比狼狈不堪。

牛把儿领到了比平时多一倍的口粮和草料，虽然离吃饱肚子还差得远，但他们已很知足，脸上露出了节日的喜悦。只有公孙宁与众不同，他心事重重，坐立不安，每隔几分钟就去给马拌拌草。

酒足饭饱之后，刘三阎王对老婆说出去查岗，就跟着"区长"走出区公所。"区长"领着刘三阎王绕过几座房子，来到一个僻静的小瓦房前。房内有灯光。"区长"轻轻敲敲门，门吱扭一声打开，两个野气十足的姑娘将他俩迎进小屋。灯下看美人，一个赛一个漂亮。"区长"说："好好陪长官玩玩，玩出点花样来，别总是老一套。"两个姑娘异口同声地说："放心吧，一定让长官终生难忘。""区长"出门对两个姑娘说："拿出真本事来，长官要是不满意，我可不饶你们。""区长"后脚跟刚跨出门槛，刘三阎王就关上门，迫不及待地扑向两个姑娘。他虽然性无能，但折磨女人颇有一套。

入夜，镇上仍是乱糟糟的，不像是过年，倒像是世界末日。但热闹与牛把儿无关。公孙宁抬头望望深不可测的天空，又登高望望镇子外那裹尸布般的黑夜，领着赵德俊、大能耐和九弯子等人来到狐兔出没的房屋废墟中。公孙宁说："我们就睡这儿吧，这儿背风。"他们将牲口拴在一块大石头上，蹲到墙角拥着被子享受公孙宁的烟叶。在外过年夜，他们不免都有些伤感，可又有意回避着思乡的话题，只拣轻松愉快的事聊。聊什么？吃，吃是最好的话题，每个人都有印象深刻的关于吃的记忆。

大能耐说："你们说什么最好吃？"

"白馍。"

"油馍。"

"肉。"

"肥肉。"

"饺子。"

"大肉饺子。"

"好吃不过饺子，大肉饺子最好吃了，一疙瘩肉，要是肥肉就更好了，咬一口油汪汪，香喷喷，直冒热气，吃下去，啧啧，那个美啊……"大能耐说。

大伙都被他勾出了馋虫，葫芦吞咽口水的声音特别响。

九弯子说："你能吃出大肉馅？我才不信呢。"

"我咋吃不出大肉馅？"

"猪八戒吃人参果，他尝出味了吗？"

"你才是猪八戒！"

大伙都笑。

赵德俊说:"现在让我吃饺子,我也尝不出味,一口就吞下了,哪知道什么馅,让我多吃几个,我才能知道什么馅。"

大能耐说:"让我多吃几个,我也能知道什么馅。"

公孙宁在一旁始终没有发声,他的心思在别处。

赵德俊问他:"嘿,你,吃饺子啦。"

大伙哈哈大笑。

公孙宁没笑,他说有声音,让大伙谛听。

"什么声音?"大能耐说。

"听!"

牛和马都昂起头谛听,四蹄不安地踢刨。一种声音似乎从地底传来,由弱转强,如万马奔腾,如洪水决堤。他们站起来紧张地朝发出声音的地方看去,什么也看不到,但可以想象出夜幕下有多少人奔涌而来。接近镇子时,无数火把同时点起,遍野火光,照得天空红彤彤的。毫无疑问,杆匪来了。杆匪吆喝着,如同洪水猛兽,朝镇子扑来。镇子大乱。枪声响成一片。

大能耐问公孙宁:"咋办?"

公孙宁说:"别动,都靠墙角蹲着,趴地上最好。"

赵德俊、公孙宁、大能耐和九弯子等人蹲在墙角,将脊背紧紧贴着断垣残壁,不敢出声。赵德俊和公孙宁咬牙忍住脊背传来的一阵阵疼痛。墙外边是潮水般的杆匪,杆匪大叫:"灌啊,灌啊

——"不知道杆匪为什么喊"灌啊灌啊",莫非他们把进攻当成了大水漫灌,要淹没这个镇子?纷乱的火把将憧憧人影投到房屋废墟上,如同鬼魅狂舞。

赵德俊一回头,不见公孙宁。葫芦要跳出去,被赵德俊一把抓住。

"你去哪儿?"

"我的手枪丢了。"

"什么手枪?"

"木头手枪。"

"丢了就丢了,不许出去。"

葫芦只好听赵德俊的,老实待着。

"公孙宁哪儿去了?"

镇子里有内应。杆匪不到一个时辰就拿下了镇子。士兵溃败,四散而逃,很快消失于茫茫夜色中。

枪声稀下来。

杆匪为庆祝胜利,狂呼乱叫,到处点火,一时火光冲天,使本来漆黑一团的夜晚变得如同白昼。只有一处宅子没有起火,那里存放着这支队伍劫掠来的银圆、大烟土、珠宝、粮食等等。

大能耐悄然跑到镇子外,寻找竹子。队伍不让闲杂人员跟随,他与竹子约好，每到一个地方，他会夜半到村外找她。今天，大年三十，他为她留了半个窝头。他只有一个窝头，本来想全留给她，但实在饿得受不了，就吃了一半。这一半，他无论多饿都不会再咬一口。夜很黑，他不知道她在哪里。他小声叫着，没有回应。镇子里不时有枪声传来。他小心翼翼，既怕碰到当兵的，也怕碰到杆子。听到动静，他往树后躲，脚下一绊，跌倒了。再一摸，是个死人，吓得他头皮发麻。他趴在死人身旁，好半天不敢动。仔细听了，又没什么动静。他离开死人，小声叫竹子。平时，他凭感觉就能找到她。今天，感觉完全失灵，或者说感觉不妙。黑暗中，他抽动鼻子，嗅着，除了火药味，他什么也嗅不到。他清楚，竹子没什么气味，他不可能凭鼻子找到她。她会不会进到镇子里？有可能。她担心他，进镇子里去找他。嗯，一定是这样。她肯定去找他了。这时候镇子就像地狱，房屋在燃烧，杆子在杀人。他回到镇子，跳跃着，从一堵墙到另一堵墙。他往墙角躲时，撞到人身上。谁？有人吼道。他想跑开，接着听到一个女人的声音，慌乱中没听清女人在叫什么。他不想管闲事。但女人又叫一声，他听清了，是"救命"。借着火光，他看到一个男人将一个女人压在身下。杆子！他不清楚自己叫没叫出声音。他本能地恐惧。杆子又吼一声：滚！他再不滚，杆子会给他一枪。女人又叫：救命！这次他听清了，而且听出了声音。是竹子。杆子狠狠地打了竹子一拳。打在脸上，竹子凄惨地叫一声。大能耐别看块头大，其实胆子很小。但再胆小的人，也会有爆发的时候。他热血上涌，扑上去，揪住杆子，将杆子拎起来，摔到一边。杆子被摔蒙了。他抱起竹子，将竹子紧紧搂在怀里。他摸竹子的脸，又湿又黏，满是泪和血。那个被摔到一边的杆子爬起来，抓起放在地上的长枪，拉动枪栓。这声音惊到大能耐，他知道不加制止，他的命马上就没了。正好不远处一个草房着火，烈焰升腾，借着火光，他看到杆子抬起枪，枪口指向他，说时迟，那时快，他挥手将枪隔开，扑上去掐住杆子的脖子，杆子倒地，他压上去，手丝毫不放松，一会儿工夫，杆子腿一蹬，死了。大能耐拉着竹子回到住的地方，也就是那个废墟中。伙伴们都不在，不知道去哪里了。

　　杆匪逼着一群牛把儿套车，让其他牛把儿将队伍存放在瓦房的枪支、银圆、大烟土统统抬出来装到牛车上，有不从或行动缓慢者立即枪毙。

　　在车队进驻镇子之前，这个镇子绝大部分人都逃荒要饭去了，只剩下老弱病残在屋里等死。杆匪没费吹灰之力就占据了镇子。所谓"区长"、房主、赌徒、妓女等都是杆匪。他们在此专候刘三阎王这队人马。

　　"区长"叫崔二旦，是杆匪中的小头目。他面相和善，见人一脸笑，却是个杀人不眨眼的魔王，人称"假佛爷"。他对这次袭击很得意，称此行动为"大刀剜心"。他们不但一举夺得部队在内乡勒索的五十万银圆、两千多条枪和十几箱大烟土，而且活捉了刘三阎王。

刘三阎王这次栽到了两个女人手中。他虽然性方面不行，但喜欢玩不堪入目的游戏，结果被赤条条地捆绑起来。她们绑得太紧，刘三阎王有些生气，叫道："你们这对骚货，想把老子勒死?"她们放肆地大笑起来，其中一个掏出他的手枪，用枪管敲着他的头教训道："别叫，小心我敲烂你的狗头。"枪声响起时，刘三阎王才清醒地意识到他掉进了杆匪早就挖好的陷阱。两个骚婆娘为了不让他喊叫，用臭袜子将他嘴塞住。枪声停息后，"区长"来将他押到大架杆王太跟前，听候发落。王太讽刺地说："赶车的，我们又见面了。"刘三阎王呜呜呜地说不出话。可能是因为此次行动太顺利，也可能是要进一步羞辱军队，总之，王太出乎意料地饶了刘三阎王一命。

"将他吊到镇上最高的树上——"

之后，"区长"又为王太贡献了新的战利品——团长太太和丫鬟楚莲。他知道她们住在哪儿，他去找她们时，几个杆匪正在扒她们的衣服，他将他们喝退。"别怕，有我呢，"他说，"你们跟我走就是了。"他将她们领到王太面前。王太为了褒奖他，把白白胖胖的团长太太赏给了他。

车装好之后，牛把儿被集中起来训话："都跟我们走，谁也别他妈的想跑，要跑，这就是下场。""区长"崔二旦抬手叭叭两枪，打死两个站在前排的牛把儿。

牛把儿纷纷后退，看着两个垂死抽搐的同伴，两腿不由自主地颤抖起来，有心想跑，却是半步也不敢移。

公孙宁刚从断墙后边闪出来，就被一伙杆匪看见，他们用枪指着他："干什么的，举起手来！"公孙宁举起手，被几个杆匪押着来到大架杆王太面前。王太看见公孙宁，咧着嘴大笑，并上来给公孙宁的肩膀上一拳："好小子，真有你的！"押公孙宁的一伙杆匪见状，连忙缩头乌龟般躲了起来。王太挥手指指那些满载枪支、银圆和大烟土的牛车，说："都是我们的啦！"王太非常兴奋，不知该怎么奖赏公孙宁的大功，他说："金银财宝没啥稀罕的，我奖你一个尤物，你不要推辞。"说着话，他们来到了楚莲跟前，王太用手托住楚莲的下巴："你看看，多俊的小妞，归你啦。"公孙宁爱楚莲，他们已有私情，他答应要带楚莲远走高飞。此时，王太把楚莲赏给他，简直是侮辱他们的感情。可此时不是矫情的时候，他有更重要的事要做。

公孙宁说声谢谢，接受了楚莲。

楚莲没想到公孙宁与杆匪是一伙的，深恨自己瞎了眼看错了人，扭过脸去。

杆匪开拔时，赵德俊等人也被抓来。

大能耐说："肯定是公孙宁出卖了我们。"

九弯子说："真是知人知面难知心。"

赵德俊说："公孙宁不会害我们。"

葫芦说："对。"

三脚猫说："你懂个屁，还'对'。"

押解他们的人正是公孙宁。大能耐和九弯子看看赵德俊，赵德俊无言。

万余名杆匪出柳泉铺，浩浩荡荡向北而去。附近两营官兵追击杆匪，遭到伏击，见杆匪势大，又兼黑夜，不敢冒进。

石友三得悉刘三阎王遭杆匪袭击，枪支、银圆、烟土和粮食尽被掠去，怒发冲冠，亲自率领队伍杀奔柳泉铺。

柳泉铺已化为灰烬，只有几间瓦房仍在冒烟。有人发现了吊在高树上的刘三阎王。刘三阎王被烟熏得面目全非，已经昏过去，被士兵放下救活后，目光痴呆，神志不清。石军长问他镇上情况，他直直地看着石军长不能作答。石友三叫来傅军医，让他救治刘三阎王。傅军医查看之后，说是惊厥，需要休息。顷刻，遭到伏击的两营通信兵来报告战况。石军长得知杆匪势大，且有备而来，便在追与不追之间犹豫起来。正犹豫间，镇平民团旅长彭锡田送来急信，信曰：

石军长阁下：

　　卑职惊闻鲁山匪首王太率众万余往袭柳泉铺，即悉起所部阻其归路，军长宜速追击，两下夹攻，歼灭杆匪在此一举。

彭锡田

除夕夜子时

此时，天已微明，石友三遂率大军向北追击杆匪。

杆匪掳掠甚多，行动缓慢，在老庄擀杖河遭到彭锡田伏击。

第二十章　直捣黄龙

擀杖河左边是大矛山，右边是小矛山。大小矛山形似长矛，两峰对峙，山势险峻，难以攀缘。大小矛山之间有近一公里长的峡谷，擀杖河和通往北山的咽喉要道并排挤在一起。王太为防退路被切断，袭击柳泉铺前曾在这儿留下二百多人。这队人马以为他们摊了个最轻松的差事，根本没想到他们会被袭击。寒风凛冽，河谷尤甚，这伙杆匪怕冷，只派两个新入伙的放哨，其他人都来到麻风寨，找地方背风。

麻风寨地处要冲，寨主是一个叫麻风四婆的女人。麻风四婆会使双枪，凶悍泼辣。她将麻风寨建得像个堡垒，固若金汤。据说有多股杆匪尝试攻寨，皆铩羽而归。后来杆匪与麻风四婆达成秘密协议，双方井水不犯河水。杆匪自由出入擀杖河，麻风四婆假装不知。作为回报，杆匪不再骚扰麻风寨。日前，彭锡田亲自来到麻风寨叫门，报上姓名，要与麻风四婆见面。寨兵报告给麻风四婆。麻风四婆问彭锡田带多少人马。寨兵说他一人一骑。麻风四婆说该来的终归要来。她亲自打开寨门，迎接彭锡田。彭锡田冒险孤身进入麻风寨，对麻风四婆陈明利害，晓以大义，要麻风四婆协助他剿匪。麻风四婆佩服彭锡田的胆识，答应配合彭锡田。她手下有一个干儿子叫拐子李，是杆匪奸细，他撺掇麻风四婆下手除掉彭锡田。看到事态发展不遂他意，他就决定向杆匪报信。结果彭锡田早有防备，将他捉住，交给麻风四婆。麻风四婆晓得寨子里有奸细，没想到会是拐子李，于是大义灭亲，将他崩了。

麻风四婆平时不允许杆匪进入寨子，但会给他们提供吃的。杆子们知道麻风寨的规矩，于是敲寨门，要热汤喝。麻风四婆说，天冷风大，今天破个例，请大伙进寨子里喝酒。杆匪喜出望外，纷纷进入寨子。麻风四婆抬出一缸缸好酒，让杆子们开怀畅饮。不久，一个个喝得东倒西歪。麻风四婆又让杆匪撤了哨兵。于是彭锡田没怎么战斗，就将这里的杆匪全部收拾了，一个也没让跑掉。如此这般，彭锡田悄然截断了杆匪回山的通道。

拥入峡谷的杆匪毫无防备，突如其来的枪声，冰雹般落下的子弹，使他们晕头转向，乱作一团，后边的往前拥，前边的拼命往后挤，一会儿工夫就陈尸一片。

退出峡谷后，王太一边派人打探截击他的是什么人，一边准备组织突击。当得知堵住去路的是镇平民团时，他沉默不语。前年他曾攻陷过镇平县城，去年彭锡田当上镇平民团旅长后，联络内乡、邓县、淅川，实行联防自治。为打破联防格局，王太联合鲁山赵寅生、魏国柱、崔二旦等数股杆匪，共两万余人，准备先拿下内乡，再拿下镇平，彻底摧毁彭锡田的联防体系。行动还没开始，石友三捷足先登，进入内乡，明抢暗夺，搜刮一空。于是王太将注意力转移到石友三的队伍上来。他万没想到彭锡田会先向他下手。彭锡田是个具有钢铁般意志的人，不好对付。王太决定先礼后兵。他派人去与彭锡田谈判，只要彭锡田让开道，他就将所掳财物拱手相送，并发誓永不侵扰镇平。彭锡田回复王太：一不受礼，二不放行，三不饶命。王太勃然大怒，发誓躲过此劫，定要血洗镇平。他下令轮番进攻，务必在子夜前夺回峡谷，打开通道。

　　天完全黑下来，进攻异常艰难，一次次攻击，一次次被打回来。从火力情况看，民团兵少说也有千人，这大概是镇平的全部兵力了，可见彭锡田是下了决心的。杆匪伤亡极大，镇平民团也渐渐有些不支。子夜过后，峡谷还在彭锡田手中，王太急了，要亲率敢死队攻上去，就在这时，探子来报："石友三队伍追上来了。"腹背受敌，王太反而冷静下来。他令魏国柱领一队人马继续攻击镇平民团；令公孙宁用牛车堵塞道路，牛把儿作人质，形成第一道防线；赵寅生构筑工事，形成第二道防线；他自己和崔二旦居中组织突围。

公孙宁命令牛把儿们将牛车停在路上，然后赶鸭子般将他们和牛赶下河湾，让他们抱头蹲着，一动也不许动。石友三大兵追来时，公孙宁对押解牛把儿的杆匪说："大军来了，快逃命吧。"呼哨一声，这帮杆匪顿作鸟兽散。有的贪财，趁乱撬开箱子往口袋里装银圆，结果很快丢掉性命。

公孙宁对赵德俊说："待在河湾别动，不会有事的，多保重，后会有期。"又对楚莲说："跟着赵德俊他们别乱跑，我去杀王太这狗日的。"公孙宁趁乱跨上雪儿消失在夜色中。

赵德俊想，这家伙刚才还和王太一伙，转眼就要去杀王太，他到底是什么人？他旋即想起老铁匠的话，老铁匠认识雪儿，说雪儿是民团的马，这么说公孙宁的确是民团的人了。那他和王太的勾连或恩怨又怎么解释呢？这家伙真是个谜啊！

河湾呈 C 字形，是一道天然屏障，因远离要冲，两下并不往这边进攻，虽然外面弹如飞蝗，这里却很安全。他们都一动不动。

石友三大军兵不血刃就突破了第一道防线，从第二道防线开始与杆匪展开了激战。一时间枪声大作，弹如飞蝗。王太见峡谷久攻不下，石友三又来势凶猛，叹息道："公孙宁误我！"他与崔二旦分别从东西两个方向突围。

公孙宁单人独骑在乱军中寻找匪首王太。此时杆匪已乱成一锅粥，人马自相践踏，狼奔豕突，全无章法。公孙宁逢人便问王太在哪儿，得到的回答无非是"前边"或"不知道"。

赵德俊在黑暗中叫伙计们的名字，一一都有应答。伙计们都在。竹子也在。又问牛，大家都说在。牛绳在他们手中。葫芦往上爬，被他拽住："你干吗？"葫芦说："看看。""有啥好看的！"赵德俊说，"找死啊。"

夜越来越深，黑暗越来越浓重。伸手不见五指。这仗怎么打？他们如何分清敌我？枪子飞出去，砰，砰，砰，砰，钻进敌人身体里，还是钻进泥土里，还是飞到天上，谁也不晓得。子弹不长眼睛。声音招来枪声，枪声吸引枪声。脚步声、惨叫声、吆喝声……

赵德俊紧紧攥着牛绳。他让"曹操"和"大丽花"卧下。"听话，对，就这样，不怕。"他抚摸它们的头，"让他们打去，不关咱的事。"他担心牛受惊。那可是要命的事。牛有灵性，知道如何自保。安静地待在河谷最安全。

野外很冷。他们尽量挤在一起。没法挤在一起的，就紧贴着牛，从牛身上得到一点温暖。楚莲冻得瑟瑟发抖。赵德俊让她与大伙挤在一起，她拒绝了。一个女孩和一群男人挤一起像什么话。竹子拉住她的手说，我们挤一起。她听出竹子的声音，不再犹豫，随她过去，挤进男人堆中。

枪声时稠时稀，时近时远。

突然有人从上面连滚带爬下来，砸在大能耐和竹子身上。竹子尖叫一声。大能耐抓住那人，将他压到身下。"什么人？"他问。他摸到那人的两只手，没有武器。那人哀求饶命。大能耐又问："你是什么人？"那人说："好汉饶命，我……"他不肯暴露身份。大能耐说："不说我掐死你。"他杀过一个杆子，不怕再杀一个。那人只说："我……我……"也不知是不敢说，还是大能耐手上用力，他说不出话。赵德俊掰开大能耐的手："让他说。"大能耐又问："你是不是杆子？"那人说："我是被逼的，我没干过坏事，是活不下去才……"赵德俊拍拍大能耐，意思是把他放了。"是死是活咱不管，看他造化。"大能耐翻身下来，对那人说："我们不杀你，你走吧。"那人不走，他说天太黑。赵德俊笑道："你是怕黑不怕死，天亮你就走不了了。"大能耐吓唬他："不走，我把你掐死。"他们将那家伙赶走，免得给他们惹麻烦。

关小宝和常有得能活下来，全靠关小宝的小机灵。刚被杆子掳去的时候，他说他会照相，其实他只在照相馆当过几天学徒，师父根本没让他摸过相机。照相、洗相，都是技术活，不是一看就能学会的。师父照相他是帮手，但也只是帮手，师父并没手把手教他。俗话说教会徒弟，饿死师父。师父不傻。他会让照相人坐端正，不动，听师父口令打闪光灯。可是师父用黑布蒙住头，在里面鼓捣些什么他就不得而知了。师父的暗房从不允许他进去。

他偷偷从门缝往里瞧，里面有暗淡的红光，师父从水盆中捞出湿淋淋的纸，夹到绳子上，他猜想那是照片。他对王太说他会照相，是吹牛。没想到这次吹牛救了他和常有得。王太抢过一个照相铺，抢来一个照相机，谁也不会用。关小宝说他会照相，王太想到了那个相机，于是没活埋他。回到山寨，王太让他照相，他看看相机，说没胶片没相纸，没法照相。王太给他银圆让他到南阳去买。王太就这么放心吗？不。王太将常有得扣下，如果他不回来，就把常有得活埋。关小宝到南阳，等到照相馆打烊时，他钻进去，扑通给照相师跪下，让照相师救他一命。照相师愕然。他掏出口袋里的银圆，全部给照相师。这是干什么？他说他必须学会照相，否则他就死定了。他没敢说他入了杆伙。照相师说，我教会你，你和我抢生意怎么办？他赌咒发誓说他决不会。照相师半信半疑，犹豫片刻说，好，你当我徒弟吧。他给照相师磕头，叫师父。他问多长时间能学会，师父说慢则一年，快则半年。他说他没时间，他必须马上学会。马上是多久？他说一天。他必须一天内学会，否则来不及了。师父说这不可能。他又咚咚咚给师父磕头，额头都磕出血了。师父说那就试试吧，我可不敢打包票。不可思议的是，关小宝真的用一天时间学会了照相。他回到山寨，给王太照了平生第一张照片。王太看到照片，笑骂道，谁说麻子不上相，每个麻子坑都照出来了。后来，王太绑架洋人，叫他给洋人照相，把照片提供给记者。这些照片登上全国各大报纸，西方各大报纸也都有刊登。蒋介石看到了。冯玉祥看到了。石友三看到了。彭锡田看到了。美英法德意的总统和首相也都看到了。王太也看到了。王太夸关小宝照得好，赏给他十块银圆。他和常有得在杆子中成了宝贝疙瘩。但他不想当杆子，他要回家。杆子袭击柳泉铺给了他们机会。他悄悄拽一下常有得的衣裳，假装鞋子掉了，蹲下找鞋。常有得也蹲下。他们往边上移动，遇到一个土沟，他说趴下。常有得跟着他趴下。直至杆子走远，他们才出来。往哪去？他说往西。刚走没多远，就听到背后传来"灌啊灌啊——"的声音。杆子开始攻打柳泉铺。让他们灌吧，关小宝说。他和常有得继续向西。声音离他们越来越远。自由了，关小宝说。自由了，常有得说。他们话音未落，就被从地里冒出来的一队人马拦住了。杆子，有人叫道。他们吓得魂飞魄散。常有得要跑，被关小宝拽住。关小宝清楚，跑就是死。几个人已哗啦一声拉开枪栓，准备送他们上西天。关小宝急中生智，说别杀我们，我们是来送情报的。送什么情报？重要情报。在哪儿？他说要见他们的头儿。有人出来说，我就是头儿。关小宝猜测这拨人可能是民团，就说要见彭锡田。彭锡田是你叫的？关小宝赶快改口说，彭主任，彭主任……这队人不知真假，就没杀他们。

黎明前，枪声渐稀。彭锡田从擀杖河谷出来，一队民团兵押着关小宝和常有得来到他面前。"报告，这两个杆子说有重要情报，要见您。"两个提马灯的人把马灯提高，照着关小宝和常有得的脸，以便彭锡田能看清他们。

"杆子？"

"我们不是杆子。"关小宝说，"我们是来给您送情报的。"

"送什么情报？"

"我们知道王太把洋人关在哪里。"

彭锡田知道王太绑架洋人，也知道王太狮子大开口索要天价赎金，还知道蒋介石和冯玉祥都把解救人质的任务落到石友三身上。但现在机会来了，他不能无动于衷。他详细询问关小宝和常有得，考虑如何行动。正在这时，马蹄声响。公孙宁一阵风般地过来，勒住马缰。雪儿前腿腾空，发出一声嘶鸣。雪儿喷出的热气吹到关小宝的脸上。公孙宁跳下马，对彭锡田说没追上王太。

彭锡田说跑了和尚跑不了庙。他让公孙宁带兵去端王太的老窝，顺便解救人质。"带上这两个人，他们知道洋人关在哪里。"

公孙宁拿过马灯，照照二人，说他认识，他们是逃兵，差点被刘三阎王枪毙，没想到还活着，当了杆子。

关小宝也认出了公孙宁，连忙说他们是迫不得已，他们不想当杆子，可是不当，王太就要活埋他们。他们表示愿意带路，将功赎罪。公孙宁说去王太老巢的路他熟，不需要带路，不过，寻找人质，倒是需要他们。

现在关小宝又靠小机灵闯过了一关。这次，他心里有底，因为他确实知道洋人关在哪里。他没有骗彭锡田。他刚见公孙宁时大吃一惊，没想到这个赶马车的竟然是民团的卧底。他庆幸在军队里时没有为难过公孙宁，否则，他的小命今天能不能保住就难说了。

彭锡田问公孙宁："需要多少人？"

"二十人够了。"

"给你五十人。"彭锡田说，"外加十二匹马。"

"让老三和我一起吧。"

"没问题。"

老三也是神枪手，和公孙宁不分伯仲。他们俩曾比过枪法，互有胜负。

公孙宁问关小宝："老巢有多少杆子？"

关小宝含糊地说："没多少杆子。"他不清楚，不敢胡说。

公孙宁带着人马急行军，一定要赶在王太前面。他们从擀杖河出发，走的是近道。公孙宁不断地催促：快，快，快。关小宝拉一下常有得，他们慢下脚步，想落到后面，趁机溜掉。公孙宁抽关小宝一马鞭："快！"关小宝说他们实在跑不动，再跑腿都要断了。公孙宁让他们上马，关小宝说他不会骑马。公孙宁说："要么跟上，要么骑马，掉队我敲了你们。"二人只得拼命跑。公孙宁的眼神和声音像铁板上钉钉子一样坚决。这个人，你不能再把他当成赶车的。他手中有枪。他会杀人。他的神色也是他从未见过的。赶车的不会有这种神色。他打消了溜掉的念头。听天由命吧，他对自己说。

公孙宁熟悉通往匪巢的路。他已走过两次，第一次是他"投靠"王太，说要给王太送一份"大礼"，那份大礼就是军队在内乡劫掠的五十万大洋；第二次是他随刘三阎王进山与王太谈收编的事。两次都是在一线天那里被蒙上眼罩带到山上。不过，第一次下山时他没被蒙眼，王太以此表示他已获得信任。第二次，则是做戏给刘三阎王看，他也没真蒙眼。所以他晓得进山必须通过一线天，那里易守难攻，一夫当关，万夫莫开。

来到一线天。他让弟兄们停下来喘口气，把关小宝和常有得叫到跟前，问他们和守一线天的杆子认识吗。关小宝说不好说，不过他们肯定认识他俩。他俩会照相，在杆子中是名人。"那就好，"公孙宁说，"一会儿你俩走头里，带我们过一线天。"他设想了各种情况，做好预案，能不开枪就不开枪，必须开枪时决不犹豫。

事情进展得比他预想的要顺利。把守一线天的杆子看到关小宝和常有得便放松戒备，让他们进去。把守一线天的共二十人。一个把守认出公孙宁。"咦，"他说，"你们怎么在一起？"公孙宁打着哈哈，上前一步，下了他的枪。五十个人同时把枪口对准二十个杆子，叫道："不许动！"

杆子们猝不及防，没来得及做出任何反抗，便被定在那里。

他们被缴了枪，捆绑起来，赶到一个小山坳里。

接下来，公孙宁带着人马长驱直入，直捣王太巢穴。这次不像一线天那么顺利，战斗持续半个时辰。天心洞的杆子被彻底消灭了。

洞内没有洋人。

"洋人呢?"

"不在这里。"关小宝说，"在别处。"

关小宝和常有得领着公孙宁一行翻过一道岭，来到一个隐蔽的小洞穴。公孙宁砰砰两枪，将负责看守的杆子送回老家。洞里没动静，公孙宁怕洞里还有杆子，叫道："快出来，我扔手榴弹了。"洞内有个外国口音说："别，我们出去。"

一会儿，一个穿灰布长袍的神甫爬出洞穴。他后面跟着六个洋人。神甫看到两具尸体，赶紧在胸前画十字。

神甫搞不清公孙宁是什么人。他认识关小宝，这个人曾为他们照过相。关小宝是杆子。和杆子在一起的会是什么人呢? 神甫以为他们是来撕票的。他在胸前画个十字：上帝保佑，阿门。当听到公孙宁说"我是来救你们的"时，他们还有所怀疑，不敢相信。事情就这样解决了吗? 他们在公孙宁的脸上没看到喜悦，倒看到烦躁和不安。

公孙宁让他们重新回到洞里。"你们会没事的。"公孙宁说。他们别无选择，只好听任摆布。

公孙宁问关小宝："王太如果不走一线天，还会有别的路吗?"

"有。"

"哪里?"公孙宁手一挥,"走,带我看看去。"

关小宝领着他们来到后山。一条崎岖小道,时隐时现,仿佛亘古以来就在那里,从没人走过。荒草萋萋。公孙宁带着几十个人走一遭,心里有数了。他们在大石岭埋伏下来。

守株待兔。王太会回来吗? 一定会。这是他的巢穴,他只有回来,才能重整旗鼓。再说了,这里还有绑架来的洋人,可以成为谈判的筹码。

黄昏时分,山下出现一队残兵败将,看上去人困马乏,无精打采。公孙宁说王太回来了。他让关小宝下山去迎接。常有得要跟着去,公孙宁说去一个就行了。关小宝明白公孙宁对他们不放心,要留下个人质。他拍一下常有得,让他放心留下。"我不会有事的。"他说。

王太见到关小宝,问家里可有事,关小宝说没事。王太说:"怎么只有你一个人?"

"我在这里放哨,等您,"关小宝说,"现在我回去报信,让大伙下山迎您。"

王太盯着关小宝,关小宝神色不变。

"不用了。"王太说。他疲惫至极,只想早点回去。他跳下马,将缰绳交给关小宝。马也跑累了，身上汗津津的，冒着热气。山路崎岖，骑马危险。王太数数身后的人，八个。去时呼啦啦万余人，回来只有这点儿人，免不了气沮。

过了隘口，他们已进入伏击圈。关小宝趁人不备，用匕首狠刺马臀，马嘶鸣一声，腾空而起，几乎直立，后腿肌肉绷紧，将自己弹射出去。关小宝紧紧抓住缰绳，身体飞起，落下来时已在一丈开外。他快晕过去了，但仍死死抓住缰绳。关小宝借此跳出伏击圈。

公孙宁一声令下，枪声大作。三个杆子应声倒下。其余杆子就地趴下还击。王太虽然又困又乏，一听枪响，本能闪躲，子弹擦着耳朵飞过去。他身手敏捷，边躲避边还击，打死两个民团兵。他的肚子中枪，肠子流出来。肠子花花绿绿，热气腾腾。他骂一句娘，咬牙把肠子塞回去，勒上战带，继续还击，直到子弹打完。

王太背靠大白石席地而坐，努力保持着大架杆的威仪和风度。死，没什么好怕的。他早就知道会有这一天。土匪哪有寿终正寝的。他看看苍茫的山梁，心里说，就是这里了。他一直猜测自己会死于何处，总不得要领，现在尘埃落定，就是这里了，没什么不好。心里一块石头落地了。

枪声沉寂下来，空气中弥漫着火药味。公孙宁出现在王太面前。王太冲公孙宁笑笑，说："你能骗过我，本事!"公孙宁说："你也有今天?"王太说："我杀人太多，早就该死了，这没什么稀奇。"又说："还好，总算死在一个英雄手中，不算窝囊。"公孙宁对王太恨之入骨，千刀万剐方能消心头之恨，但如今，王太看上去只是个普通老头，他又有些不忍。他了解王太的历史，王太也是穷苦人出身，家人被财主欺负，他打伤财主的儿子，上山入伙。财主买通另一支杆匪，对他家灭门。他知道真相后，血洗财主家，也是灭门。后来，他的势力壮大，灭了那一支杆匪，报仇雪恨。他不是一直当大架杆，民国初年，他加入救国军，当过营长。后来军阀混战，他被打垮，就又上山拉杆子，再次落草为寇。他对朋友讲义气，对手下人很随和，大家叫他王大麻子他也不恼。他很欣赏公孙宁，曾搂着公孙宁的肩膀说，这里，只有你我能称得上英雄好汉，其他都是乌合之众。颇有些曹操煮酒论英雄的味道。公孙宁惊得一身冷汗。他想，若无过人之处，王太也当不了大架杆。

公孙宁盯着王太说："今天是你的死期，你有何话说?"王太说："我算命大的，杆子没有几人活到这个岁数，我已经赚了。"公孙宁说："你残害过多少百姓!"王太说："我吃的就是这碗饭，没办法。"公孙宁问王太："还有什么要说的?"王太说："没啥好说的，人生在世，本就是一场空……你痛快点就好。"公孙宁抬手一枪，子弹从王太的眉心射入头颅。

突然，有人号啕大哭。公孙宁循声望去，是关小宝。只见他抱着常有得的尸体，哭得眼泪一把鼻涕一把。

原来王太打死的两个人，其中之一就是常有得。关小宝刚才被马拖着撞到石头上昏了过去，醒来看到常有得的尸体，发了一会儿愣，才确认这不是梦，是真的。常有得是他姑家表哥，凡事听他的，他发誓要将他带回家。他哭道："有得啊有得，你死了，我咋给姑交代啊……姑啊，我的亲姑，我对不起你，我没保护好有得啊……有得啊，你死了，我没脸回去，我没脸去见姑啊，那比亲妈还亲的姑啊……"众人看关小宝哭得凄惨，无不动容，都悄悄抹眼泪。

常有得的尸体还是温的。关小宝拍拍常有得的脸，想把他拍醒，醒醒，醒醒……常有得的脸越来越白，白得像一张纸。关小宝又掐常有得的人中，皮都掐破了，常有得仍没呼出一口气。"哥，哥……"关小宝叫道。他从没管常有得叫过哥，总是直呼其名。现在无论他怎么叫，常有得都不可能答应了。

"哥——"

公孙宁把王太的首级割下来，包在一个旧包袱里。他留下关小宝埋葬常有得，同时恢复了他的自由。"你可以去你想去的地方。"他说。他在关小宝身旁放了五块大洋，带着民团兵返回山洞。必须尽快将人质转移走，免得夜长梦多。

天黑了。人质被放出来后，很是茫然。为首的神甫问公孙宁："我们自由了吗?""自由了，"公孙宁说，"不过，山里恐怕还有残匪，我要把你们带到安全的地方。"几个洋人并不相信他们是自由的，仍然战战兢兢。这拨人有枪，他们不敢不跟着走。再说了，即使让他们自己走，他们也不知道该往哪里去。黑魆魆的山影像是隐藏着许多深渊似的，一不小心就会掉下去。有狼嗥声传来，更增加了几分恐怖。他们打着火把，走了大半夜才走出大山。公孙宁在一个小村子里把洋人安置下来。他们累坏了，也困得不行，几乎是一停下来就倒头睡觉。公孙宁派人去联系彭锡田。天亮时，派去的人回来了，说彭主任叫他们不要动，就地休息，等候指示。

打扫战场，被杆匪抢去的银圆、大烟土、粮食仍归军队。枪支，先尽石友三挑选，挑剩下的归县民团。石友三发现杆子的枪都是破枪，没几杆好用的。他怀疑好枪已被彭锡田藏起来了。战利品嘛，谁缴获归谁，天经地义。彭锡田不想与石友三争执，便撒谎说没有。

石友三岂肯轻易相信，他说："禹廷兄，你我曾是同事，你不能拿棒槌往我眼里戳啊。"

彭锡田说："汉章兄言重了，比起几杆破枪，我有更好的礼物送你。"

"哦，什么礼物?"

"举世瞩目的礼物!"彭锡田说，"你出动大军扫除匪患，成功解救出被掳洋人，大功一件，政府必会重奖你，你名满天下，还在乎区区几杆破枪吗?"

被掳的洋人?石友三最清楚这些洋人的价值,有了他们,这一战才能算大获全胜。彭锡田还算识相,不贪功,晓得送人情。

石友三哈哈大笑:"禹廷兄所言极是,兄弟恭敬不如从命。"

彭锡田一拱手:"汉章兄大人雅量,不日飞龙在天,还望提携。"

二人达成默契后,彭锡田派人去那个小村子将七名洋人带来交给石友三。他特意叮嘱,公孙宁不必前来。

石友三虽有牺牲,但政治上得分了,没有什么不满。他随后接受记者采访,自吹自擂,俨然一个大英雄。

彭锡田完成剿匪使命。此战之后,可保镇平数年内不会再有大的匪患。他的"自卫、自治、自富",已完成三分之一,接下来,可着手"自治和自富",他有信心治理好镇平县乃至宛西四县,使一方百姓安居乐业。

死尸全部入土,石友三与彭锡田勒石山崖,记叙其事,然后分别,彭锡田回县城,石友三往南阳。

赵德俊重新赶着自己的牛车上路,有种恍若隔世之感。原来跟在后边的马车已经见不到了。公孙宁乘雪儿而去,再也没有回来。刘三阎王和楚莲坐在大能耐的牛车上。刘三阎王因受惊吓和烟熏，病卧不起，楚莲在一旁伺候。刘太太被崔二旦掳去，活不见人，死不见尸。

经过柳泉铺时，断垣残壁，触目焦土，众皆默然无语。牛把儿们扬起鞭子在空中挽个鞭花，牛心领神会地加快了脚步。

浩浩荡荡的车队又回到了官路上。

第二十一章

死人与喜事

　　傍晚，赵德俊将"曹操"和"大丽花"卸下来，拴到车轮上。车后底板用石头支住，前面支根棍子，使车底板保持水平。他将木槽放到底板上，解开干草袋给牛倒了半槽铡碎的麦秸。去井上打一桶水，往木槽里倒小半桶，用光滑的拌草棍将碎麦秸搅匀。他拎起轻飘飘的饲料袋，不用捏，他就知道里面有多少饲料。但他仿佛验证似的，还是捏了捏瘪瘪的料袋。里面只有一把饲料。他犹豫一下，将饲料袋扎住，决定不给牛拌料。牛对干麦秸没有兴趣。它们眼巴巴看着他。他不能妥协。艰难的时日还在后头。"曹操"和"大丽花"温驯地站着，不肯把嘴伸到牛槽里。它们没有嗅到饲料的芳香，知道槽里只是麦秸。赵德俊拍拍它们的头，吃吧，吃吧，他说，馋嘴的家伙。"曹操"和"大丽花"听懂了，低头用舌头卷起一点儿湿润的麦秸，在嘴里咀嚼起来。这就对了嘛，先把肚子填饱吧，他说。

他看看葫芦，葫芦正在把最后的饲料倒进牛槽。

其他人，也在给牛拌草。

他们习惯不说话，默默做事情。

晚上，他们拱进麦秸堆里，裹紧被子，紧紧挤在一起抵御寒冷。黑夜赦免了他们的舌头。他们说一阵子闲话，就把话题扯到公孙宁身上。他还活着吗？谁知道呢。他是杆子吗？他们看到他和杆子在一起。但他最后离开他们，又是去杀王太，由此说来，他似乎不是杆子。公孙宁到底是什么人？对他们来说，这个问题过于复杂，不好回答。他们唯一能肯定的是，公孙宁不是个坏人。他们的命都是公孙宁救的。公孙宁让他们下到河谷躲起来，他们才捡条命。

"他会不会给我们带灾？"大能耐说。

大家都沉默不语。

军队里有规定，哪个组里出奸细或刺客，一个组里的人都别想活。之前，有人混在陡沟那个车户组里刺杀石友三，行动失败，刺客被乱枪打死，那个组里的七名牛把儿都被枪毙了。

公孙宁是不是杆子且不说，但他不是地道的赶车人却是确凿无疑的。再者，公孙宁是他们车户组的，他们能脱得了干系吗？几天来他们战战兢兢，不敢说话，尤其是不敢在刘三阎王面前说话。

"看来没事，"九弯子自我安慰道，"公孙宁不是我们组的，是刘三阎王硬塞给我们的，他自己清楚。"

"我看也是。"周拐子说。

"凡事得讲理吧。"三脚猫说。

"讲理?"郑十六鼻孔里哼一声，说，"他要讲理就好了。"

大伙儿又沉默了。是啊，他不讲理，你又能怎样，刀把子在人家手里攥着。生活就是这样。有人吃人，有人被吃。没道理可讲。可是，他们想活着，想回家。他们都有家人。说不定，家人正在念叨他们，该回来了，该回来了，为什么还不回来呢? 想到回家，他们又惆怅起来。

第二天，队伍没有开拔。牛把儿们把他们的忧虑抛到一边，靠着墙根儿晒太阳，翻开衣服逮虱子。逮到一个虱子，就用两个拇指盖一挤，啪，虱子瞬间毙命。血染红指甲。妈的，叫你吸我的血。血债血偿，也算公平。他们处决一个又一个虱子。虱子们大祸临头，拼命往衣服缝隙里钻。跑了和尚跑不了庙。牛把儿们比赛着看谁逮到的虱子多。每个人都把自己处决的虱子摆到面前的地上。一个、两个、三个、四个、五个、六个、七个……他们比较着战利品。周拐子赢了。他笑得合不拢嘴，得意地炫耀：瞧瞧我逮的，二十一个，二十一个! 大能耐不服，叫道：我逮的比你的大，比你的肥! 周拐子说那没用，比的是数量。葫芦说他就差一个，他逮了二十个。郑十六说，早赢不算赢，最后赢才算赢……

赵德俊咳嗽一声，他们都敛起笑容。

刘三阎王过来了。他后面还跟着一队士兵。刘三阎王前几天木呆呆的，像个傻瓜，今天大不一样，看上去容光焕发，眼睛中放射出凶猛的光芒。他要干什么？

刘三阎王手指一下，说："那些，搜！"

士兵们开始搜他们的铺盖。他们所有的家当，就是一床烂被子，一目了然，有什么好搜的。可是，还真搜出了东西。葫芦的木头手枪。那个士兵把木头手枪别到自己腰里，葫芦上去夺过来，那个士兵踹葫芦一脚，让他滚蛋。有个士兵从周拐子的铺盖卷中搜出一包银圆，看样子有二十枚。赵德俊等人都很诧异，周拐子面色苍白，嘴唇哆嗦。他已吓傻了。

那个士兵把银圆交给刘三阎王。

"这是什么？"刘三阎王说。

没人说话。

"谁的？"

没人说话。

"不说是吧？"刘三阎王走到他们面前，他们不敢抬头，只看到刘三阎王的影子在他们身上移动。

刘三阎王的影子盖住周拐子，不动了。

周拐子抖得厉害，上下牙打架，说不成话。他说：

"不……不……不是我的……我没有……银……圆……没有……"

"从哪儿来的？"

"不……不……不知道……"周拐子说。

赵德俊想，周拐子不可能有那么多银圆，哪来的？要么是他趁打仗时偷的，要么是刘三阎王陷害他，不可能有第三种情况。不管哪种情况，一样糟糕。他偷的，刘三阎王不会放过他。刘三阎王陷害他，更不会放过他。

刘三阎王努一下嘴，士兵将周拐子从墙根儿拽起来，踹他一脚，将他踹倒在地。起来，士兵叫道。周拐子爬起来，腿抖得厉害，勉强站住。他为自己辩解，没有其他词，只是反复说银圆不是他的，他没有银圆等等。结结巴巴，吐字不清，呜呜啦啦。刘三阎王说："捆起来。"几个士兵将周拐子捆了个结实。

赵德俊朝其他牛把儿使个眼色，他们一齐给刘三阎王跪下，求刘三阎王开恩，放周拐子一马。刘三阎王瞥一眼，没有理他们。

刘三阎王在柳泉铺受辱，他要杀人立威，重树形象。他选中周拐子，便没打算放他。银圆是他栽赃，让士兵玩个障眼法，看着像是从周拐子的铺盖中搜出来的。如此而已。

刘三阎王冷笑一声。这是要杀人的信号。

赵德俊说他们愿意捐出这趟拉差的工钱，赎周拐子一条命。

刘三阎王不答应。他要军法从事。怎么军法从事？吊死。

他一声令下，一根粗绳索套到周拐子脖子上，一个士兵把绳索的另一端扔到洋槐树的一根粗枝上，绳头被树枝挂住，没有落下来，另一个士兵拿根棍子把绳头挑下来。他们合力一拽，周拐子便身体悬空……

赵德俊等人扑上去抱住周拐子的腿，不知道该往上托，还是该往下拽。他们往下拽，周拐子的脖子就被勒紧；他们往上托，士兵就把周拐子往更高处拽。大能耐将两个士兵推开，周拐子落下来。

刘三阎王对天鸣枪。

"走开，"他用枪指着赵德俊等人，"再不走开，统统枪毙！"

赵德俊等人又跪下求情。

刘三阎王下令："都赶走！"

士兵们用枪托砸他们，逼着他们离开洋槐树，离开周拐子。

"再阻碍执法，一块吊死。"刘三阎王发话。

周拐子刚才已快被吊死，放下来后，半天没动静。赵德俊等人被赶走后，他醒过来，咳嗽一声。赵德俊还要上前救援，被一枪托砸倒在地。其他人被枪顶着，不敢再上前。周拐子还没弄明白是怎么回事，就又被吊了起来。

周拐子的腿在空中蹬几下，便不动了，两条腿一长一短地垂着。

一只猫头鹰站在屋脊上注视着周拐子。

夜里，赵德俊领着大能耐、九弯子等人将周拐子从树上解下来，抬到镇子南边麦地里，选好位置，挖个坑，将他头东脚西放入坑内。赵德俊说："伙计，顺着脚的方向一直走，就能回家。"

没有棺木，他们将他的被子覆盖其上，不让坷垃掉进他的眼窝和嘴里。他们将坑填平，没有起坟堆。这是别人的土地，偷偷埋的，哪敢起坟。赵德俊牢牢记住位置——和两株古槐呈等边三角形——好回去向他家人交代。

他们围着新土吸一袋烟，算是对他的怀念，然后各自回去睡觉。赵德俊将被子抻开，在被子上默默坐一会儿，想起周拐子的牛饿了一天，就起来去给周拐子的牛拌些草，他将自己仅剩的一把饲料撒到草上。吃吧，吃吧。两头牛都不吃。牛通人性，它们在为周拐子的死伤心。赵德俊抱住牛头，哭了起来。

赵德俊原想将周拐子的牛车赶回去交给他家人。没想到第二天刘三阎王就吩咐士兵将周拐子的牛宰杀了。

士兵屠牛惨不忍睹。一个士兵将一块肮脏的黑布搭到周拐子的大犍牛头上，遮住它的眼睛，另一个士兵抡起十二磅的大铁锤朝牛头砸去。赵德俊闭上眼睛，天旋地转，轰然一声，仿佛天塌下来。犍牛四肢颤抖，终于支撑不住，像堵墙壁倒下。第三个士兵将一个搪瓷盆塞到牛脖子下，第四个士兵将一把尖刀用力捅入牛脖子中。牛把儿们远远在墙边蹲一排，面无表情，如同木偶。

　　与屠牛惨象形成鲜明对照的是刘三阎王举办了热闹的婚礼，只有这样的喜事——娶个新太太——才能完全冲走柳泉铺的晦气。让那个下落不明的太太见鬼去吧。新太太不是别人，是丫鬟楚莲。

　　楚莲坐在门口做女红。刘三阎王倚着门，歪着头，对她说："我要结婚了。""结婚，和谁?""和你。"楚莲一惊，针扎住手指，血珠冒出来。她把手指放嘴里吮着。她说："我不想结婚。"刘三阎王说："这事由不得你。"她只有两条路可选，要么嫁给他，要么死。楚莲说："我愿意去死。"刘三阎王说："死也得嫁给我之后才能死。"又说，"听话，你就是刘太太。不听话，把你捆起来，你还是刘太太。"楚莲别无选择，她连死的自由也没有。

　　楚莲之所以忍辱偷生，是想再见公孙宁一面。公孙宁答应过带她远走高飞，她要问问他为什么说话不算数。公孙宁，别人可以骗我，你不能骗我，我把心都扒给你了。公孙宁，你还活着吗?我要你活着，你就是骗我，也要活着。公孙宁，你在哪里? 你知道我不能没有你，你为什么还不来救我?

　　接下来楚莲感觉像是在梦游，她穿上花衣服，顶起红盖头，坐在床上，神思恍惚地听着外面的喧闹。她知道刘三阎王没有性能力。她能够保持清白。同时，她也知道刘三阎王是个变态，他伤害过她，她很害怕。一想到夜晚，她就恐惧。门口响起脚步声，石军长来了，带着夫人，也就是刘三阎王的姐姐。他们来给刘三阎王捧场。这下刘三阎王有面子了。楚莲听到石军长说，揭开盖头，让我看看新娘子漂亮吗。刘三阎王说你见过的，他揭开楚莲的盖头。楚莲勾着头。石友三认出楚莲，说乌鸡变凤凰。他夫人碰他一下，说得这么难听。石友三说，凤凰难听吗？刘三阎王说好听好听。石友三说，看时辰了吗？刘三阎王说没有。石友三说，择时不如撞时，我在这儿，那现在就是好时辰，把人都叫过来，我主持婚礼。刘三阎王吩咐叫人。石友三努一下嘴，刘三阎王把盖头又给楚莲蒙上。院子里乱哄哄的，来了不少人。石友三等人走出去，与属下寒暄。屋里只剩下楚莲一个人。一会儿，有人进来将楚莲引到当堂。石友三说来外面吧，院子里敞亮。楚莲又被引到院子里。她看到刘三阎王穿皮靴的脚，他站在她身旁。这是要举行婚礼了。一辈子最重要的仪式。对她来说，这是屈辱的仪式。石友三说，非常时期，婚事简办，三拜即可。一拜天地，二拜……没有高堂，那就免了，三，夫妻对拜……剩下的，就是入洞房了……刘三阎王牵着楚莲的手，领她进入屋子，来到里间……

赵德俊坐在街角的磨盘上翻起衣服逮虱子。他把逮住的虱子都用指甲盖碾死在磨盘上，一会儿工夫，磨盘上就一片狼藉。不远处婚礼的喧闹声传来，他抬头张望一下，又低头逮虱子。公孙宁托他照顾楚莲，现在楚莲成了刘三阎王的夫人，他如何向公孙宁交代呢？他听说王太被打死了，是不是公孙宁干的他不知道。此时，想起公孙宁，他的感情十分复杂。这家伙，他，差点给他们带来巨大灾难。因为他，刘三阎王有可能把他们这个车户组的牛把儿全部杀死。刘三阎王之所以没这么做，不是他心慈手软，赵德俊猜测，他是不想让人们觉得他太蠢。想想看，他和公孙宁一块进过山呢。刘三阎王最不愿人们提起的人，大概就是公孙宁了。

第二十二章

祭奠与谋略

公孙宁带着王太的首级回到黑龙镇——

半年前，也就是农历七月十五——这天是鬼节，特别好记，王太血洗黑龙镇，杀三百一十二人，其中杀绝二十七家，烧毁房屋六十五幢。公孙宁闻讯赶回家时，杆匪已撤。火还没全熄灭，到处是烧焦的木头味和浓重的血腥味。死尸随处可见。地上一摊摊血已经变黑。公孙宁的父亲、母亲、大哥、大嫂还有两个侄儿一个侄女都被杀了。七口，全躺在血泊里。有被枪打死的，有被刀劈死的，有被割喉的……其状惨不忍睹。大嫂衣衫不整，显然被糟蹋过。公孙宁埋葬亲人后，用刀在坟地一棵柏树上刻下四个字：誓杀王太。

公孙宁跨上雪儿，抖动缰绳，双腿一夹，狠抽一鞭，雪儿便箭一般飞出去。他要找王太报仇。

进山前，他被彭锡田和老三拦住。他知道是老三报的信。彭锡田劝他不要只报小仇，要报大仇；不要只杀王太一人，要将整个杆匪消灭掉；不要只为自己报仇，也要为乡亲们报仇。公孙宁听了彭锡田的话，深感自己力单，一时无言。彭锡田说，你信我吗？公孙宁说，信。那就听我的，彭锡田说，这事要从长计议。后来，石友三浩劫内乡掠走五十万大洋的消息传到镇平，彭锡田对公孙宁说，现在可以行动了。他对公孙宁分析，现在镇平和内乡的民团力量都不足以消灭杆匪，要消灭杆匪必须借助石友三的队伍，可是石友三只顾自己眼前利益，无意剿匪。他们的策略是，让杆匪惹毛石友三，逼迫石友三剿匪。杆匪也不傻，会去招惹军队吗？通常不会，如果有足够的诱惑也难说。什么诱惑能让杆匪心动？五十万大洋！

公孙宁根据彭锡田的安排，进山投奔王太，说是给王太献宝。什么宝？五十万大洋。王太老奸巨猾，岂肯轻易相信公孙宁。王太说公孙宁给他挖坑让他跳，他才不会上当呢。他命人将公孙宁捆起来，要杀公孙宁。公孙宁仰天大笑：都说王大麻子是英雄好汉，没想到是个懦夫，我公孙宁瞎了眼，活该死于鼠辈之手。王太看公孙宁胆气过人，惺惺相惜，便没杀公孙宁，而是先关起来。王太核实了公孙宁提供的信息，同时对公孙宁的身世也做了核实，没有问题。五十万，乖乖，值得干一票。拉杆子就是刀头舔血的勾当，还怕危险不成？他需要一个人去探听消息。公孙宁自告奋勇，扮作赶马车的，闯入拉差车队，扮演一个双重打入者的角色，为此差一点在兴国寺把命送掉。

他和赵德俊被活埋和打一千二百军棍是计划之外的。他低估了刘三阎王的残暴。他命悬一线，彭锡田要救他，让老三从王大夫那里讨了丹药，通过晁陂区长送给他。王太也要救他，派杆子绑架王大夫和小愚子去给他看伤……秦疤瘌扮作剃头匠在他和王太之间传递消息……他一手策划了赵河湾袭击。没想到石友三另有打算，忍下这口气，甘愿吃个哑巴亏。王太因为他的消息不准，那次袭击没有成功。有一天夜里，就是牛把儿们以为他失踪了的那天，他去向王太解释那个村的驻军为什么由五百变成两千。那天王太是起了杀心的。最后，他说服王太，还有机会。他死里逃生，回到牛把儿中间，却被牛把儿们捆起来审问。多亏赵德俊和葫芦，牛把儿们才没把他交给刘三阎王。回到镇平县城，一则怕暴露身份，二则要商量大事，公孙宁暗中让几个团丁将他抓起来送到彭锡田那里，罪名是他的马啃了树皮。彭锡田对他面授机宜之后，队伍开拔时他又回到牛把儿中间。之后，他策划了"大刀剜心"行动，让王太在柳泉铺袭击队伍，抢夺银圆。再之后，就有了擀杖河之战，就有了袭击王太巢穴，就有了伏击王太……

现在，终于大仇得报。进入黑龙镇，他从旧包袱里拿出王太的首级，提在手上，骑着马在黑龙镇转了三圈。

他大喊：我给大家报仇了，这是匪首王太的头颅——

他大喊：这就是王太，我们的仇人王太——

他大喊：有冤报冤，有仇报仇——

他本想到坟地，把王太的头颅摆到坟前，祭奠亡灵，可是大街上人山人海，哭声、喊声、笑声、骂声汇成一片，到十字街时他被围在中间，哪里也去不了。于是，他决定就在十字街祭奠亡灵。他让人摘下店铺一块门板，让秀才在门板上写下"己巳年（1929）七月十五日死难乡亲之灵位"，竖在十字街正中。牌位前放一张小桌。他将王太的头颅作为祭品摆到小桌上，然后燃放鞭炮，祭拜亡灵。祭拜后，人们又用刀、铁条、棍子、石块、坷垃狠砸头颅。这还不解恨，他们又把王太的头颅拿下来扔在大街上像皮球一样踢来踢去……

公孙宁回到镇平，老三见到他扭头就走。他觉得奇怪，便追上去问个究竟。老三被纠缠不过，只得如实相告："刘三阎王要娶楚莲，就在今天。"

公孙宁愕然良久。他在擀杖河因要追杀王太，把楚莲托付给赵德俊，之后，便没有"之后"了。战斗结束，他已没有机会。他若敢在军队出现，必死无疑。当初，刘三阎王被吊在树上，看到他与王太勾肩搭背，对他恨不得食肉寝皮。

老三看公孙宁沉默不语，劝说道："天下好女人多的是，你的婚姻包在我身上。全镇平县的女子，你看中哪一个，告诉我，我让她嫁给你。"

公孙宁还在沉思。

老三后悔告诉他实话，说："走，我请你喝酒，一醉解千愁。"

公孙宁盯着老三的眼睛，说："咱们是不是兄弟？"

"这还用问。"

"那你愿为我冒险吗？"

"冒什么险？你不会是想去抢人吧？"老三看公孙宁的神色，明白了八九分，他说，"这不冒险，这是送死。"

"我熟悉军队。"公孙宁说。

"熟悉就更不应该有这种想法，你以为你是孙悟空啊，刀枪不入，七十二变？"老三说，"刘三阎王什么人，你最清楚，你去抢他的新娘，亏你想得出来。阎王阎王，听这个外号就瘆得慌……"

"你什么时候变得胆小如鼠了？"

"我就是胆大包天，也不跟着你去送死，亏本的买卖我不干。"

"你不干我干。离了胡屠户，还吃带毛猪不成？"

"你也不能去，我不能看着你去送死不管。"

"我想送死，你管不着。"

"你真要一意孤行，我也不能把你捆起来，不过……"

"不过什么？"

"你不觉得该给彭主任告个别吗？"

彭锡田不反对公孙宁追求爱情，不但不反对，还愿为他提供帮助：你需要什么尽管说，我都会答应。公孙宁很感动，他说什么也不需要。他要离开民团，独自行动。彭锡田明白他是敢做敢当，不给民团惹麻烦。也就是说，他失败了，或者被抓了，他是个人行为，不与民团相干。彭锡田问他有何计划，他说并无计划，相机行事。他初步打算装扮成流民，与楚莲见面，夜里带楚莲离开军营。彭锡田问他有几成把握。他说五成。彭锡田说你在拉差队伍里那么长时间，许多人认识你，你即使装扮得再像，也有暴露的风险。假如失败，你丢掉性命不说，楚莲恐怕也活不了。又说，民团会不会有麻烦暂且不说，你的那些牛把儿伙计们肯定会有麻烦。是吗？公孙宁说，我可以不找他们。彭锡田说，你想想刘三阎王，他会怎么样？……

公孙宁悚然一惊。他头脑里马上出现这样的画面：赵德俊、九弯子、葫芦、大能耐、郑十六、三脚猫站在一堵墙前，面对行刑队，刘三阎王一声令下，砰砰砰砰砰砰砰砰……他们纷纷倒下。公孙宁可以看轻自己的生命，但他不能为了自己的事让伙计们送命……

公孙宁说他不再冒险，但他不会放弃营救楚莲。

大饥荒

队伍在王村镇停留了一个多月。饥饿,成为他们面临的最严峻的问题。牛把儿们开始挖野菜、剥树皮,甚至吃观音土、吃雁屎。好在春天来了,野草发芽,树木吐绿,一些花也开了。九弯子是他们的顾问,什么能吃,什么不能吃,拉不下来屎怎么办,九弯子都一一给出主意。他们都备一个竹签儿,拉不下来屎就用竹签儿往外剜。

牛也在挨饿,几乎没有饲料可吃,只能吃草。不少牛把儿都把仅有的一点牛饲料自己吃了,以度饥荒。赵德俊无论如何不肯吃牛饲料,他宁愿自己饿着,也要让牛吃。楚莲偶尔接济他们一点儿粮食,赵德俊都与大家均分,从不私自享用。有一次楚莲又存了点粮食,准备拿给赵德俊,被刘三阎王发现。刘三阎王问她是给谁的。楚莲说为以后留的,往后不定怎么饥饿呢。刘三阎王说再缺粮食，还能缺你的？楚莲说不好说。刘三阎王半信半疑，警告她，若发现她把粮食拿给别人，别怪他不客气。楚莲不敢再给赵德俊粮食了，怕给自己惹祸，更怕给赵德俊惹祸。

大能耐本来食量就极大，竹子姑娘跟着，多一张嘴，他如何受得了？最先撑不住了。他饿得站不起来。竹子姑娘烧碗红薯面汤，端到大能耐面前，要他喝。大能耐让竹子姑娘喝。二人推来让去，都不肯喝。最后竹子姑娘提议一人一口轮着喝，大能耐没有反对的理由。两人你一口我一口啜饮热汤，都是小口，生怕自己喝多了。红薯面汤虽然没多少营养，但有热量，喝下去后两个人都感到身体活泛起来。竹子姑娘说这样下去，两个人都会饿死。大能耐不许她说死啊死啊的：我们要活着，回老家，张灯结彩，拜堂成亲。又说你跟着我，我有口吃的，就不会让你饿着。说完这话，他知道说大了。他很难不让她饿着，只能说不让她饿死。

竹子姑娘趁大能耐去挖野菜时悄悄走了，临走时把她节省的一小把红薯面，包在一块破布里，留给大能耐。大能耐看到后哭了。他去找竹子姑娘，没有找到。大伙儿帮他找，也没找到。他们都唏嘘叹息。大能耐精神恍惚，仿佛行尸走肉。

军队也缺粮，但他们有办法，那就是杀牛，谁的牛饿得快死了，士兵就将牛杀掉吃肉。赵德俊将牛把儿们团结起来，反对杀牛。他们宁愿自己被杀，也不让杀牛。闹到石友三那儿，石友三对士兵训斥一顿，禁止杀牛。牛把儿们不敢大意，时时刻刻保护着牛。他们挖野菜时，也不忘留下人，看护牛，以免牛被杀。

饥饿越来越严重，开始出现饿死人的现象。最先饿死的还是灾民，那些逃荒到这里走不动的，就倒毙在路边。有个小伙子要卖兵，他对刘三阎王说，让我当兵吧，给口饭吃就行，我可以为你杀人，为你挡枪子。刘三阎王哼一声，一脚将他踢开，滚！第二天这个小伙子饿死在路边。

九弯子听说了，就去看是不是他儿子。一看不是，他松一口气。但他的心旋即又揪紧了。小伙子会倒毙在这里，难保他儿子不会倒毙在别处。更惨的是，小伙子腿上的肉被割去一大块。九弯子失魂落魄跑回去，一屁股坐地上，嘴里嘟嘟囔囔。赵德俊问他怎么了，他两眼发直，喃喃道："吃人，吃人……"

荒春上，野菜刚拱出个小芽，就被连根挖出，嚼嚼吃掉。挖野菜越来越难。牛把儿们吃雁屎，吃树皮，吃观音土，维持生命。普遍出现浮肿现象，时不时有倒毙的。现在，如何活下去成为非常严峻的问题。

赵德俊说我们不能就这样死掉，要想想办法。有什么办法？只有偷。为了活命，他们决定偷军队的粮食。这办法不是没人想过，但当兵的看得很紧。刘三阎王说过，谁要敢偷军队的粮食，杀无赦。不只杀偷盗者，整个小组的人都要杀，这可不是闹着玩的。九弯子反对，说抓住都活不成。郑十六也反对：军粮岂是好偷的，有人站岗。赵德俊说饿死是死，抓住是死，横竖都是一死，怕什么。大能耐说反正都是个死，咋死都一样。葫芦说我不怕死，我去偷。九弯子说人老几辈子没做过贼。郑十六说好吧，我不反对，但我不会去偷。赵德俊说，你不去正好，反正也不需要大家都去，那样目标太大，容易暴露。最后，九弯子也想通了，偷就偷吧，死就死吧，他不反对。

他们不需要侦察，就知道哪儿有吃的。不外乎两个地方，一是厨房，二是仓库。两个地方都有人看守，不容易下手。必须冒险。谁先去偷？葫芦说他先去。三脚猫说他先去。大能耐说抓阄吧。赵德俊说第一次不用抓，他先去探探路。三脚猫要跟着。赵德俊说不用，他一个人就行。三脚猫说他一定要去。赵德俊问为什么，他说他想来个痛快的。什么痛快的？死得痛快点儿。赵德俊说那更不能让你去。三脚猫说那我自己去。赵德俊看他固执，就说你听我的，我让你去。三脚猫答应听赵德俊的。

他们蹑手蹑脚从牛棚出去。天上有几颗寒星，高而远，不甚明亮，不仔细分辨几乎看不见。镇子已沉入睡梦之中，不时有鼾声呓语传来。再就是牛反刍的声音。他们在夜里只是两个淡淡的影子。房屋黑黢黢的，是更浓重的影子。他们尽量沿墙根走，这样他们淡淡的影子就融入浓重的影子之中。他们刚从一堵山墙转弯，就听门吱扭一声，吓得他们赶快退回山墙后面。一个士兵站在门口朝外撒尿。撒完尿后又回屋里，把门关上。他们心咚咚跳，不得不用手按住。稍停，他们继续向前。前面就是存粮食的房屋。他们停下来，仔细观察。没有发现岗哨。三脚猫小声说没人。他刚要往前去，被赵德俊拉住。怎么了？赵德俊说再等等。他指着门口：那是什么？三脚猫定睛再看，门前有两个黑影。是岗哨吗？说不好。会是什么？可能是岗哨睡着了。他们不敢往前，黑暗中的黑影根本看不真切。他们又看一会儿，断定就是岗哨，只是倚着门睡着了。看看屋后。他们听到屋后有人说话。一个说真他妈冷。另一个说来挤挤。第一个人说两个人有球挤的。第二个人说不挤去球。赵德俊拉一下三脚猫，此地不宜久留。他们悄悄离开这里，往厨房摸去。厨房肯定有吃的。

旁边的小屋住着士兵，不能惊动他们。厨房锁着门，无法进去。窗子又是木栅，缝隙很小，而且是死的，手伸不进去，即使将细竹竿削尖从窗子伸进去扎窝头，也扎不出来。怎么办？破坏木栅会有响声，挖洞进去更不可取。最后，还是赵德俊想了个办法，其实很简单，用竹竿先将窝头捣碎，再一小块一小块扎出来。不过，这会很费时间。再者，屋子里漆黑一团，什么也看不见，怎么捣，怎么扎。赵德俊和三脚猫躲在墙角，冻得够呛。

他们刚要离开，听见脚步声，趴下不敢动。一个黑影拿着一根细长的竿子走到厨房前，左右看看，摸摸门锁，然后到窗前，把竿子从窗栅中往里塞，塞几下没塞进去，显然是窗栅缝隙太小，竿子太粗。他懊恼地扔下竿子，走了，嘴里骂骂咧咧，听口音不是本地人，只能是士兵了。不是士兵，没这么大胆子。

那人刚一走，赵德俊和三脚猫又听到响声，循声往上看，发现屋顶有人影。一个黑影在屋顶掏洞。这倒是个办法，三脚猫说。他话音未落，只听呼隆一声，屋顶塌了。声响肯定会惊动小屋里的士兵，赵德俊拉一下三脚猫：快走。小屋里有人叫：他妈的，什么声音？赵德俊和三脚猫沿着墙根跑回他们住的牛棚。

九弯子、郑十六、大能耐、葫芦都没睡，提心吊胆等着他们。看到他们回来，揭开被子，让他们赶快钻被窝暖暖。几个人挤在一起，分不清哪个是哪个的被窝。赵德俊和三脚猫挤到中间，很快被臭烘烘的热气包围了。

"咋样？"九弯子问。

"不咋样。"赵德俊答。

"我就说嘛，哪那么好偷，好偷早被偷光了。"郑十六说。

"就你能。"大能耐说。

"还有别人也想偷。"赵德俊叹息一声，说，"也不知道他能不能脱身。"

"谁？"

第二天，一个牛把儿被吊死在镇东边的榆树上。榆树的皮已被剥光，露出白生生的树干。榆树活不成了。一位秃头大哥哭着说，这个牛把儿是夏馆乡四台沟人，叫李子义。他有四个儿子一个女儿。还有老母亲，八十一岁。他老婆是个瘸子，他担心生下的孩子会瘸，但四儿一女都长得周周正正，一个也不瘸……

人们都唏嘘不已。

三脚猫说差一点他也挂在那儿了。

九弯子说呸，净说不吉利的话。

另一条街上，李子义的牛正在被屠杀。一群士兵欢天喜地忙碌着，宰杀、放血、剥皮、剔骨、烧水……

葫芦问楚莲借剪刀，他知道她有剪刀。

"你要剪刀干什么?"

"有用。"

"你不说干什么，我不借给你。"

"剪……剪……剪草根。"

楚莲半信半疑，但还是借给了他。

葫芦将剪子揣怀里，走了。

半晌时，葫芦到碾盘那儿晒太阳，捉虱子。碾盘上晒着一张牛皮，他趁人不备，剪下一大块，卷巴卷巴塞怀里，夹着离开了。正是这块牛皮救了大伙的命。夜里，大家都饿得睡不着，葫芦推推赵德俊，说他有好东西。什么好东西，能吃吗? 能。大伙都听到了，一下子提起精神来，想知道是什么东西。葫芦摸出牛皮，让大伙摸一摸。大伙摸到毛烘烘软乎乎的东西，知道是牛皮。牛皮比树皮好一千倍。他们围过来，商量着怎么吃。三脚猫啃一下，啃不动，差点把牙硌掉。九弯子说生吃不中，得弄熟。大能耐说这么多毛。赵德俊说毛好办，用火燎。他们在墙角生起火，用火燎去牛皮上的毛。毛的焦煳味勾起了他们的馋虫。三脚猫直吞口水。赵德俊问葫芦：这是你的，你愿意分给大伙吗？葫芦说愿意。怎么分？葫芦说他有剪刀。大能耐说分了之后，还是咬不动。赵德俊说，笨，这不是有剪刀吗？剪碎还怕咬不动？他让葫芦给每个人剪一块。牛皮是葫芦弄来的，分配权应该归葫芦。葫芦尽量剪平均，给每个人一块。每人用剪刀把自己的牛皮剪成细条或细丝，在火上燎一燎，肉的香味很快飘散开来。不能燎熟，那样会损失油脂。半生不熟正好。因为不容易嚼烂，可以嚼很长时间。这样，口腔可以长久享受着食物带来的快感。灾荒之年，这真是美味佳肴。咬不动，最后就囫囵吞下去。他们都舍不得一下子吃完，要省着吃，每天只吃一点点儿，细水长流。大能耐嚼着一条牛皮，嚼着嚼着眼泪出来了，他想起竹子姑娘，如果竹子姑娘还在就好了，他可以分给她几条……

　　第二天葫芦想再偷时，牛皮已没了踪影。他后悔自己太老实，没有多剪下一块。

葫芦正在吃东西，一个穿中山装的男人停到他面前，问他吃的什么。葫芦说是好东西，请他品尝。中山装男人看葫芦伸开的手中是一撮白面，他以为是炒面，捏一点尝尝，不像。他皱起眉头，问到底是什么，葫芦说是雁屎。中山装男人呕吐起来。两个士兵上来揪住葫芦，说要枪毙葫芦。赵德俊站出来，说这么好的东西，现在已经快没了，他是小孩才给他留着。中山装男人说，这个能吃？赵德俊说这可是好东西，不是谁都能吃上的。中山装男人说，你们吃这个？赵德俊说，我们倒是想吃这个，哪里还有，都被吃完了。中山装男人让士兵放了葫芦。葫芦说好心当成驴肝肺。中山装男人摸着葫芦的头给葫芦赔不是，葫芦脖子一拧，摆脱那只手，说不用。

赵德俊和葫芦并不知道这个男人是蒋介石的密使钱大昀，更不会知道吃雁屎这件事会促使他与石友三谈判成功，间接地改变了牛把儿们的境况。

在王村停留的第四十五天，赵德俊和葫芦跑到很远的地方挖野菜。近处的野菜都被挖光了。葫芦挖出一颗黄花苗，正在清理根上的泥土，突然停下来谛听着什么。听。什么？远处有声音。赵德俊说哪里有声音。葫芦指着王村。赵德俊仔细听，隐隐约约有某种声音。他们弄不明白是什么声音。不挖了，回去看看，赵德俊说。

进入镇子后，看到牛把儿们有的笑，有的哭，有的躺地上不动。他们正纳闷儿，郑十六和九弯子将他们叫过去，说三脚猫快不行了，让他们去看看。

三脚猫躺在地上，眼皮上翻，眼珠鼓突，奄奄一息。大能耐鼓励他站起来活动，可是他动一下都困难，哪里还能站起来。三脚猫看到赵德俊，忙抓住赵德俊的手，张大嘴，想说什么，却发不出声，气有出的没进的。赵德俊把耳朵凑近，只听到喘气声。"对……不起……"这句话，他不确定听到，也可能是他想象出来的。三脚猫眼越瞪越大，鼓突得吓人。赵德俊从没见人眼瞪这么大，眼珠子要爆裂似的。再看，三脚猫没声息了。他试试，三脚猫已无鼻息，死了。赵德俊问："饿死的？"郑十六说："撑死的。"赵德俊和葫芦都以为听错了，疑惑地看着郑十六。郑十六说："真是撑死的。"原来下午南阳突然送来一批粮食，每个牛把儿都分了五斤，三脚猫将赵德俊和葫芦的也代领了，他趁别人不注意，竟将十几斤粮食生吞下去，又喝了些水，粮食在肚内泡涨，就把他撑死了。赵德俊叹息一声，将三脚猫的手掰开。

粮食是蒋介石送来的。蒋介石的特使钱大昀与石友三达成秘密协议，以石友三成功解救人质为由，先给他一批粮食。

第二十四章

鸡蛋碰石头

终于，他们来到了南阳，驻扎在卧龙岗上。卧龙岗是东汉末年诸葛亮躬耕隐居之地，岗上建有武侯祠。武侯祠周围好大一片松柏林子，林子异常静谧。武侯祠破败不堪，仿佛自一千八百多年前诸葛亮跟随刘备去新野之后，这里就再没人居住。

安顿下来后，牛把儿们被集中起来。他们以为部队要发给他们大洋让他们回家哩。拉差已到南阳，这是理所当然的事。早给他们工钱，早打发他们走，队伍能省下不少粮草。

石军长亲自讲话，感谢他们为军队拉差，向他们保证，他们都会拿到十块钱，一文也不会少！但是，他话锋一转说，要等几天。等就等吧，等几天？也许五天，也许十天吧。

牛把儿们没想到还要等待，不免沮丧。但是，反过来想，终于到达目的地，苦日子熬到头了，还有十块钱在等着，有盼头，该开心一些才是。好吧，开心一些，为自己找点乐子。

　　贾赵村的几个牛把儿都没来过南阳。南阳作为州府，毫无疑问比内乡和镇平大得多，也繁华得多。如果不是拉差，他们恐怕一辈子也到不了这里。在家里的时候，南阳远在天边，无法想象有多远。现在，南阳近在咫尺，下卧龙岗，往东走几里就到了。站在岗上，他们看到南阳城金光灿灿，白河波光粼粼。

　　第二天，天麻麻亮，他们就起来给牛拌草，并特意给草上多撒了一些豆料。伙计，吃吧，你们多少天没闻过豆腥味了，好好闻闻，闻到了吧？多香啊，吃吧，吃吧，多吃些，今天不拉车，你们歇歇。赵德俊抬起"曹操"的右后蹄看看，蹄铁还在，那枚铁钉还在。铁匠说一根铁钉也能嘁住蹄铁，管保拉到南阳。他说得没错，果真拉到南阳没掉。手艺是高。"大丽花"形销骨立，下崽后就没恢复过来。他拍拍"大丽花"的脑袋：委屈你了，委屈你了。他看其他牛把儿，都给牛拌好草了，在等他。

　　赵德俊拍拍身上的尘土说："要赶集了，不能丢人。"

　　其他人也拍拍身上的尘土。

　　郑十六说："再拍也没用，还是像一群叫花子。"

　　赵德俊说："叫花子咋了？叫花子也要脸面。"

　　郑十六说："看看咱们，头发像野草，胡子拉碴，衣裳破破烂烂，发明起光，能划着火柴。"

"也是啊，"赵德俊笑道，"可是，这没办法，我们总不能扒光了去赶集。"

大家都笑。

"就这样吧，叫花子就叫花子，叫花子也让赶集嘛。"赵德俊说。

他们虽然身无分文，但想着有十块大洋即将到手，腰板就挺直了。一路上说说笑笑，难得这么轻松。

郑十六问九弯子："拿到十块大洋你打算怎么花?"

"怎么花?"九弯子迷惑了，他从没想过这件事，他说，"我不知道，我不花钱，我继续找石头。"

"你出来这么久，石头说不定已经回去了。"郑十六说。

"是吗?"这个问题九弯子也没想过。

"是啊，有可能。"大能耐帮腔道。

九弯子摇摇头说："这孩子倔。"

"再倔，没吃的他还不往家跑。"

"知道往家跑就好了。"九弯子叹息一声，又说，"他要知道往家跑就好了。"

郑十六不愿继续这个沉重的话题，转而问大能耐："你拿到钱干什么?"

大能耐反问："你呢?"

郑十六说："我用十块大洋做本钱，在南阳做两个月生意，再赚几块钱。"

葫芦说:"钱那么好赚?"

郑十六说:"我是谁,只要有本钱,还怕赚不到钱?"

赵德俊说:"就你精,没见你赚多少钱。"

郑十六说:"那是没本钱嘛,钱才能生钱。富人有多大本事,还不是钱多,抱住钱暖暖,就能生出一窝钱。"

葫芦疑惑:"钱能生出钱?"

郑十六说:"鸡蛋暖暖生出小鸡,钱暖暖生出小钱,一个道理。"

葫芦说:"你骗人。"

郑十六说:"你不懂,你以为钱是从哪来的?财主的钱都是干活挣的?"

葫芦一脸懵懂。

郑十六摸摸葫芦的头:"你不会懂的。"

他们来到小西关,满大街都是人,但买东西的并不多。九弯子在人群中睃来睃去,看看有没有他儿子石头。郑十六说这是大海捞针。九弯子说只要海里有针,他愿意捞,不管费多少力气。他希望能有奇迹出现。

葫芦走到胡辣汤铺,走不动了。他问赵德俊,胡辣汤啥味?赵德俊说等领到大洋,带你来喝,一喝就知道啥味了。好喝吗?好喝。闻着都香。那是。葫芦咽了许多口水。他们又往前走,走到明星照相馆，看到橱窗里靓丽的照片，大能耐拍一下葫芦的头说，眼珠子掉出来了。葫芦不好意思，转过头来，忍住没有回头。再往前走，帽子铺、钟表铺、字画铺、古玩铺、裁缝铺……走到东关，赵德俊说那边不看了，咱们往回走。他瞥到那边是人市，卖儿卖女，他不愿让葫芦看到这些。

大能耐要去人市，他要看看竹子姑娘在不在那里。郑十六对大能耐说："两块钱能买个儿子，五块钱能买个老婆，等你拿到十块大洋，你能买俩老婆。"大能耐一听这话翻脸了，说："要买你买，你会搞价，说不定十块钱能买仨老婆呢。"

"咦，开个玩笑，还急眼了。"郑十六说，"你的竹子姑娘只会往西去，她不会在南阳。"

"为什么?"

"她既然离开你，不想让你找到，就会往相反方向去。"

"她会死吗?"

"你问我我问谁?"郑十六说。

快到中午时，他们又饥又饿，双腿像灌满了铅。口袋里没有一个钱，看见好吃的只有眼馋的份。回吧，再逛纯是受罪。他们往回走。

再次经过照相馆时，葫芦往里看，赵德俊将他拉走。

葫芦还回头看，他说："我看到了一个人。"

"谁?"赵德俊说。

葫芦说："我真的看到一个人。"

"是，你看到一个人。"赵德俊说。

葫芦说："我看到关小宝了。"

"关小宝?"

"就是那个逃兵，"葫芦说，"刘三阎王要枪毙的那个。"

他们都想起来了。

九弯子严肃起来，郑重其事地说："你没看错吧?"

葫芦说得很坚定："没看错。"

九弯子怀抱一线希望启发他："会不会是石头?"

"嗯?"葫芦一下子没反应过来。

关小宝和石头长得很像，所以九弯子才有这样的疑问。

"也许是石头呢?"

九弯子决定拐回去看看，其他人也跟着拐回去。

照相馆里陈设很简单，一架照相机，两个落地灯，对面墙上画着亭台楼阁，一派江南风光。门口墙上有不少照片的背景都是这幅风光壁画。在照片上，比真实的画还好看，像仙景似的。天上的亭台楼阁也无非这样。照相师穿戴很洋派，西装革履，黑皮鞋擦得锃光发亮，头发上抹了油。他看到几个牛把儿过来。只看一眼，就知道他们不是来照相的，但出于习惯，还是先和他们打招呼：要照相吗? 他们连忙说不照相，找人。找谁? 他们说找一个小伙子。照相师说照相馆只有他一个人，没有小伙子。照相馆一眼就能看到头，确实没别人。不过，有个小门，显然里面还有一进院。赵德俊指一下。照相师说那是他住的地方。赵德俊问能进去看看吗。照相师说不行。九弯子说我们看见一个小伙子进了里面。照相师有些愠怒：我这儿没有什么小伙子，你们走吧。九弯子说，你叫他出来，我看一眼，看是不是石头，我儿子叫石头，他离家出走，我找他从内乡找到南阳，要不是，我们马上就走。照相师否认里面有人，不允许他们进去看。九弯子无奈，就大声喊："石头，石头！"九弯子从来没有这么勇敢过，他的嚷嚷声吓照相师一跳。照相师发怒道："我这是照相馆，不是大街，你嚷嚷什么！我说过多少遍，没有小伙子，没有小伙子，你偏不信。"他们差不多是被照相师推出来的。

郑十六说葫芦可能看见鬼了。

葫芦坚持说他没看错。

赵德俊说如果是石头，你喊他他一定会出来。所以，即使有小伙子，也不会是石头，可能真是关小宝。

"葫芦，你认为是关小宝还是石头？"

"关小宝。"

"也许吧。"九弯子说。

出城后，他们沿路盯着旁边田地，一发现野菜，就采来塞嘴里咀嚼。靠着野菜提供的能量，他们顺利回到卧龙岗。

五天过去了。

十天过去了。

军队没有任何发钱的迹象。

赵德俊心里打鼓，生出不祥的预感：这钱莫非拿不到手？其实在镇平，他心里就有这种预感。这支队伍贪婪、狡诈、凶猛、野蛮……他们说的话你们也信？别人信不信他不知道，但他自己，你，你信吗？说实话，他不信，但他强迫自己信，有希望总比没希望好，哪怕是虚假的希望。如果太清醒，他怕熬不下去。

现在，希望破灭，再不抗争，他们就会像蚂蚁一样任人践踏。

就这样算了吗？

不。

鸡蛋也要和石头碰碰。

赵德俊给郑十六说了他的想法。为什么是郑十六？因为九弯子的心思是找儿子，大能耐的心思是找竹子姑娘，葫芦呢，又太小，所以他只能和郑十六商量。郑十六说，鸡蛋能碰得过石头？赵德俊说碰不过，也碰它一身黄汤子。郑十六说谁都想拿到十块大洋，你不出头，有人出头。赵德俊说每个人都等着别人出头，那最后就是都不出头。郑十六说不妨再等等。等到什么时候？赵德俊说军队明显在糊弄我们，什么五天十天，应该当天就发给我们钱，让我们回家，军队又不是没钱。一人十块大洋，最多不过一万块，军队在内乡弄的钱就几十万块。郑十六说我还是那句话，鸡蛋碰不过石头。赵德俊说碰不过也要碰碰。郑十六说不会有效果的，他建议要碰也别一个人去碰，最好大家都去。赵德俊说不用都去，我们车户头去就行。

车户头有的愿意出面，有的不愿意。最后赵德俊联合三十几个车户头，找军队理论。

要找就找最大的官。最大的官是石友三，他是军长，这里他说了算。可是他们见不到石友三，卫兵对他们说，石军长不在卧龙岗。军长在哪里？卫兵不告诉他们。后来，他们听说石友三搬进府衙。赵德俊鼓动大家到府衙请愿。

他们来到府衙，被拦在门口。石友三不见他们。他们在门口静坐，黑压压一片，像一群乌鸦。

他们不知道，石友三正在里面与蒋介石的密使钱大昀谈倒戈条件，根本没把他们的静坐当回事。他们不知道钱大昀就是尝过葫芦递给他雁屎的中山装男人。钱大昀上厕所时看到门外坐着一群牛把儿，问石友三怎么回事，石友三不屑一顾地说，不用管，要饭的。他们不知道，石友三带着怎样厌恶的表情吩咐刘三阎王：去，把那群叫花子弄走。

此时，真正关心他们的是《宛南日报》的一名记者刘正一。刘记者对他们的一切都好奇，都想知道。刘记者把他们说的话记到本子上。刘记者给他们拍照。

赵德俊不知道记者有什么用。他听葫芦等人说过在镇平遇到记者叶子和段平的事。叶子和段平没帮上他们的忙，还差点把小命丢了。这个刘记者说要帮他们，怎么帮，刘记者没说。

记者看到刘三阎王昂首挺胸从府衙出来。刘三阎王瞥一眼记者，没有理会他。他对车户头说："你们的问题我来解决，都回去吧。"赵德俊问怎么解决。刘三阎王走到赵德俊跟前，用鹰隼般的眼睛逼视着他，一字一顿地说：

"我——给——你——们——发——钱——好——吗？"

第二天《宛南日报》发表了一篇题为《一群沉默的人》的配图报道，无声无息，没产生什么影响。

隔一天，《宛南日报》又发一篇报道，题为《他们怎么办？》，配一张漫画，画的是一个戴军帽的屠夫握着刀，面前一个大案板，案板上是一群待宰的小不点的牛把儿和牛。

石军长看到报纸很生气，把报纸揉作一团扔给刘三阎王，说："去，给他们点颜色瞧瞧，让他们知道马王爷几只眼。"

"抓人？"

石友三哼一声，说："抓来干吗？！"

刘三阎王明白了，问："那以什么名义呢？"

"你不会动动脑筋？"石友三鄙夷地说，"这还要我教你吗？共产党，他们是共产党！"

刘三阎王自从柳泉铺受辱，最怕人用鄙夷的眼光看他，尤其怕石友三用这种眼光看他。石友三是军长，是他姐夫，他不该这样看他。他刘三阎王的绰号不是白得的。人们应该怕他。他知道该怎么做。

刘三阎王带人到报社，问谁是社长。一个穿灰大褂的男子上前说他是。他叫李维新。刘三阎王指着报纸上那篇文章，问是谁写的。社长说谁写的我都负责。刘三阎王又问漫画是谁画的。社长说谁画的我都负责。刘三阎王说，好，有种，果然是共产党。他将所有人都赶出去，以"赤化宣传"为由，查封了报社。

宛南日报社的牌子被摘下来，砸碎。

刘三阎王将社长带到门外，让社长靠墙站着，宣布社长是共产党，就地处决。

编辑记者谁也没想到刘三阎王会在光天化日之下杀人，群起抗议。

刘三阎王说："有不怕死的，和他站到一起。"

两名编辑走过去，站到社长面前，用身体挡住社长。

刘三阎王怪异地笑一下，说："还有同伙，好，一并枪毙。"于是下令开枪。

一阵砰砰砰砰砰砰，两名编辑倒下。他们脸上带着愕然的表情，仿佛在说，这是怎么回事，真开枪啊？他们并不为自己的冲动感到后悔，而是为军阀的凶残和卑劣感到吃惊。在他们的最后意识里，他们为自己的勇敢感到骄傲，嗯，这样死，不丢脸，可是……

接着又一阵砰砰砰砰，社长倒下。他刚才想把两名编辑推开，告诉他们，所有的事情由他负责，他是社长，理应如此。他没想到……如此之快，毫无准备，枪就响了。两位编辑在他面前倒下。这不是演戏。他们也不是想表现自己。他对他们的死负有责任。他在内心里责怪他们：干吗要逞强，把命丢了？随即他也中弹……

赵德俊听到消息时是傍晚。枪杀社长和编辑！"这……"他不知道该怎么理解这件事，他自言自语："疯了，疯了……"军队就能随便杀人吗？社长和编辑可是文化人、体面人、城里人，他们说杀就杀，还有王法吗？他浑身发抖。联想到自身，他对自己说：你们就是一群赶车的，命如蝼蚁，军队要杀你们更不会手软。他突然想起那张惹祸的漫画。多么形象啊，就是这样，军人握着刀，他们是案板上待宰的小人儿。他清醒地意识到十块大洋不可能到手。永远不可能。军队从来没想过给他们钱。从一开始——说从内乡拉差到镇平，每人五块大洋——就是骗人的。军队一个子儿也不会给他们。所有人都低估了这支军队的凶残、狡诈和无赖。钱，再也别想。静坐实在幼稚。没看看这是一支什么样的军队，还有没有一点儿人性。多么自私啊，他对自己说，这都什么时候了，你还想着十块大洋，你可知道社长和编辑是为谁死的？

为你们这群可怜的牛把儿！他心里充满自责。他不能原谅自己。人要有良心。他很难过。他不知道该做些什么。他想骂人。他想杀人。这世道，好人不杀坏人，坏人就杀好人。他突然想到葫芦捡的那把枪，他把枪扔进了井里，他认为枪是祸根。现在，他后悔莫及。他没有葫芦有种。别看葫芦人小，葫芦能杀人，而他不行。他又想到公孙宁，公孙宁能杀人，而他不行。

赵德俊心里堵得慌，谁也不理，去给"曹操"和"大丽花"拌草。"曹操"和"大丽花"看着他。他拍拍它们的头，说，你们不懂，吃你们的草吧。

天正在黑下来。挖野菜的陆陆续续回来。赵德俊去找和他一起静坐的车户头，互相通知，在柏树林里聚齐。

他们聚在一起，像一片沉默的海。

每个人心里都很沉重和无望。与其说生活给他们上了一课，不如说生活给了他们一闷棍。他们都听说了刘三阎王枪杀报社社长和编辑的事。赵德俊说，咱们能做点什么？一片沉默。他们都融入黑暗之中，被黑暗吞噬。赵德俊忽然觉得这里只有他一个人。一个人站在黑暗中，你不用问别人，只问你自己，你能做什么？他回答不上来。终于有人说，咱们……他不往下说了。另一个人说，咱们的小命在人家手里攥着，人家使点劲，咱们就没命了。第三个人说，咱们能做的就是陪死。第四个人说，还敢要十块钱吗？第五个说，还敢静坐吗？话头一挑开，众人七嘴八舌说起来，越说越灰心，越说越气愤，越说越绝望。赵德俊听得头疼。最后，他又把话题引回来：我们得做点什么。大家说听他的：你说，做点什么？赵德俊想说我们杀了刘三阎王，但他知道这不现实。他们能做的就是去参加葬礼，送社长等人一程。大家说应该，应该，理应如此。

翌日，赵德俊领着葫芦进城去打听葬礼的事。他为什么要带上葫芦？他觉得葫芦已经长成大人，他应该让他知道这个社会有多可怕。给他说道说道，让他看看。当他要开口时，他忽然意识到这是多余的，几个月来的经历比任何语言都能说明问题。葫芦什么都晓得。他不须多言。于是，他将想说的话咽回去，问葫芦："你都知道了？"他不明白自己在问什么，话就这样出口了。

"嗯，知道。"葫芦说。

"军队和土匪一样。"他说，"有时候还不如土匪。"

"都坏，"葫芦说，"都欺负人。"

赵德俊停下来看着葫芦。葫芦低着头，脚尖在地上钻。他的鞋，前面露着大脚趾，后面露着脚后跟。他想对葫芦说："你长大了，你要怎么活下去呢？要想不被人欺负，你就去当土匪杀人越货，去当兵欺压百姓。"可是不能这样教导葫芦。他听不出你在说反话。他真会去杀人。

"唉，人啊……"赵德俊叹息一声，继续往前走。

葫芦跟上去。

城里的景象有些诡异。街上人不多，少有喧闹。一群群难民安安静静地待在街边，尽量不妨碍别人。士兵不知在哪里，看不到他们的影子，墙上出现一些小字报，没什么人看。赵德俊和葫芦不识字，不知道上面写的是什么。军队杀人的事似乎没发生过一样。赵德俊问了几个人，才找到《宛南日报》的社址。这里是另一番景象。门口并排摆放着三口黑漆棺材。棺材两旁各放三个花圈，花圈上都写有字。一群人走来走去，张罗后事。赵德俊看到一个人朝他们走来。他想起来了，是采访过他们的刘记者。刘记者拉住赵德俊的手，说你来了。赵德俊点点头，询问后事怎么安排，说牛把儿们想来参加葬礼。刘记者说不能让社长他们这样白死，三天后举行万人公祭大会，打倒军阀，伸张正义。赵德俊想提醒他这支队伍特别野蛮，什么事都干得出来，要当心。他旋即认识到这是人人都能认识到的事实，不需要他特意指出。刘记者说得对，不能让社长他们白白死掉。即使有危险，公祭也要搞，否则，人算什么东西呢？

第二十五章

暗室奇遇

刘三阎王的暴行震惊南阳，各界人士纷纷抗议。许多外地大报也都发文声援。远在上海的《大公报》记者叶子和段平主动请缨，要求再次赴南阳采访。总编说太危险，上次在镇平要杀你们的就是这支队伍，你们现在去不是往枪口上撞吗？叶子说我们秘密采访，小心一点。总编还是不放心，正义与生命，孰轻孰重呢？这年头，有枪就横，枪杆子比笔杆子厉害多了。他很同情南阳的同行，自忖自己在南阳会不会那么勇敢，不好说。最终，他同意叶子和段平去南阳，但一再叮嘱他们安全第一，要活着回来。

他们到南阳，正赶上万人公祭大会。在校场上，临时搭起灵棚，三口黑棺材陈列在灵棚里，灵棚两侧摆满花圈。一个中年男人正在挥舞着拳头慷慨激昂地演讲，他的拳头很有力，仿佛要砸碎这个魔鬼横行的世界。

"……都睁开眼看看，这是什么世道！朗朗乾坤，光天化日，军阀公然在大街上杀人！难道世上没公义了吗？难道世上没天理了吗？难道世上没法律了吗？一个报人，出于同情和职业道德，报道一群苦命人的遭遇，却要付出生命的代价，这是什么世道！今天，你们都睁开眼看看，身旁有那么多灾民，他们得不到救济，没有饭吃，卖儿卖女，而军阀呢，到处抢劫，比土匪还坏。有一群苦命的人，他们为军阀拉差，说是从内乡拉到镇平，给五块大洋。到镇平后，他们拿到五块大洋了吗？没有。军队又逼着他们继续拉差，说是拉到南阳，再加五块大洋，总共十块大洋。他们拉到南阳了，拿到十块大洋了吗？没有。他们不但没拿到十块大洋，还要被逼着继续拉差……我们的《宛南日报》为他们鼓与呼，社长和编辑就被当街枪杀了，你们说，我们该不该讨个公道……"

突然一阵枪响，人群炸开，四散奔逃。有人叫道："当兵的杀人啦！"叶子和段平随人群向东跑。突然有人拉一下叶子的衣服，她回头看是葫芦："啊，是你呀！"葫芦和赵德俊一起。葫芦兴奋地对赵德俊说："这就是我给你说的上海记者，叶子姐。"葫芦又看到段平，段平正在拍照，他要把这混乱拍下来。"这是段……段哥。""我叫段平。""我叫赵德俊。""真巧啊。"叶子说。他们一起奔跑。

经过一家店铺时，门突然打开，从里面伸出一只手拉住赵德俊，把他拉进屋里。几个人跟着赵德俊都躲进去。那人将门关上。喧嚣的世界被关在门外。

这是照相馆。赵德俊认出拉他的人是关小宝。

"是你？"他从没给人说过他救关小宝的事。要让当兵的知道，那是要枪毙的。后来他听公孙宁说关小宝当了杆子，就决定将这件事情彻底忘掉，权当没发生过。擀杖河一战，不知道关小宝是死是活，至少他掩埋的尸体里没有关小宝，他心里说，但愿他还活着。

"是我。"关小宝说。

葫芦也认出关小宝。他那次逛街瞥到过关小宝，所以并不感到意外。

关小宝搬一把椅子放到屋子正中，请赵德俊坐到椅子上，他扑通跪下便要给赵德俊磕头。赵德俊赶快拦住："使不得，使不得。"

关小宝说："你是我的救命恩人，必须受我三个头。"

赵德俊说："现在你救了我们，抵了抵了，扯平了。"

他说什么也不肯受关小宝三个头。一个坚决要磕，一个坚决不让磕。两人拉扯一会儿，关小宝妥协了，说："那就先欠着，以后再磕。"

赵德俊问关小宝为什么在这里。关小宝说："说来话长，以后慢慢说。"然后他简明扼要地说，他在这里当徒弟，师父回乡下奔丧，他负责看店。他怕当兵的认出他，整天店门紧闭。看到赵德俊向这边跑来，他才冒险相救。

葫芦说："我见过你。"

"是的，"关小宝说，"上次你们来店里，我躲起来了。我怕嚷嚷出去，让当兵的知道，我就完了。"

两名记者做了自我介绍。关小宝说："你们报纸上登的绑架洋人的照片是我照的。"当时王太为了造舆论，让关小宝给洋人一一照相，并把照片提供给报社。

街上又传来枪声。

关小宝说："我领你们去个安全的地方。"

他将几个人领到暗室。段平一阵欣喜，他说："暗室，太好了，我能用吗?"关小宝说能用。段平便不客气，立即着手冲洗胶片。

同时，叶子开始采访葫芦和赵德俊，问他们许多问题，最后问他们下一步有何打算。

"没什么打算。"赵德俊说。这是实话。他不愿想也不敢想下一步的事。从理性上讲，他知道将面临什么样的命运，那就是失去一切——"曹操""大丽花"和牛车。但他不甘心。他以为不去想，也许能避免这样的命运。

"你会放弃你的牛吗?"

"不会。"赵德俊说。

"你呢?"

"我也不会。"葫芦说。

"你们不想回家吗?"

"想。"赵德俊说。几个月来他无时无刻不想家。但他尽量不去碰这个话题。别的牛把儿也一样。平时,他们会说"想啥想,有啥好想的",现在,面对陌生人,他却坦率承认了。

葫芦没说话。

"你呢?"叶子盯着葫芦问。

葫芦咬着嘴唇不说话。

"你不想回家吗?"她继续问下去,这是记者生涯养成的习惯——刨根究底。

"我恨。"

"恨什么?"

"我恨这个世道,不让我们有活路。"

赵德俊拍拍葫芦的背,对叶子说:"他爹病得很重,他是替他爹拉差的。他怕他爹已经……"赵德俊没往下说,他清楚,葫芦回去,他爹很可能已经不在了。对一个十三四岁的孩子来说,现实过于残酷,他无法承受。

叶子问葫芦:"你将来想干什么?"

"杀人。"葫芦脱口而出,他甚至想都没想。他小小的心灵中积蓄了太多的愤怒,这愤怒膨胀起来,几乎要爆炸。他咬牙说:

"杀坏人!"

葫芦想起被赵德俊扔井里的那把手枪,他要回去捞上来,找公孙宁,拜他为师,学习打枪。他已经用公孙宁为他削的那把木头枪练习过很多次,他知道怎么瞄准,怎么开枪。

段平将底片浸入调配好的显影液中。他的熟练程度连关小宝都佩服。他听到葫芦的话,说:"这叫什么世道,逼得小孩子都想杀人。"

葫芦不服气地说:"我才不是小孩子,我是大人。"

"大人,大人,你是大人,"段平说,"你几岁?"

葫芦说:"十五。"

段平不相信,说:"你顶多十三岁。"

"虚岁十五。"

段平笑笑,又问关小宝:"你多大?"

"十七。"

"虚岁?"

"是。"

"也是个孩子。"段平说。

赵德俊一直想问关小宝一个问题,又怕不合适,现在不管那么多了。他问道:"那个经常和你在一起的,他怎么样?"

"那是我表哥常有得,我们一起被抓兵,一起逃跑,他……死了。"关小宝说,"被王太打死的。"他又说:"王太也死了,被公孙宁打死的。"他接着讲了随公孙宁解救人质、截杀王太的经过。到这时候，赵德俊才终于搞清楚公孙宁的真实身份。公孙宁是民团的人！他只是还有一点不明白：公孙宁为什么会和杆匪有瓜葛？公孙宁拜托他照顾楚莲，现在楚莲成了刘三阎王的太太，他感到对不起公孙宁。

外面渐渐没了声音，死一般寂静。

关小宝出去看看，回来说天黑了。赵德俊要回卧龙岗，关小宝劝他留下，第二天再走。赵德俊看看葫芦，葫芦没有要走的意思，于是留下过夜。

段平冲洗好照片，一张张夹起来晾着。拍照的时候慌里慌张，他不清楚照片拍得怎么样。现在拿掉台灯上罩着的红纸，光线明亮起来，他看看照片，摇摇头，不满意。叶子凑近看看，又让赵德俊、关小宝和葫芦看。他们不懂。只见第一张照片有些虚，上面最突出的是一个奔跑的男人，他拉着一个七八岁的孩子，身体前倾，失去平衡，仿佛要冲出画面一般。他占去照片的一大半，他身边一群奔跑的人占着画面的其余部分。第二张照片是人群的背影，看上去像一堵黑乎乎的墙，墙中间凸出的一个指头大的黑点，必是发表演讲的中年人无疑。第三张照片是无数奔跑的、交错的腿和脚，缝隙中有一个倒地的女人，她也许死了，也许只是摔倒。第四张照片是黑的，什么也看不出来。第五张照片是一个人的半张侧脸，只能看到一只惊恐的眼睛。叶子说虽然都有些虚，但很有冲击力。段平又看看，说有两张凑合着能用。他问赵德俊、关小宝和葫芦喜欢哪一张。他们都说不懂。段平不再为难他们。

之后，他们走出暗房，来到照相室。叶子和段平继续他们的采访。他们对什么都感兴趣，问题一个接一个。赵德俊和葫芦将他们几个月来的经历回顾一遍，无非是苦难、饥饿、战争、死亡，等等。他们已习以为常。随着采访的深入，葫芦说出他与公孙宁达成的互相保守秘密的君子协议。赵德俊很是吃惊。他没想到葫芦背着他还有秘密。赵德俊把手枪扔井里的事，葫芦也告诉了公孙宁。赵德俊看着葫芦，突然觉得这个娃很陌生。不过，他这时候既没工夫也没心思琢磨葫芦，他有更重要的事要琢磨。那就是，他们该何去何从？军队敢在城里大开杀戒，还有什么是他们不敢做的？军队如果说话算话，早就付给他们工钱，打发他们回家了。军队在镇平不付工钱，到南阳不付工钱，他们无意支付工钱已是再明显不过的事了。再熬下去，也是枉然。可是，空手而归，又心有不甘，到底该怎么办呢？

一个穿长衫的中年人急匆匆走进府衙，一直朝府街的最深处走去。最深处过去是知府住处，现在石友三住着。这里，听不到外面的喧嚣。但是枪声，还是能听到的。不过听上去并不响亮，仿佛有人在零星地放鞭炮。

这个穿长衫的男人是谁？他为什么在这个敏感时候出现在府衙深处？直说了吧，他叫蔡东亭，是冯玉祥的特使，奉命来监督石友三。他微服来到南阳，本想先搜集情报，再与石友三见面，可事态的发展逼得他不得不现身。再不干涉，石友三不定会干出什么事来，最终冯玉祥长官也要背黑锅，落个驭下不严、治军无方的坏名声。

石友三早已等候在琴治堂。二人见面一拱手，未及寒暄，蔡东亭就指责石友三乱杀人，弄得民怨沸腾。石友三假装吃惊道："东亭兄何出此言？"

"三天前枪杀《宛南日报》社长、编辑，今天又朝无辜百姓开枪……"

石友三打断蔡东亭，辩解道："东亭兄初来乍到，不了解情况，受人蛊惑了。报社三个人是共产党员，不该枪毙吗！今天，搞什么公祭大会，也是共产党煽动的，我没让杀人，只是驱散，驱散而已。"

蔡东亭说："我亲眼看到街头有几具尸体，这样驱散，不怕激起民愤吗？"

石友三说："若真有蔡兄说的乱杀人现象，我会严肃处理，我石友三治军，向来严字当头，谁敢不听，就地正法。"郭副官进来附耳说几句话，石友三说，"韩复榘的使者又不是别人，快请进来。"

蔡东亭一惊，心想，石友三与韩复榘果然有勾结。二人虽然同为冯玉祥手下军长，但一个驻扎河南，一个驻扎山东，他们都应听命于冯玉祥，而不应直接联系。在军队，横向联系是犯忌讳的。他们既然联系，就应该背着他才是，为什么要让他知道呢？他预感到这顿饭不简单，说不定是鸿门宴。少顷，郭副官领着韩复榘的使者周正伦进来。他与周正伦寒暄几句，说还准备去山东呢，没想到在这里见面了。

　　石友三设宴让蔡东亭坐到次主宾位置。蔡东亭心里嘀咕，还有什么重要客人？石友三说有一位你们想不到的客人，是蒋总司令的特使钱大昀。又说，咱们冯长官与蒋总司令是拜把子兄弟，蒋的特使自然是贵客喽。

　　蔡东亭更感诧异。冯玉祥与蒋介石拜过把子不错，可现在，他们水火不容，闹到要兵戎相见的地步也是天下人皆知。冯玉祥与阎锡山联合，正在调兵遣将，准备与蒋介石决一死战。这时候蒋介石的特使出现在南阳，成为石友三的座上客，岂止是蹊跷，简直是恐怖。蔡东亭脊背直冒冷汗。

　　石友三让郭副官去请钱特使。

　　蔡东亭说："汉章兄，这是——"

　　石友三说："既来之则安之。"

　　蔡东亭谎称如厕，想要溜走，却发现宴会厅外全是士兵，上厕所有人跟着，根本溜不了。他回到宴会厅，钱大昀已到，坐在主宾位置。

石友三的流氓嘴脸显露出来，他谁也不让离席。他说："现在来决定我们的命运吧。"什么命运？他说："我的命运，也有韩军长的命运，我和韩复榘共进退，我们该反蒋还是投蒋？当然，还有你们的命运，蔡兄和钱兄，你们中间有一个人恐怕出不了这个门。"

蔡东亭说："汉章兄，这玩笑开大了。冯长官待你不薄，你怎会背叛冯长官呢？"

石友三说："也许蒋总司令待我更好呢。"

钱大昀说："识时务者为俊杰，汉章兄自会定夺。"

周正伦说："中原大战，石军长和韩军长联盟，向冯则冯胜，向蒋则蒋胜，至于向冯向蒋，就看谁给的好处多了。"

他说得如此赤裸裸，已毫无斯文可言。

宴会上的气氛相当诡异。钱大昀以为胜券在握，可是有几次，他觉得这三位冯玉祥的部下只是为了嘲笑他，要拿他祭旗，他非常气愤，想大骂石友三。他已做好牺牲的准备。冯玉祥的使者蔡东亭一开始就陷入绝望之中，中间一度以为看到一线生机，旋即明白那是假象，他的结局在石友三让他见到周正伦那一刻已经注定，看到钱大昀，更是毫无挽回的余地。石友三说："蔡兄，只好委屈你了。"他心里说："完了，完了。""来人，把蔡东亭关起来。"石友三不立即杀掉蔡东亭是要为自己留条后路。钱大昀看得明白，他说："你要脚踩两只船吗？"石友三哈哈大笑，说："算你狠！"于是下令杀掉蔡东亭。

郭副官将蔡东亭带到后花园假山石旁，对着蔡东亭的脑袋开了一枪。

黎明时分，赵德俊和葫芦告别关小宝和两位记者，走出照相馆。街道还没苏醒过来。昨天的事情仿佛没发生一样。街上看不到尸体，也看不到血迹。街边横七竖八地躺着饥饿的难民。

他们出城后没有回卧龙岗，而是拐到白河湾采野菜。卧龙岗上的野菜已挖完。到白河湾后，他们发现这里的野菜也被挖完了。所幸野草茂盛，他们给牛薅了一抱子青草。赵德俊累了，坐下来看着悠悠的河水。河里应该有鱼吧，他想，可是怎么才能抓到鱼呢？他心里说，鱼啊，鱼啊，你能不能跳出来救我一命？鱼好像听到他的心声，在水面翻个水花。啊，真好，鱼儿啊，你真好，你这么好，我怎么能吃你呢，你游你的吧。葫芦被一处青草吸引，走过去，却愣住了。他看到草丛中有一个死人。他让赵德俊看。赵德俊说可怜啊，他们用青草将尸体盖住。正要回卧龙岗，突然听到城里传来枪声。站住倾听，确实是一阵枪声。他们往城市方向张望，并像狼一样嗅着微风吹来的城市气息。他们不知道城里发生了什么，一脸茫然。

他们不知道，听到的那阵枪声并非军队又在杀人，而是士兵对天鸣枪，庆祝他们换了新主子。他们不知道，石友三和韩复榘通电全国，叛冯投蒋了。他们不知道，一直萎靡不振的士兵变得容光焕发，闯入鞭炮店将鞭炮拿到大街上噼噼啪啪燃放，闯入妓院毒打老鸨，宣布解放妓女，爬到府衙的门楼上将青天白日旗竖起来。他们不知道叶子和段平采访市民，市民都茫然和麻木，不谈国事。他们不知道屋顶的鸽子受到惊吓，在天空盘旋鸣叫，然后飞往城外。

葫芦被打

回到卧龙岗，赵德俊和葫芦身上汗津津的，散发着难闻的味道。九弯子、大能耐和郑十六接过他们怀里的青草，帮他们放到牛槽里。他们提心吊胆，一夜未眠，不知道二人是死是活。早上就商量着进城去找他们，出发之前又向许多牛把儿打听，自然没有结果。城里是什么状况，他们不清楚。去，会被打死吗？许多牛把儿劝他们再等等。不久，城里传来枪声，把他们吓坏了。又在杀人吗？他们不敢贸然进城。得知今天的枪声不是杀人，而是军队换主子，他们又商量着进城找人，还没出发，便看到赵德俊和葫芦回来了。

九弯子天真地说："说不定会发给我们工钱，让我们回家哩。"赵德俊说但愿吧，但他心里明白这是不可能的。他对这支队伍不抱一点幻想。

他们以为他们的处境已经糟得不能再糟了，现实却说，不，没有最糟，只有更糟。

军队宣布：牛和牛车不许出军营！违者军法从事。

工钱，军队提都不提。有牛把儿问起来，士兵的回答全是：不知道。请愿也没用。再说了，现在谁还敢请愿。石友三有令：杀无赦。有好心的士兵透露给牛把儿，说请愿者统统按共产党对待。牛把儿虽然不知道什么是共产党，但知道军队杀共产党毫不手软。赵德俊问过段平什么是共产党，段平的回答很简单：共产党就是帮助穷人的人。军队为什么要杀共产党？因为共产党不允许欺压穷人。世上真有共产党？段平说真有。共产党长什么样？段平说和你我一样，两只眼睛一张嘴，一个鼻子两扇耳。赵德俊有些失望，他认为共产党应该是三头六臂，至少也是红脸长髯、跨赤兔、提青龙偃月刀之类，哪能和普通人一样。军队为了方便杀人，不惜把共产党的帽子往牛把儿头上乱扣，可见已丧心病狂。赵德俊说出了最悲观的看法：他们不但拿不到工钱，牛车也赶不回去。大能耐说："没王法了吗？""王法？"赵德俊说，"枪杆子就是王法。"郑十六同意赵德俊的判断，但他提出一个很现实的问题："我们怎么办？"没有人能回答这个问题。郑十六继续问："既然我们拿不到工钱，也保不住牛车，那我们还在这里干什么？"

大能耐总算听明白了，他说："你的意思是，我们啥都不要，拍拍屁股走人?"

"我们倒是想要,可是能要吗?"郑十六说。

大能耐求救般地看着赵德俊。赵德俊面色如铁,他也难以接受这样的现实。葫芦一个人在想心事,大能耐拍他一下,他摇摇头。他的心思在别处。

九弯子说:"工钱可以不要,牛不能不要。"

他说出了大家的心声。牛是他们的命根子,怎么能够舍下呢。接下来怎么办?熬,苦熬。

有牛把儿试图将牛牵出卧龙岗,被士兵拦下。他和士兵理论,被毒打一顿,当天夜里死了。第二天,他的牛被宰杀,牛车被劈开当柴烧,炖牛肉。有牛把儿去挖野菜,回来发现牛已被杀,怎么办呢?只好恸哭一场,离开军营,踏上回乡之路。

面对军队的野蛮和残忍,牛把儿们能做的只是:轮流值班,挖野菜不能全去,必须留下人保护牛。

这办法要是能管用就好了。第三天,郑十六的两头牛就被士兵宰杀了。这天葫芦负责守护牛。其他人都去挖野菜了。春天是奇迹的季节,总有野菜从泥土中冒出来。可是挖野菜的人太多,且个个眼疾手快,再多的野菜也经不起这样挖。近处已难觅野菜的影子,人们不得不到更远的地方去挖。赵德俊正在寻找野菜,突然看到郑十六的身子抖了两下。九弯子也看到了。他们问郑十六怎么了。郑十六说,冷。他有不好的预感,要回去。九弯子问他什么预感，他不说。他怕说出来应验。大能耐不信这些，说他装神弄鬼。郑十六不理他，径直往回走。赵德俊、九弯子和大能耐也跟着回去。

回到卧龙岗，远远看到他们住的地方围着一群人，便加快脚步走过去。他们看到葫芦趴在被子上。赵德俊快走几步，眼前发黑，站立不稳。他扶住墙。他们问葫芦怎么了，葫芦不说。其他牛把儿说被士兵打了。为什么？士兵要抢牛，葫芦拦住不让，他们就打他。这时，郑十六叫道："我的牛呢？"他冲出去寻找自己的牛。在伙房前的广场上，他看到自己的两头牛已被宰杀，牛头被砍下来，牛皮剥了一半。他两眼一黑，栽倒在地。

他被抬回去和葫芦放在一起。醒过来后，他一句话不说，只是一个劲儿地流眼泪。大家不知道该怎么安慰他。

夜里，郑十六眼泪流干了，他对赵德俊、九弯子和大能耐说："我早料到，迟早会有这一天。"他对葫芦说："你不该拦他们，白白挨顿打。"他让葫芦跟他一起回家，葫芦咬紧牙关不说话。

赵德俊不知道葫芦是怎么想的。他不能劝葫芦放弃他的牛。这样的事，他不能劝，劝也没用。别人也不能劝，劝也没用。

第二天一早，郑十六告别赵德俊、大能耐、九弯子和葫芦。他要回家了。他的拉差结束了。工钱一个子儿没拿到，还搭进去两头牛和一辆牛车。他仅剩下半条命和一条烂被子。他做生意的梦想早已灰飞烟灭。他背起捆扎好的烂被子，走出军营。赵德俊、九弯子、大能耐跟着送了一程又一程。看着郑十六踽踽而去的背影，他们心里五味杂陈。

他们回来，发现葫芦不见了。他们都以为他去挖野菜了。

"这娃，他应该说一声。"九弯子说。

"可不。"大能耐说。

"嗯。"赵德俊附和一声，又突然觉得不对劲，葫芦不会一个人去挖野菜。他昨天挨了打，难保不会做出一些出格的事。别看他人小，心可不小。"我们得找找他，不能让他干傻事。"

他们能找的地方都找了，没有葫芦的踪影。赵德俊特意在伙房附近转悠几圈。伙房锅里炖着牛肉，诱人的香气飘出来，让人挪不开腿。这是郑十六的牛，赵德俊猜想。接着，他看到挂在铁钩上的牛头，他认识，果然是郑十六的牛。一群士兵围在伙房门口，说说笑笑，等着吃肉喝汤。葫芦没在这里。赵德俊不敢向士兵打听葫芦的下落。若让士兵知道葫芦不见了，葫芦的牛还保得住吗？他向牛把儿们打听，有人说葫芦出了军营，也许去挖野菜了。他们又到常去挖野菜的地方找，也没找到。

到了晚上，还没见葫芦，他们更加担心。九弯子说只好等了。赵德俊怕葫芦借着夜色干出什么事，坐卧不宁，时不时地出去转一圈。半夜时分，葫芦回来了。如果葫芦下午回来，赵德俊会训斥他。半夜回来，赵德俊不但不训斥，还满心欢喜。不管葫芦有多大过错，他都会原谅。他想把葫芦搂到怀里，可伸出的手只是拍拍葫芦的肩膀，说："饿吗？"

葫芦的回答出乎他的意料："不饿。"葫芦说话的语调充满兴奋，好像他在外面捡到宝似的。他像换了个人，走路都不一样。赵德俊问葫芦干什么去了，葫芦说去找记者叶子和段平，他们请他吃饭。

"他们是好人。"赵德俊说。他想，如果世人都像叶子和段平那样有正义感就好了。牛把儿们的苦只有记者关心。

钻进被窝，葫芦回想一天的经历，感觉像是做梦一样。他从卧龙岗下去，进城，到照相馆找记者叶子和段平。他进到照相馆，眼睛还没完全适应里面的光线，关小宝就从帘子后面闪出来，带他到暗房。黑暗中，他听到有人叫他的名字，他的眼泪哗一下流出来。那个声音他熟悉，到死也忘不掉。他流下的既是委屈的泪水，也是高兴的泪水。委屈，是他觉得他被这个声音抛弃了好久，他做梦都想听到这个声音。高兴，是这个盼望已久的声音终于又出现了。他打了个寒战。他太兴奋了，浑身颤抖。这个人是公孙宁——他的师父。他被公孙宁拉到怀里。公孙宁替他擦去泪水，说男子汉不哭。公孙宁问他还认这个师父吗，他说认。

公孙宁为什么会在这里呢？这得从两年前说起。公孙宁1925年加入共产党，是中共特科行动组成员。1927年"四一二大屠杀"时，他在外地出差，躲过一劫。他回到上海，组织已遭破坏，他与组织失去联系。他又待了段时间，还是没能联系上组织，加之上海白色恐怖越来越严重，他决定回家乡暂避。回镇平后，他想与地方党组织取得联系，也没成功。后来，彭锡田回镇平竖起一面"乡村自治"大旗，提出"自卫、自治、自富"，他便投到彭锡田麾下，得到彭锡田的重用。半年前，他老家黑龙镇遭到杆匪袭击，他全家遇害。他决心报仇，先是打入杆匪内部，后又打入牛把儿中间，策划杆匪两次袭击军队，逼迫军队剿匪。之后，他离开民团，来到南阳，准备营救楚莲。他一直没忘寻找组织。他以前每半年都来南阳一次，在醒目的地方画一个 G，然后观察旁边是否出现另一个符号。两年来，他画的 G，旁边从没有人回应。这次，他照例又画了一个 G，第二天，他看到 G 旁边出现了一个 S，心中一阵狂喜。他在 G 上贴一张小广告，说有房屋一间出租，有意者，明天中午十二点到南关茶馆面谈。接头暗号是，他拿一份报纸上面画个 G，接头人拿一张报纸上面画个 S。为慎重起见，第二天中午他没拿报纸，接头人拿着画有 S 的报纸准时出现，等不到他就走了。他悄悄跟踪，看那人往哪里去，有没有特务。当看到那人确实是独自一人，没有往府衙去，也没往警察局去，他便放心了。按规矩，第一天没接上头，翌日同一时间接头人还会再次到茶馆。第二天他们接上头了。这个接头人就是段平。段平来南阳的任务之一就是寻找"野牛"。"野牛"是公孙宁的代号。段平的代号是"公鸡"。照相馆的老板是共产党，照相馆是共产党的据点。所以，公孙宁才会在这里，葫芦才会在这里遇到公孙宁。

公孙宁交给葫芦一个任务，让他给楚莲捎个口信，说他在照相馆等她，让她来见他。楚莲随刘三阎王搬到府衙住，葫芦已有多日没见过楚莲。他来到府衙，蹲在门口守望两个时辰，才看到楚莲身影。他要进去，门卫拦住不让进。他叫："楚莲姐，楚莲姐——"楚莲听到声音出来，葫芦巧妙地传递了口信，没让任何人发现。他回到照相馆不久，楚莲就走进照相馆。她是来照相的。让公孙宁和葫芦吃惊的是，刘三阎王陪在楚莲身旁。公孙宁和葫芦躲了起来。关小宝早躲起来了。老板亲自给楚莲照相。楚莲心神不宁的表情被相机捕捉到，永远固定下来。公孙宁从门缝中看到楚莲，但楚莲没见到公孙宁。

楚莲走后，葫芦向师父告罪，说他没把事情办好。公孙宁摸着他的头说他任务完成得很好。"她还要来取相片呢。"公孙宁说，"那时候我们会见面的。"

傍晚，葫芦见到采访归来的叶子和段平。他们很喜欢葫芦，把葫芦当成小弟弟。段平打量葫芦。葫芦像个乞丐，棉袄棉裤到处绽出黑棉花，头发里不知道藏有多少虱子。葫芦看到段平打量他，悄悄地把从鞋里钻出的脚指头往回缩。段平说，这就是一千个牛把儿的代表！他还要为这群可怜的人鼓与呼。叶子给葫芦一个黑窝头。葫芦捧在手里，看看其他人，他很想吃，但是又觉得一个人享用不合适，要分给大家吗？叶子说："吃吧，我们都吃过了。"他试着咬了一小口，甜丝丝，香喷喷，他还想多品味一会儿，食物已滑入肚里。转眼间，整个窝头不见了，仿佛窝头一个跟头直接钻进他肚里……

——现在，躺在卧龙岗上的被窝里，他还能感到窝头带给他的幸福感。他笑了。

第二十七章

雨夹雪

天气像荡秋千似的，一会儿荡到夏天，一会儿荡到冬天。前一天艳阳高照，后一天凄风苦雨，冻得人直哆嗦。冷也好，热也好，牛把儿都是那身衣裳——棉袄棉裤。他们没有换洗衣服，破了也没有针线缝补，所有人远远看上去都是一个样，乌鸦一般黑。热了，敞开怀；冷了，裹裹紧。

后半夜起风了，刮了半夜，下起了雨夹雪，空气冰冷似铁。赵德俊等人一如既往，天不明就起来给牛拌草。拌过草之后，他们拥着被子坐在干草上发呆。天空黑沉沉的，压得很低。零星的雪花怯生生地飘下来，它们也知道来错了季节，不敢张扬。许多雪花在空中转身，化为雨星，悄然落下。他们每个人都有心事。赵德俊看着"曹操"和"大丽花"，为它们的命运担忧。从内乡出发时，一千辆牛车浩浩荡荡，一路走来，打仗，损失一些；饥饿，损失一些；又打仗，又损失一些；加上近来每天都有牛被杀，他不知道整个车队还剩多少头牛。现在，每个牛把儿都晓得等待他们的命运是什么，但谁也不愿意去相信，都寄希望于军队良心发现，或者出现奇迹。当然，这两者都很渺茫。他们幻想着：啊哈，发钱啦，回家喽！每人领到十块大洋，赶上牛车欢天喜地把家还。本来，这是理所当然，现在，成了梦想。作为车户头，他心中充满愧疚。他这一组七个人，加上后来的公孙宁，八个人，现在只剩一半了。周拐子被吊死，三脚猫撑死，公孙宁下落不明，郑十六怅然离开，现在只剩他、九弯子、大能耐和葫芦，他有何面目回去见父老乡亲。

九弯子一直没找到离家出走的石头。南阳的街街巷巷他找遍了，没有。他还能再往哪儿找。在家时，他觉得南阳远在天边，现在看来南阳并不在天边，南阳往东还有天，石头会跑那么远吗？他还是个孩子。

大能耐每天都想念竹子姑娘，他不知道她是死是活，假若她活着，她找到他家了吗？他好几次梦到她沿路乞讨，他很想立即踏上回家的路，一路寻找，在她将要饿死时把她救活，背她回家，与她成亲，把她养胖，让她给他生一堆儿子。

葫芦又进几次城，他成了公孙宁和楚莲的密使，为二人传递口信，公孙宁在寻找机会带楚莲私奔。葫芦很想给赵德俊说说公孙宁和楚莲的事，他知道赵德俊关心他们。公孙宁和赵德俊是生死之交，赵德俊不会坏他们的事。但他答应公孙宁替他们保密，要说话算数，不能说！可是秘密藏在肚里，憋得他很难受。

天亮后，九弯子抱怨道："老天爷也和我们过不去。"

大能耐说："谁说不是呢。"

他们烧碗热汤喝下，感觉更饿了。这天气没法去挖野菜。雨夹雪虽不大，但时间一长，照样能打湿棉袄。他们在屋檐下继续拥被而坐。士兵们也怕冷，躲在屋里不出来。外面冷冷清清。

葫芦要进城，赵德俊不让他去。

"有关紧事吗？"赵德俊说。

葫芦不言。他玩着木头手枪，这把手枪曾经差一点丢了。这是他的宝贝。他已经把玩出包浆了。

"你有什么事瞒着我们吧？"赵德俊轻描淡写地说，他平时不愿揭葫芦的疮疤，也允许葫芦保守自己的秘密，比如尿床、喜欢上什么人，等等。葫芦花痴过一次，谁能保证他不会有第二次。赵德俊猜测葫芦喜欢叶子，要不他进城干吗？小孩的心理你永远捉摸不透。

葫芦不言。

九弯子早看出来了，他只是不说而已。

大能耐说："想媳妇了？"

葫芦白他一眼。

"想媳妇不丢人，"大能耐有些怕这个小家伙，便给自己找台阶下，他说，"谁不想媳妇，公狗还想母狗呢。"

"难听不难听。"赵德俊说。他拿出烟袋杆噙嘴里，图个安慰。他没有烟叶，连烟末子也没有。烟袋杆中的烟油味很好闻。以前他讨厌烟油，过一段时间就要好好清理一次。现在他庆幸还有烟油，还有可闻的。

葫芦宁愿他们误解，也不分辩，否则他无法说清楚为什么总往城里跑。他看着雨夹雪，也觉得这时进城不是时机。

他们说着无关痛痒的闲话，心里却在诅咒着这支队伍，诅咒着这支队伍的头头——石友三。如果空中有一双眼睛，会惊讶于他们的诅咒正在应验。

在城里一个偏僻的角落，两个神秘的男人正将一包毒药交给一个胖子。"是动手的时候了。"他们说。

这句话的含意他们彼此都明白。

两个神秘男人十天前与蔡东亭分别进入南阳。他们奉冯玉祥之密令前来监督石友三，若发现石友三有异动，他们要相机挽回，不得已时可以便宜行事。他们刚到南阳就觉察到石友三首鼠两端，本想继续观察观察，再做下一步打算，却碰上石友三朝参加公祭大会的人群开枪。蔡东亭觉得此时不能袖手旁观，任由石友三胡作非为，他要去劝说石友三。蔡东亭去府衙见石友三之前，对二人说，他如果回不来，就是遇害了，他们按计划行事。蔡东亭果然泥牛入海，一去不返。两个神秘男子便准备行刺石友三。一连多日没找到下手机会。一是石友三深居简出，行踪不定；二是石友三加强了防范，出入扈从如云。得另想办法。他们于是收买了厨师胖子。他们将胖子请到悦来客栈，给二百块大洋，胖子不答应。又加一百，胖子还不吐口。再加一百，胖子还是咬紧牙关。加到五百块时，胖子说他不是不喜欢钱，只是这是要命的事，他不能干。最后，其中一个神秘客拿出一粒子弹"啪"地拍到银圆上，威胁道："你选一样，要钱还是要这个。"胖子知道没的选，好汉不吃眼前亏，于是收下银圆，答应下来。他一拖再拖。两位神秘客将他家人转移走，说是保护起来。这是在要挟他。别无选择，只有一条道走到黑了。"是动手的时候了。"这是给他下命令。"好吧，"他说，"就在今天。"晚上石友三夫妇叫上刘三阎王夫妇，要吃火锅。这是下手的机会。胖子把一包毒药全部倒进铜火锅里。剂量能毒死十头牛。怕毒药有异味，他特意把火锅弄得很麻辣。他把所有配菜都准备好。待火锅端上桌，烧上炭，他就可以开溜了。胖子从没干过这样的事。他捧着火锅走向餐桌时，想到他要毒死杀人不眨眼的魔王，不由得害怕起来，手抖得厉害。他告诉自己别抖，要镇定。可是手仿佛是仇人，故意和他作对，抖得越来越厉害，火锅中的汤水溅洒出来。他偷看一眼石友三。石友三鹰隼般地盯着他。他挪着小碎步。腿脚不听使唤，差点让他摔倒。他重重地将火锅放桌子上。再迟一会儿，火锅就会打翻在地。刘三阎王也盯着他。石太太说："干啥的，毛手毛脚。"楚莲也觉得这个厨子反常。胖子道歉后，要退回厨房，被石友三叫住了。

"回来。"石友三说。

胖子抖得像筛糠一般。

石友三让他盛碗火锅中的汤喝下去。胖子说不敢。石友三坚持让他喝。其他几个人看着胖子。胖子突然跪下磕头喊饶命，说他不想下毒，有人逼他这么干。石友三问，谁？说出饶你不死。胖子供出那两个神秘人。

刘三阎王随即带人去将两个神秘人围堵在悦来客栈，本想抓活的，一番枪战后，他们得到两具尸体。两个神秘人将最后一颗子弹都留给了自己。刘三阎王没有搜出任何可以确定两人身份的证件或别的东西。

刘三阎王回来被石友三臭骂了一通。这两个人一死，石友三弄不清楚这是哪一拨，因为想暗杀他的人太多，少林寺和尚（他去年火烧少林寺）、别廷芳、冯玉祥、蒋介石等，都有暗杀他的理由。

石友三怀疑是蒋介石干的。他叛冯投蒋后，蒋介石命他移师舞阳，他置之不理。你不信任我，我还不信任你呢。他派人与白崇禧接触。白崇禧和唐生智正在密谋反蒋，他考虑加入进去。他想，莫非老蒋看出什么苗头了？但他又想，也许不是老蒋干的，是别人干的。他像关在笼子中的野兽烦躁地踱来踱去。

他审问胖子，再也问不出什么。他用尽各种酷刑，奈何胖子就知道那么多情况，说不出任何有价值的东西。他将胖子拉到后花园，给胖子最后一次机会，说，他们是从哪来的？胖子说不知道。石友三一枪把胖子崩了。

石友三洗洗手，问刘三阎王："城里的情况摸得怎么样？"

"尽在掌握。"刘三阎王说。

"那就干吧，"石友三说，"榨干他们！"

刘三阎王带领人马一夜之间将南阳城的商行老板、财主、店主统统抓到卧龙岗，送进"三顾堂"。

看着一个个体面人被押到卧龙岗关起来，赵德俊嘀咕道："又来啦。"

大能耐不明白队伍要干什么，他说："这是——"

"队伍要走。"赵德俊说，"在内乡干过的事，他们要再干一次。"这没什么奇怪的，军队和人一样有自己的禀性，犯过的罪还会重犯，尝过的甜头还想再尝。

"抢劫吗?"大能耐问。

"敲诈勒索。"赵德俊说。

九弯子和葫芦看着阴沉沉的天空，雨夹雪变成了小雨，可是寒冷依旧。那些被押到卧龙岗的有钱人都缩着脖子，像受惊的乌龟一样。士兵们很粗暴，看谁不顺眼就给他一枪托。

刘三阎王不知从哪里冒出来，呵斥士兵不得无礼。他说："这是我们请来的客人，要好好招待。"

士兵心领神会，马上变得谦恭有礼。刘三阎王之前说过"对这些有钱人别客气，一定要杀杀他们的威风"，他们都记得。他们也正是这样做的。

赵德俊和葫芦看到一张熟悉的面孔——照相馆老板。老板看上去很气愤，但隐忍着，没有发作。他们继续看，看有没有其他熟悉的面孔，比如关小宝、叶子和段平等。没有。这很好。

葫芦也在看。他主要看有没有公孙宁。他最怕公孙宁落到刘三阎王手里。公孙宁如果被抓到，就死定了。

刘三阎王到"三顾堂"对老板们寒暄几句，就转入正题，号召他们捐款。老板们没有一个响应。其中一个老板不合时宜地问："捐款是自愿的吗?"刘三阎王掩饰着鄙夷说："当然，自愿，完全自愿。"他又补充道："我会给你个自愿的数字。"他走到那个老板跟前停下来，对着他耳朵说："我告诉你，你应该'自愿'捐多少。"

刘三阎王说出一个数字，那个老板像被蝎子蜇住一般跳起来。

"给一天时间，限时捐款。"刘三阎王收起和蔼表情，换上一副严厉面孔，说话斩钉截铁。他吩咐士兵把提前准备好的写有名字的信封发给他们。每个人收到的信封中都有一个数字。一个老板嘀咕道："开出赎金了。"刘三阎王听到后冷笑一声。

有两个人没收到信封。不是刘三阎王考虑不周，遗忘了他们，而是对他们另眼相看，要单独请他们喝茶。

这两个人——陈青松和林元成——身份特殊。他们不是商行老板，也不是本地人，而是上海华洋义赈会的代表。他们携带着上海各界捐给南阳灾民的善款，刚到南阳就被"请"到这里。

刘三阎王在草庐给他们泡上茶，请他们入座。

"二位远道而来，招待不周，还请多多包涵。"刘三阎王又变得"和蔼可亲"了。

二人互相看一眼，坐下来。他们知道自己落入了陷阱，但他们不想认命。

刘三阎王通过他们向上海人民致谢，他说："上海人民是伟大的，能为千里之外的南阳捐款，令人感动。"

陈青松和林元成正襟危坐，连茶杯都没碰一下。他们听刘三阎王说话，看他嘴唇一张一合。他看他们的眼神像抓到老鼠的猫一样，仿佛在说："你们跑不了了，瞧，我打算吃掉你们，你们信吗？"他真实的表情是得意，尽管他想掩饰，但还是清楚地写在脸上。也许，他根本没想掩饰。他说到灾情，说南阳已经饿死很多人，还会饿死很多人，你们的捐款来得真是时候……最后，终于说到正题：他提出把善款交给军队。他们说这是救命钱，必须用于救灾。刘三阎王说当然救灾，不救灾还能干什么。他撒谎面不改色心不跳。陈青松和林元成交换眼神，说他们不会把钱交给军人。刘三阎王愕然，他说：

"真要敬酒不吃吃罚酒吗?"

"悉听尊便。"两人异口同声地说，他们已做好接受最坏结果的打算。

"好，有骨气!"刘三阎王说，"有骨气!"他派人搜查过他们的住处和行李，一无所获。现在，他打量他们一番，命士兵搜身。他们抗议，没人理会。士兵扒下他们衣服。他们一丝不挂。士兵翻开所有口袋，又拆开棉袄，掏出棉花，一点点检查，终于找到了银票。刘三阎王大喜。"瞧，何必呢，"他说，"你们的任务已完成，可以回去交差了。"

两个人的衣服已被拆成布片，不过勉强还能遮蔽身体。他们捡起来穿到身上。地上白花花的棉花不要了。他们失魂落魄地走出草庐。

陈青松和林元成来到大街上，不知从哪里弄来一面锣，边敲边喊："军队抢救灾款啦，军队抢救灾款啦……上海人民捐给南阳的救灾款被军队抢走了……"他们知道这样喊叫会是什么结局。他们不怕。与其说他们不怕，不如说他们要的就是这样的结局。他们自感有辱使命，无脸回去，所以求死。两声枪响之后，他们倒毙在小西关。锣"哐当"一声掉到石板上……

第二天，远在上海的《大公报》发表一篇报道，讲述了陈青松和林元成的故事，题目是《"有辱使命"的两条汉子》，署名是段平和叶子。

军队杀人总是给人扣上一个帽子：共产党。杀社长和编辑，说是共产党。杀老板，说是共产党。杀华洋义赈会代表陈青松和林元成，说是共产党。他们其实都不是共产党。真正的共产党是段平、公孙宁和照相馆老板陈时中。关小宝和葫芦是发展对象。

陈青松和林元成遇害后，又有两个老板遇害，他们不愿屈服于刘三阎王的淫威，坚持不给军队"捐款"。刘三阎王把他们拉到碑林枪毙了。南阳的形势愈来愈险恶，段平和叶子随时会有危险。段平让叶子回沪。他将辞职信交给叶子，由她转交社长。叶子不知道段平是共产党。她诧异地问："你呢？"

"我？"段平苦笑一下，说，"我想拿鸡蛋碰碰石头。""你要投笔从戎？""算是吧。""你要投哪支队伍？"她了解段平，没听他说过哪支队伍好话，他只私下说过共产党好话，"莫非你要……"

"不能乱说。"段平说。他们彼此心里都明白。叶子看段平的眼神，知道他心意已决，不可动摇。她了解他。想到要独自回上海，她有些惆怅——你把自己的同伴弄丢了。他不会跟她回去，以后也不会和她一起执行采访任务。要失去他时，她才意识到他在她心里的分量。如果她说，她爱他，他还会与她分开吗？她终于没有说出口。一个人一旦决心投身危险事业，是不会受私情羁绊的。段平最后对她说了一句"对不起"，意味深长。他为对她隐瞒秘密身份感到愧疚，抑或为对情感视而不见感到抱歉。

第二十八章

逃亡之夜

　　早晨喂过牛后，九弯子将大犍牛缰绳解下，大犍牛习惯性地站在那儿不动。早炊时，他趁人不备，将一根着火的木棒戳向大犍牛屁股，大犍牛猝不及防，被火灼伤，发足狂奔，踢翻三个锅灶，闯倒两个士兵，人们纷纷闪开，为牛让道。九弯子在后边追赶。大犍牛径直朝西跑一阵，快出营盘时，又突然踅回来，边跑边尥蹶子，仿佛被狼咬住屁股不放。刘三阎王听到声音，从屋里出来，大犍牛呼啸而来，吓得他赶快缩回屋里。牛在他面前像一堵移动的墙，带着风声，呼啸而去。他被牛的疯狂吓愣怔了。少顷，他再次出来，发现牛绕一圈又向他冲来，他再次缩回屋里。他怕牛将房子撞倒。大犍牛又呼啸而去。这次大犍牛朝北跑向一片开阔地带。刘三阎王第三次出来，大叫："开枪，开枪！"他拔出手枪，上膛，打开保险，朝大犍牛开一枪，没有打中。对士兵来说，这是个再好不过的活靶子，他们争先恐后地举起枪，哗啦哗啦一阵拉枪栓声音，接着砰砰啪啪一阵乱射，大犍牛前腿一软猛地向前栽倒，栽倒之后又站起来，仿佛是在思考问题，比如思考眼前的境遇，思考莫可名状的疼痛，思考汩汩涌流的鲜血。它抖得厉害。这个世界……冷。视线渐渐模糊。它站立不稳，摇摇晃晃。尘土中弥漫着血腥味。它竭力站着，但再也不能够了，扑通一声跌倒，庞大的身躯重重砸在地上，四条腿蹬几下就不动了。

赵德俊抓住九弯子，让他快走，离开军营。九弯子失魂落魄，毫无主意。他本想用这种方式将那头犍牛弄出军营，可是犍牛没领会他的意图。他不甘心。赵德俊说："刘三阎王会杀了你，他做得出来。""我不怕，"九弯子说，"我不怕。"他不明白赵德俊说的话，他只晓得大犍牛没了。另一头牛……也保不住。出来是为了找石头，现在石头没找到，牛没了，车没了，啥都没了。活着有什么意思。他不怕死。死了一了百了。人，就是一个苦虫，受一辈子苦，该死就死吧。赵德俊说："石头说不定已经回到家，在家等着你，你快回吧。""真的？"九弯子说。他朝犍牛那边看一眼，几个士兵正在动手给牛剥皮。他的心抽紧，仿佛他在被剥皮。赵德俊推九弯子一把，九弯子无意识地朝前走。刘三阎王挥舞着手枪叫道："这是谁的牛？"没人回答他。刘三阎王朝地上狠狠啐一口，又叫道："妈的，谁的牛？"他杀气腾腾，不肯罢休。刘三阎王走到葫芦跟前，问："你的牛吗？"葫芦说："不是。"刘三阎王看到九弯子的背影，说："他的牛？"葫芦摇头。赵德俊和大能耐也摇头。刘三阎王冷笑一声："你们骗不了我。"他举起手枪，砰！没打到九弯子。九弯子身子抖动一下，不是因为中枪，不是因为惊吓，也不是因为疑惑，而只是本能反应。赵德俊、大能耐和葫芦都以为九弯子会没命。九弯子没回头，也没停留，好像枪声与他无关，继续往前走。刘三阎王又开枪，却没打响，也许没子弹了，也许卡壳了。他骂几句脏话，收起枪，不再理会九弯子。

赵德俊、大能耐和葫芦吓得脸色苍白。他们进一步认清了现实。多日来，他们一直考虑去和留的问题。去，他们撂下牛和车，回家，这意味着什么？意味着失去一切，两手空空，一无所有。留，跟着队伍继续拉差，这意味着什么？意味着一丝渺茫的希望，意味着悲剧延后，意味着受更多的罪，而最终结果不会有什么不同，也就是说，是一样的：失去一切，两手空空，一无所有。现在，一切更加明了。前景比他们最悲观的想象还要可怕，渺茫的希望将被恐惧所替代，而且要加上性命之忧。"咱们咋办？"大能耐说。此时，恐怕所有牛把儿都在这样问。这是摆在他们面前的现实问题，迫切要求给出答案。"能怎么办？"赵德俊说。这就是答案。答案就是没有答案。

大能耐说他要去找竹子姑娘，他已打定主意。他问葫芦有何打算。葫芦说他要去找公孙宁。赵德俊和大能耐都感到奇怪，问他为什么要去找公孙宁，他说公孙宁是英雄，他要跟着公孙宁干。

"你到哪儿找公孙宁?"赵德俊问。葫芦差点脱口而出,说出公孙宁的藏身之处。话到嘴边,他又咽了回去。公孙宁反复交代要保密,这是纪律,必须遵守。他含混地说:"总能找到。"

"你不回去?"赵德俊说。

"不回。"

"你爹在家等着你呢。"赵德俊受人之托,要忠人之事,他有责任将葫芦送回去。可是葫芦人小鬼大,越来越难以捉摸。这小子,竟然要去找公孙宁。他不得已将葫芦爹搬出来,希望对葫芦是个羁绊。

葫芦咬着嘴唇不说话。这是个沉重的话题,赵德俊有些后悔,也许不该提这件事。

"我爹可能死了,大夫说他活不过两个月。"葫芦说,"我见不到我爹了。"他走开,不让人看到他的表情。他该流泪的,可是没有。没有眼泪。他也说不清这是坚强还是冷漠。他想到父亲时,夜里会偷偷流泪。可是此时此刻,他的心肠是硬的。

队伍宣布:明天开拔!

赵德俊发现葫芦不见了。和上次一样,哪儿哪儿都找不到。他会去哪儿呢?赵德俊和大能耐向挖野菜的询问,都说没见过葫芦。他们猜测葫芦去找公孙宁了。他们不知道公孙宁在南阳城里。

他们以为葫芦是往回走，去镇平。因为公孙宁是镇平民团的人。

晓得葫芦去了哪里，他们心里踏实下来。

赵德俊在葫芦的铺盖里发现了木头手枪。他觉得奇怪，这手枪是葫芦的命根子，葫芦怎么没带走呢？

牛把儿们很平静。他们表现得逆来顺受，一副听天由命的样子。命运就是这样。你能和命争吗？争也没用。军队加强了岗哨。牛把儿们知道早晚会有这一天。消息并不突兀。在军队疯狂地勒索钱财时，他们就知道离开拔不远了。他们在等待奇迹。所谓的奇迹，就是军队发给他们工钱，让他们回家。或者，不发工钱，他们也认了，但让他们把牛车赶回去，这也算奇迹。可是，等来的不是奇迹，是开拔的命令。

傍晚。牛把儿们以各种借口离开兵营，离开他们的牛和牛车。沉重的脚步将他们的愁苦面容、心酸眼泪和苦难背影带入无边的夜色之中。

赵德俊给"大丽花"和"曹操"拌了最后一槽草，它们埋头吃草。赵德俊围着牛车转了两圈，摸摸"小鬼下壳"①，摸摸抬辕，摸摸"羊角"，摸摸眉腰，摸摸桁条，摸摸将军柱，摸摸厢板，摸摸车大体，摸摸车轮……一切都那么熟悉，那么亲切，那

———————————

① 这也是牛车一个部位的专有名词。

么难以割舍，但又不得不割舍。

赵德俊抚摸"曹操"充满温情的下颚、皮肤松弛的脖子、骨头高高隆起的肩胛和脊背、像耙齿一样清晰可辨的肋骨、悬崖一样陡峭的臀部。赵德俊拍拍"曹操"的白顶门："丞相，多保重！"赵德俊又抚摸"大丽花"更为瘦削的身体，拍拍"大丽花"的额头："伙计，多保重！"他不能再多说一句话，他的泪水已在眼眶里打转儿，尽管他强忍着，泪水还是夺眶而出。

"曹操"和"大丽花"停止吃草，依依不舍地看着赵德俊，它们用眼神挽留他，恳求他。赵德俊不敢看它们的眼睛，拎起草料袋，大踏步向西而去。

刚走出十几步，赵德俊突然站住了，像钉子一样钉在地上，他听到一声呼唤，一声摧肝裂胆的呼唤，一声亲人的呼唤：哞——。扭回头，他看到"曹操"和"大丽花"昂着头，注视着他，它们的目光穿过沉沉暮色，依然是那么热切。赵德俊大踏步拐回去，双手颤抖着将草料袋放进牛槽中，捏住袋子的两个底角，将袋中仅有的一把口粮全部倒给"曹操"和"大丽花"。他抖抖袋子。"曹操"和"大丽花"没有低头吃草，尽管槽中温热的五谷芳香不断刺激着它们的鼻黏膜，可有比食物更为重要的东西——赵德俊的离去——吸引着它们的注意力。它们站着，木头般地看着赵德俊，大眼睛中四颗珍珠般的泪滴滚落下面颊，啪嗒啪嗒地砸在干燥的尘埃中。赵德俊的面孔湿了，眼睛也模糊了。

赵德俊头也不回地离开"曹操"和"大丽花"。走出几步后，赵德俊大放悲声，呜呜咽咽地哭起来。

赵德俊来到卧龙岗上，见大能耐蹲在地上也在呜呜咽咽地哭，就止了声，说："走!"大能耐收了声，站起来跟着赵德俊往西走。两人默默地走，一路无话。赵德俊感到两腿仿佛灌满了铅，又仿佛有小鬼拽着，脚步越来越沉重，越来越艰难。到十八里岗顶，赵德俊停下来，不走了。四野漆黑，八荒寂寥。赵德俊感到他的心仿佛被橡皮绳系着，拴在卧龙岗上，他走得越远，绳子就绷得越紧。他坐下来，摸出烟袋，用火镰打着火，点着，深深地吸一口。他咳嗽一阵。大能耐忖度：他哪儿来的烟草？

赵德俊对大能耐说："你回吧，我……不回啦。"

大能耐说："你咋恁不明白?"

赵德俊说："我明白得很，可是我割舍不下。"

大能耐说："割舍得下割舍，割舍不下也得割舍。"

赵德俊把烟袋递给大能耐，大能耐吸一口，呛起来，嗓子火辣辣的。

"装的啥?"

赵德俊说："你去找竹子姑娘吧。"

大能耐说："装的树叶吧?"

赵德俊说："嗯。"

大能耐将烟袋还给赵德俊，说："还不如不吸。"

赵德俊说："是不好吸。"

也吸不出什么名堂了。赵德俊将烟灰磕掉，烟袋缠起来，别腰里。

大能耐说："你真不回?"

赵德俊说："真不回。"

他们不忍分别，就坐在卧龙岗上歇息。不说话，像两个泥偶。大能耐在想竹子姑娘，这个可怜的女孩很可能已经饿死在哪里了。她走的时候，饿得快死了，她还为他积攒一把粮食……想到这里，他的眼睛湿了。那哪是一把粮食，分明是一条命啊。他撂下牛和牛车，寻找竹子姑娘是主要原因。也许找得到，也许找不到，不管它，只要有一线希望，他都要找下去。

赵德俊清楚留下没用，他斗不过当兵的。"曹操"和"大丽花"，他带不回去。牛车，新打制的牛车，现在已经不新了，但还很结实，不过，再结实也没用，注定要撂下，他带不回去。他能带回什么? 草料袋和赶牛的鞭子。带这两样，随便，当兵的不加干涉。他身边带的正是这两样东西。

赵德俊叮嘱大能耐，沿路寻找葫芦。如果找不到，到镇平去民团问公孙宁，他肯定和公孙宁在一起。"你要把葫芦带回去，他还小，不知道外面险恶。"赵德俊说，"我答应过他爹，带他回去。"大能耐说："如果他不回呢?"葫芦别看人不大，主意可不小，未必会听他大能耐的。赵德俊说："你绑也要把他绑回去。"大能耐说他不敢绑。赵德俊想了想说："你骂公孙宁，让公孙宁赶他回去。"大能耐说公孙宁他可不敢骂，借给他一百个胆，他也不敢。公孙宁是连杆匪头子王太都敢杀的人，他敢骂?! 赵德俊最后说，葫芦要真的跟着公孙宁，就随他。公孙宁值得信任。赵德俊担心的是找不到葫芦。如果出现这种情况，那……真是一点办法都没有。

半夜时分，冷空气侵入他们身体，他们瑟瑟发抖。他们站起来，打算就此分手。

突然，远处传来零零碎碎的叭叭声。因为离得远，枪声听上去很微弱，一点不可怕。说实话，还没有用指甲挤死一个吃饱的虱子的声音来得惊心动魄。

"是什么?"

"好像是枪声。"

"像。"

他们辨别一下方向。

"南阳城，"赵德俊说，"为什么要放枪呢?"

他想不出所以然。枪声持续了约半个时辰。后来渐渐稀少，以至于沉寂。

"走吧。"赵德俊说。

他们在十八里岗顶别过，一个下西坡，一个下东坡。

大能耐下西坡，回家。赵德俊下东坡，往卧龙岗走。

第二十九章

枪声

　　赵德俊和大能耐在十八里岗顶听到的零零碎碎的枪声来自照相馆。

　　照相馆里有六个人，分别是公孙宁、葫芦、段平、关小宝、陈时中、楚莲。葫芦是下午来的。他怕赵德俊拦阻，就来个不辞而别。他告诉赵德俊，他要去找公孙宁，这也算告别吧。他说了实话。片面的实话。他没说公孙宁就在城里。葫芦晚年回忆他波澜壮阔的一生时，将这次出走作为分水岭，他从此走上革命道路，出生入死，戎马半生，从小卒到将军。不过，这天下午，他还预见不到他一生的坎坷与辉煌，他想的只是要改变，要跟着公孙宁干。他到照相馆的时候，段平、陈时中、公孙宁、关小宝正在讨论在石友三队伍中策划暴动的可能性。段平和陈时中认为可行，公孙宁和关小宝认为时机不成熟。葫芦到来之后，他们共同征求葫芦的意见。葫芦还是个孩子。他们没打算把葫芦的话当真。葫芦说："当兵的不会暴动，他们有牛肉吃。"片刻后，他想了想又补充道，"牛把儿们会，他们啥也没有。"后来的实践证明葫芦是对的。其实，这时候讨论暴动没有意义，因为队伍明天就要开拔，他们没有时间策划实施。什么都来不及。他们少数服从多数。葫芦没想到他的意见会被尊重。

公孙宁表面平静，内心却火烧火燎。他在等待楚莲。他与楚莲约定，一俟队伍要开拔，她就溜出来，与他会合。他一次次从门缝向外张望，都没看到楚莲的身影。他让葫芦去府衙看一下，那里什么情况。葫芦回来说，那里很乱，到处都是士兵。他没见到楚莲。街上飘浮着令人不安的气息。街边有很多难民，他们在为活下去苦苦挣扎。公孙宁不确定楚莲能否走出府衙来到这里。她需要借口，她能找到出门的借口吗？

夜幕降临。楚莲仍没出现，公孙宁坐立不安，心里十五个吊桶打水——七上八下。等待是最煎熬的，各种不好的想象纷至沓来，让人烦恼。他用回忆来打发时间。他第一次见楚莲是他的马车与赵德俊的牛车相撞时，楚莲凌空飞起，他飞身相救，接住楚莲，就势在地上一滚卸去冲力。楚莲在他怀里，柔若无骨。他看到她脸上飞起红云。她的眼睛，哦，那是世界上最美丽的星。之后，两个人几乎没说过话，但他们自己清楚，他们已经相爱。与其说他们用眼神交流，不如说他们用眼风交流。他们回避对方的目光，但能感受到扫来的眼风。直到楚莲上吊那天夜里，他们才互诉衷肠，托付终身。他答应带楚莲远走高飞。如今是兑现的时候……楚莲呢？

陈时中随时准备转移。照相馆里面已经没有值钱东西。他被刘三阎王抓到卧龙岗时，也得到一个信封，信封内写着他要交的赎金。关小宝把相机当了，并托当铺老板出面，才把他赎出来。照相馆开不成了。再说，照相馆也只是个幌子，他的职业是革命。他要策划农民起义，拉起一支队伍，上桐柏山打游击。他收关小宝为徒，已将关小宝发展成为预备党员。段平来到这里，给他带来许多外面的信息。上级指示，要在敌人薄弱的地方发展武装力量，开展对敌武装斗争。南阳作为区域中心，军阀力量强大，不宜在南阳组织起义。公孙宁的到来，使他如获至宝。有公孙宁加入，武装斗争这一块他心里有底了。公孙宁要救楚莲，他全力支持，冒再大风险也在所不惜。

葫芦追随公孙宁，公孙宁的事就是他的事。再说了，楚莲帮过他们，将楚莲从刘三阎王的魔爪下救出来义不容辞。他守在门口，从门缝向外张望。天黑之后，什么也看不到，他就用耳朵听。外面不时有脚步声传来，不是楚莲。他能听出楚莲的脚步声。照相馆里没有点灯，他们都淹没在黑暗里。

段平在这个夜晚想的却是宏大的问题，他两次采访牛把儿，看到这群人可怜的处境。他们如同牛一样，忍饥挨饿，出力拉车，遭受鞭打，难逃厄运……他们不正是中国千千万万农民的缩影吗？他们心中积蓄的愤怒和不满一旦爆发，必将如洪水奔腾，摧枯拉朽，势不可挡。革命为了什么？不正是为改变他们的命运吗？革命依靠什么？不正是要依靠这样的群体吗？……

关小宝对军队和杆匪都很了解，没有一处让他觉得有前途。他庆幸遇到师父陈时中，让他擦亮眼睛，看清魑魅魍魉横行的世道，共产党力量虽弱，但有前途，再者，干革命他觉得有意义……

终于葫芦屏住呼吸，说："听！"他们都到门后。外面，急促的小碎步。"是她。"葫芦兴奋地说。他们打开门，脚步声已到门口。果然是楚莲。公孙宁将楚莲拽进门。楚莲呼吸急促。屋里一片漆黑，什么也看不到。"是我。"公孙宁说。楚莲从拽她进门的那只手的坚决、力道和动作，已认出公孙宁。她感到屋里还有别人。公孙宁对她说都是自己人，陈老板、段平、关小宝和葫芦。有没有人跟踪？楚莲说不知道，至少她没发现。天太黑，看不见。葫芦继续在门口警戒。公孙宁问楚莲怎么出来的。楚莲说她借口拉肚子上厕所，就跑出来了。还好，她没提照相馆。这里暂时安全。陈时中忽然说："一会儿他们找不到人，会不会大搜查？"这是个问题。关小宝说："我们有暗室。"陈时中说："暗室不保险。""不专门搜查没问题，如果……"段平也有担心，他问："有地方转移吗？""有倒是有，"陈时中说，"可这会儿出去很危险。"公孙宁说："先到城外躲一躲再说。"段平说："城门已关闭，怎么出城?"公孙宁说他有绳子，可以缒城而出。

葫芦又说："听!"

他们不说话，竖起耳朵听着街上的声音。杂乱而小心的脚步声逼近，在门前停下，他们判断门前已聚集了不少人。毫无疑问，是冲照相馆来的。公孙宁说他们要包围这里，必须马上撤。后门。从后门出去，往城墙边去。他们六个人只有两把枪，公孙宁、陈时中各一把。其余赤手空拳。

后门没有动静。公孙宁探头张望一下，他什么也看不到，天太黑，除了黑暗，还是黑暗。突然，前门传来哐哐哐的砸门声，惊心动魄。"走!"他说。他们立即冲进后门外的黑暗中。他们摸索着往前走。陈时中熟悉巷道，在前面带路。偶尔绊到难民，便提醒后面的人小心。

穿过两条小巷，面前是一片低矮的房屋。附近突然响起哨声，接着是纷乱的脚步声。显然士兵已包抄过来。他们加快步伐，来到南城墙。

城墙两丈多高，怎么上去? 对公孙宁来说，这不是问题，他一个助跑，手脚并用，快速地爬上城墙。士兵暂时没发现他们。枪声零零星星，似在试探。他们走过的小巷里突然有火把了，士兵很快就会追过来。

他抛下绳子，先把楚莲拽上去。城墙有五尺宽。他让楚莲蹲好。第二个让葫芦上，妇女儿童优先嘛。葫芦不上，他让给段平，说，你先上。段平说这不合适，不肯先上。陈时中说这不是谦让的时候，他推一把段平：你就先上吧。

段平刚上去，枪声就近了。公孙宁把绳子交给段平说，我掩护你们。他飞身下去，拍拍陈时中的肩膀，说，你带人出城，明天在独山集合。陈时中说，我断后的，你怎么抢我的活。公孙宁说，我让他们见识见识我的枪法。话音未落，他就蹿上一个屋顶，与追过来的士兵接上了火。他是神枪手，黑暗中能打香火头，打人那是一枪一个准。砰、砰、砰，三枪，三个士兵倒下。其中一个是执火把的。火把掉到地上，没人去捡。其他士兵迅速找掩体，把自己藏起来。

公孙宁尤其注意保护南边。那边有响动，就是一枪。没人敢往城墙边去。他突然听到脚边有响动，抬手准备打枪。一个黑影刚露出头来，又缩回去，小声说，是我，葫芦。你来干什么？我帮你。葫芦爬上房顶。公孙宁很生气：胡闹，你能帮什么！他赶葫芦走：你走就是帮我。葫芦不走。我要和你在一起。枪子不长眼睛。我不怕。你不怕我怕。他又问，他们几个呢，出城了吗？葫芦说出城了。你也走，出城去。葫芦说他现在走不了。公孙宁说你会害死我的。葫芦说，我可以替你死。葫芦对公孙宁的崇拜无以复加。他单纯地想，出生入死，你敢我也敢。

枪声吸引来更多的士兵，他们被重重围困，插翅难逃。公孙宁精准的枪法震慑了士兵们，他们都不敢靠前。他只要沉住气，可以与他们对峙很长时间。因为天黑，什么也看不到，都只能靠声音来判断敌我远近。火把熄灭后，枪声也停了，一片岑寂。接着，公孙宁听到刘三阎王的声音，他在逼着士兵往前冲。公孙宁努力捕捉那个声音，判断方位，他想送刘三阎王上西天。刘三阎王很狡猾，始终藏在房屋后面不露头。他冲那个方位喊叫："刘三阎王，我是公孙宁，我在这里，有本事你来抓我啊。"

黑暗中传出刘三阎王的声音："公孙宁，你跑不了，我会抓住你，把你碎尸万段!"

"好啊，来呀，来抓我啊!"

"公孙宁，你已被包围，等死吧!"

葫芦说："让我打一枪吧，我想打死刘三阎王。"

公孙宁说："快没子弹了。"

他舍不得让葫芦打枪，但转念一想，他曾教葫芦打枪，可葫芦一次也没开过枪，哪能算会打枪呢。

他对葫芦说："你要听我话，我让你开一枪，只一枪。"

葫芦说："中。"

公孙宁把手枪给葫芦，说："按我教你的，打开保险，双手握枪，用力，拿稳，瞄准，扣扳机，打!"

葫芦朝刘三阎王说话的方向打了一枪。枪的后坐力很大，开枪后，枪跳起来，差点脱手。

公孙宁拿过枪，说："不错，会打枪，出师了。"

这一枪引来一阵狂风暴雨般的枪弹，子弹在他们头顶像蝗虫般乱飞。公孙宁夸弟子，你真厉害，瞧瞧，回礼这么多。他紧紧按住葫芦，不让他抬头。公孙宁能感觉到士兵又增加了，再在这里纠缠下去，恐怕很难脱身。两个人在一起，目标太大。只有让葫芦先走，他才能脱身。

公孙宁让葫芦藏在草垛中，他将当兵的引开，葫芦混到流民中，明天去独山脚下等他。

葫芦要跟着他。

公孙宁说："刚才咋说的，听我话，这是听我话吗？"

葫芦无话可说。

公孙宁解释说："在一起两个人都得死。"

葫芦只好听他的，顺着房坡滑下，藏身墙角的草垛中。

漆黑的夜，公孙宁砰砰两枪，跃起，跳到另一个屋顶，又是砰砰两枪，跳到下一个屋顶。一会儿工夫，他已跑过半条街。在他身后，枪声、哨声和脚步声紧跟着。他成功地将士兵引开，为葫芦创造了脱身机会。

葫芦听动静，士兵们已远去。他从草垛中钻出来，沿着墙根往北溜，遇到一群难民，他不走了，与他们挤到一起。几个难民扑上来将他压住，搜他身体，什么也没搜到。有没有吃的？没有。他们赶他走，你走，别和我们在一起。他不走，他说明天他会给他们弄些吃的。他们不信，说，就凭你？他说不信拉倒。他要走，他们把他拉住，与其不信，不如信他一回，反正也损失不了什么。于是葫芦与难民待在一起，安然度过这个凶险的夜晚。

刘三阎王迅速调整部署，重新将公孙宁围住。公孙宁与他们耗时间。他不轻易开枪，他的子弹不多了。刘三阎王猜到了，不断放枪，引诱他开枪，消耗子弹。他好一会儿没有动静。刘三阎王以为他没子弹了，命令士兵，冲！冲在最前面的，砰，应声倒地。后面的不敢再冲。他们胡乱放枪。只要他们不冲上来，他不开枪。他躺在屋顶数天上的星星。他以为只能看到六颗，一颗、两颗、三颗、四颗、五颗、六颗、七颗、八颗……数着数着又多出来几颗。

刘三阎王悬赏："抓活的赏大洋一百，打死赏大洋五十。"士兵忌惮公孙宁的枪法，仍然不敢往前冲。刘三阎王把赏格提高一倍，士兵还是不敢上前，只是躲在暗处乱放枪。

公孙宁猜想葫芦已安全。

可以脱身了。

他从屋顶跃下，钻进一个屋子里。一个士兵没发现他已进屋，立功心切，也钻进屋子里，想从下面往上面打枪。那士兵刚进来，就被他缴了枪。他问：想死还是想活？那士兵当然想活。想活就听我的，他说。那士兵说，我听你的。皮扒下来。那士兵把军装脱下来。他脱下自己的衣服，扔给士兵：穿上。那士兵穿上他的衣服。他穿上士兵的军服。两个人身材差不多，衣服大小合适。他和士兵蹲到墙角拉家常。弟兄几个？八个。真不少，你是老几？我是老七。为什么当兵？为了吃饭，当兵有饭吃。你杀过人吗？没有。那你冲前面干吗？抓到你有赏。为了赏金，你就不要命了？我鬼迷心窍。你叫什么？卫小驴。外面不断放枪，引诱公孙宁开枪，他不为所动。

他能听到外面的议论，说他没子弹了。但他们谁也不敢往前攻。刘三阎王喊话，让他投降："你跑不了的，投降吧，投降不杀你。"

公孙宁仍然不吭。

一个士兵冒头，被他一枪把帽子打飞。引来砰砰砰一阵枪声。

公孙宁喊道："别打了，我投降。"

他没子弹了。

他把手枪扔出去。他身边还有刚缴获的长枪。他对卫小驴说："你举起手出去，不准出声，一直往前走，别回头。我的枪长着眼睛，回头你就没命了。"

枪声停息。

公孙宁喊："你们后退，我要出去了。"

他用枪戳一下卫小驴，让他出去。卫小驴站起来，举起手，打开门，走出去，一直往前走。

卫小驴走出去约五十米远，被一群冲出的士兵按倒在地。

公孙宁在这群士兵背后身影一闪，悄然消失于夜色中。

第三十章

尾声

　　黎明时赵德俊赶回营地,哨兵问他干吗去了,他回答:"拉屎!"问他咋这么长时间,他回答:"拉稀!"

　　"曹操"和"大丽花"看到赵德俊,眼睛湿润了。它们相信他不会抛弃它们。赵德俊心怀愧疚,抱住"曹操"的头,脸颊摩挲着脸颊,无声地交流着。经历了生离死别,他们更为亲近了。伙计,伙计……对不住啊。他又抱住"大丽花"的头,脸颊摩挲着脸颊。"大丽花"早产后就再没恢复过来。伙计,我不该让你出来拉差,可是有什么办法呢!这是命,命啊!我们一起苦撑下去,哪怕走到天边,我陪你们……

　　葫芦和大能耐的牛不见了。赵德俊不愿去猜测它们的命运。其实不用猜测,他也知道。每头牛,他都知道它什么性格,受过多少苦,走过多少路,犁过多少地,他都抚摸过它的脊背和脖颈,他都在它的眼睛中看到过自己的影子……它们，也是他的亲人，他也可以抱住它们的头流泪，诉说心事……人，牛，我们都是苦虫，来到这个世上就是挨饿、受罪、受欺、苦奔、苦活、苦撑、苦熬，唯一的解脱就是死亡……

"曹操"和"大丽花"站起来都困难，必须他帮忙。来，伙计，用力！"曹操"听懂了，腿弯曲着，踩着坚实的大地，瞬间将全身的力量灌注到腿上，可怜巴巴的一点肌肉收缩起来，完成力的传递，执行来自头脑的命令，将并不沉重的身体升高，起！它站起来了。好样的，伙计，你真棒！同样的动作又来一遍，在他的帮助下，"大丽花"也站起来了。你也是好样的！他拍拍"大丽花"的脸颊。

他给"曹操"和"大丽花"套上梭头，架上辕，系上肚带绳……他突然想，牛啊，多么可怜啊，你们一辈子拉车耕地，任劳任怨，吃的只是草，老了，什么都干不动了，便没人再养你们，即使只吃草也不行，死期到了，你们被送到杀锅①上……想到这里，他眼泪滚滚而下，他用手背拭去眼泪，真是没出息……你们两个家伙听好了，我不会把你们送到杀锅上，即使你们老得动弹不了，我也要养着你们，你们是我的兄弟，我怎么会那样做呢，我不会！……现在，我们又要上路了，继续拉差，拉到哪里，只

----

① 方言，指炖肉的大锅。

我们的路　　**335**

有天晓得，也许要拉到天边吧，拉到天边就没地方再拉，再拉就到天外了，天外是什么，我也不知道……离家越来越远，我们怎么回去呢？我们还能回去吗？……

　　一辆辆牛车辚辚起动，逶迤向东，离开南阳，踏上了前途未卜没有目的的行程。原有千辆牛车的车队，现在剩下不足三百辆，大部分装辎重，小部分供军官乘坐。

　　刘三阎王又坐上赵德俊的牛车。他夜里没有抓到公孙宁，此时还在愤愤不平。太太楚莲跑了。之前的太太下落不明，是死是活也难说。他虽然杀人如麻，人见人怕，可是两次失去太太，让他很不爽。这是命运对他的羞辱。

　　赵德俊从士兵的闲谈中知道昨天夜里公孙宁拐走了楚莲，刘三阎王出动数百人抓公孙宁，还是让公孙宁溜走了。他看刘三阎王独自爬上牛车，身旁没有楚莲的影子，就知道士兵说的是真的。他为公孙宁感到高兴，也为楚莲高兴。公孙宁将楚莲托付给他，他无力保护楚莲，心中愧疚，现在，得知二人脱险，他感觉好多了。公孙宁真是胆大包天啊，他在心里感叹，没有他不敢干的事，也没有他干不成的事。他突然又想，葫芦呢？葫芦说去找公孙宁，他知道公孙宁在南阳城吗？联想到近段时间葫芦总往城里跑，他似乎明白了。他们早有联系。他摸摸腰里，葫芦的木头手枪在他身上。现在，他晓得葫芦是故意把木头手枪留给他的，这手枪是公孙宁削的，也算是一件公孙宁的物品，留给他做个念想。葫芦知道他与公孙宁的感情。好小子，心倒是挺细。没听说葫芦如何如何，说明葫芦是安全的，他放心了。闯吧，去闯出个名堂吧。这世界不让好人有活路，就打翻这世界吧。活，要活得堂堂正正；死，要死得轰轰烈烈……

与此同时，公孙宁在独山与葫芦会合，一起上山去找楚莲他们。独山是一个单独的山包，看上去很不起眼，因出产玉石而享有大名。独山玉是中国四大名玉之一。山上有树，都不大。他们只用一袋烟的工夫就爬到山顶。楚莲、关小宝和段平在等着他们。陈时中不在。公孙宁从他们的表情中看出了不祥，陈老板……他们说，夜里他们出城后，遇到一小股士兵，陈老板为了引开敌人牺牲了。他们为陈时中默哀……

"曹操"和"大丽花"因为长期的饥饿和出力，瘦得如同两具巨大的骨头架子，坚硬的骨头顽强地支撑着抬辕，八条腿机械地摆动，互相支持，本能地保持着平衡。赵德俊与"曹操"和"大丽花"并肩走在一起。

后记

　　这部小说写的是 1929 年一群中原农民为军阀拉差的故事。取材于真实事件。当时，军阀石友三从内乡县征用一千辆牛车为其拉差。我老爷赵德俊是拉差队伍中的一员。他的故事是我父亲讲给我的。父亲说："一千辆牛车从内乡出发，就再也没有回来。这是一个悲惨的故事。拉差的牛把儿的后人就没人能写写这个故事吗？"我义不容辞。我查县志，没找到关于这次拉差的任何记录。我只好不断地向父亲求助，请父亲多讲一些，再多讲一些。父亲给我讲的内容，我都用在小说中。我对牛车有些部分的名称不熟悉，父亲就为我画一张牛车图，标出牛车各部分的专有名称，桁、梁、轴、轮、辋、辐条、车厢等等。这些既常见，又好理解。另一些，如羊角、下鬼下壳、将军柱等等，对我来说是完全陌生的。给赵德俊立碑时，父亲亲自撰写碑文，特意提到这次拉差。对我们家族来说，这是一个重要事件。

二十年前我写过一个中篇小说，那个小说前后起了好几个名字。最初的名字叫《拉脚》，过于方言了，发表时编辑给改个名字——《一九三零年的西北风》，收入小说集时我又把名字改成——《拉差到天边》。二十年来，我时不时想起这个小说，总感觉还有话要说，于是就想写长篇。我在一个十六开的本子上手写，写了大半本，不满意，放弃了。之后，我弄出一个详细提纲，约有十万字。这下好了，所有情节都成竹在胸，我只需打开水龙头，让文字哗哗流出来即可。我信心满满，直接在电脑上敲字。这一稿从车队由内乡出发写起，写到镇平，写到南阳，写到舞阳，写到最后一头牛被宰杀，赵德俊孤零零地踏上返乡之路结束。瞧，简直是史诗大片啊。我把稿子打印出来，沏杯茶，开始读，读着读着我感觉到不对劲，这写的是什么呀，太丢脸了。我想把稿子烧掉。可是心疼那一堆纸，毕竟背面还能用，留着吧，于是就没烧。我把稿子扔到一边，不去管它。管它干什么呢，由它去吧。时间一天天过去，稿子上落满灰尘。这是它应得的。又过了半年，我冷静下来，心想，这题材还是不错的，只是没写好罢了。能改吗？能改。对于小说存在的问题我了然于胸，知道该怎么办。且看我的。我挥舞大刀——虽不是青龙偃月刀，却也锋利无比——这页不行，刷刷两刀，下页不行，刷刷两刀，再下一页还不行，又刷刷两刀……第一章不行，给我开山斧，砍掉；第二章不行，砍掉……就这样，东砍西砍，砍去开头的内乡部分，又砍去结尾的舞阳部分。中间镇平和南阳部分，也免不了刀斧伺候。侥幸存活下来的部分也大都需要重写。这番砍砍砍，删删删，真是痛快啊痛快。痛快归痛快，可是痛快过后呢，面前一片狼藉，怎么办？怎么办，重写呗。于是我又吭吭哧哧干几个月，弄出一个十五万字的新稿。要打印出来吗？且慢，先放放再说。放一段时间后，热铁变冷，可以触摸了。作品是什么成色，一目了然。这次，嗯，怎么说呢，尽管我从不自夸，但还是要说，真不错，我没辜负这个题材。可以给出生证了吗？可以。于是……现在，你们看到的就是这一稿。

关于这次拉差，父亲给我讲过一个画面，那画面一直历历在目，成为我生命中的重要记忆。父亲说："你老爷去拉差，头年初冬走的，到第二年夏天才回来。回来时，牛也没了，车也没了，只剩下一根炸鞭和一个草料袋。他头发和胡子长得老长，乱蓬蓬，像个流浪汉或讨饭的。他出现在村头时，手里攥着炸鞭，肩上搭着草料袋，身上穿着棉袄，棉袄已破烂得不像样子，到处露着黑棉花。他正值壮年，看上去却像个老头子。他脚步沉重，边走边哭，朝村子走来。你老奶和你姑奶，也就是赵德俊的妻子和女儿，正在村头剥豆角，看到赵德俊竟没认出来。你姑奶还说，娘，你看，那个老头儿走着哭着，他是谁？她没认出那是她爹。"我创作过一个短篇小说《那个哭泣的老头是谁》，细致地描述过这一场景。这次出书，我很想把那篇小说附到后面，可是找来找去没找到，仿佛这个小说从来没存在过似的，真是奇怪。

赵德俊高大魁梧。他去世后，有一只鞋底留下来，被当做铲灰板用。农村烧过灶的人都知道铲灰板。家人形容赵德俊如何如何高大，总是拿这只鞋底说事。说他的鞋底能当铲灰板用。天啊，我从没见过谁的鞋底能有铲灰板那么大。通过铲灰板，我想象赵德俊一定是天神一般的人物。

赵德俊拉差回来，第二年就去世了。不只是我没见过，我父亲也没见过。赵德俊的形象我是照着父亲塑造的。"给看车张个帆"的情节也来自于我父亲。写这部小说的过程，我如同和父亲一起进行了一次远征。我每天都在怀念父亲。

另外，关于葫芦，我也想再说两句，算作花絮吧。葫芦参加革命后，可谓九死一生。他流传最广的一个故事是：有次队伍被打散，他和一个战友身负重伤，躲进一个山洞里，又饥又饿，奄奄一息。不知过了多久，突然听到山上有动静，还有越来越近的脚步声。那个战友以为是敌人来搜查，他不想做俘虏，遂吞枪自尽。结果，来的是放羊老汉。老汉将葫芦背回家，细心照料，救了葫芦一命。葫芦伤愈，又重返革命队伍。葫芦后来做到将军，对那个老汉像对待自己父亲一样。在我很小的时候，葫芦（按辈分，我叫他九爷）回过一次乡。将军还乡，各级都很重视，保卫工作非常严格。尽管如此，葫芦家还是里三层外三层被围得水泄不通。之后，葫芦就再没回过乡。

这部小说，其美学追求是"慢"，尽管写了很多传奇故事，但基调仍是慢，如牛车。马车给人的感觉是快，牛车给人的感觉是慢。

慢，是牛车的节奏。慢下来，我们才能和这群朴实的牛把儿朝夕相处，才能感受他们的苦乐、生死。慢，是对人物的尊重，也是对题材的尊重。写到这里，我突然想起木心老先生的小诗《从前慢》。的确，从前什么都是慢的，然而慢有慢的好。

就说这么多吧。

感谢中国作协将此小说列入重点扶持项目！
感谢河南省将此小说列入省 2022 年重点文艺创作项目！